刘连青　编译

希腊罗马神话故事

四川文艺出版社

图书在版编目（CIP）数据

希腊罗马神话故事 /刘连青编译. —成都：四川文艺
出版社，2015.6（2018.6 重印）
ISBN 978-7-5411-4093-8

Ⅰ.①希… Ⅱ.①刘… Ⅲ.①神话—作品集—古希腊
②神话—作品集—古罗马 Ⅳ.①I545.73②I546.73

中国版本图书馆 CIP 数据核字（2015）第 120862 号

XILALUOMASHENHUAGUSHI

希腊罗马神话故事

刘连青　编译

责任编辑　范雯晴
责任校对　汪　平
封面设计　叶　茂
版式设计　史小燕
责任印制　周　奇

出版发行　四川文艺出版社（成都市槐树街 2 号）
网　　址　www.scwys.com
电　　话　028-86259287（发行部）　　028-86259303（编辑部）
传　　真　028-86259306

邮购地址　成都市槐树街 2 号四川文艺出版社邮购部　610031
排　　版　四川胜翔数码印务设计有限公司
印　　刷　成都市书林印刷厂
成品尺寸　145 mm×210 mm　1/32
印　　张　9.75　　　　　字　　数　190 千
版　　次　2015 年 7 月第一版　　印　　次　2018 年 6 月第三次印刷
书　　号　ISBN 978-7-5411-4093-8
定　　价　25.00 元

CONTENTS
目录

天地之初

　　人类远祖创造了"神话"文化。在历史的长河中，一部分神话故事纳入宗教经典，如希伯来《圣经》中的《创世纪》《出埃及记》等篇章，唯有希腊神话保存着自己完整的神话谱系。《圣经》宣扬人对神的绝对服从和顶礼膜拜；希腊神话体现人与神同形同性，即人是神，神是人。希腊神话是原始人类认识和解释自然的话语，包容了他们初始的哲学、政治、伦理意识和自然科学的见解。虽然说这种"科学见解"是简单的、幼稚的，然而它的原始思维方式，善于运用直观、具体、形象的表述，使神话充满了艺术魅力。比希腊神话稍后的罗马神话，是希腊神话的继续，是希腊神话的保存，后来的研究者是通过罗马神话认识了希腊神话，正如文艺复兴时代的人，通过罗马文化认识了希腊文化一样。

　　希伯来《圣经》为民族确定了神的教谕，是一部法典和行为指南，一切问题都有现成答案，人丧失了思考空间。反之，希腊人不能从经文获得指示，而他们的求知欲望逼使他们对社会事实做出他们自己的解释。环顾四野，他们惊叹这天地的浩渺，日月的替换，四季的变化；树苗长成参天大树，小溪汇成宽阔江河，还有可爱的鲜花和美味的水果。生存的感受告诉他们，在他们之外，有一个超然的存在体造就了这一切。

古希腊人的观念是，天地之初，宇宙是一片混沌，没有形态，没有生命，既无日月星辰，也不存在地球，所谓的陆地、海洋和空气，浑浊一团。地球不是固体，海洋也不是液态，空气也不透明，冷热反差巨大，湿润和干燥无常。

就在这无形的混沌中，有一个大大咧咧、漫不经心的神祇，名字叫作卡俄斯。既然这里没有光亮能让人看清他的外貌，自然就描绘不出他的长相来。他和他的妻子，人称夜神尼克斯，共享王位。尼克斯身着黑衣，面庞更是黝黑，即或有光，也反映不出来。

在漫漫长夜中，一片死气沉沉，两个神祇只能你看着我、我看着你。这种风平浪静的生活，使他们感到乏味和厌倦，于是叫出他们的儿子黑暗神埃瑞巴司来协助他们统治世界。埃瑞巴司的第一个行动，就是把父亲推翻，夺取了卡俄斯的王位。他想有一个使他快乐的伴侣，便娶他母亲尼克斯为妻。这夫妻二人，齐心协力统治着这混沌的世界，直到他们的两个孩子出世：光明神埃特，昼神赫美纳。后来，二人共谋，把他们的父母赶下台，夺取了最高权力。

他们耀眼的光辉，第一次照亮了宇宙乾坤，也使他们看清了周围的荒凉与神秘。埃特和赫美纳仔细地辨析着这紊乱的世界，确认变换它的可能性，并决定从中提炼出"美丽的事物"

来。然而，当他们完全明白这一项任务之重大，必须有个助手时，他们招来儿子埃洛斯（爱的结合力）来帮忙。在他们的通力合作下，创造出海神庞图斯和地母该亚。

关于地球的故事，另一种说法是：第一代神埃瑞巴司和尼克斯做了一个很大很大的蛋，经过孵化，直到某个时刻，埃洛斯破壳而出，这个蛋壳就是我们的地球。

又有一说：从前的地球，没有树叶在山林的微风中摇曳，没有鲜花在峡谷里开放，平原上没有青草，空中没有飞鸟。万籁俱寂，地面光秃，没有生气。埃洛斯第一个感到这一缺陷，便用他的生命之箭，射穿了冷漠的地球胸膛。顷刻之间，灰褐色的大地披上了壮观的新绿，色彩鲜艳的鸟儿在山林树丛的新叶中飞翔，各种动物在绿草茵茵的大地上嬉戏，成群集队的鱼儿在清澈的溪流中穿梭。万物欣欣向荣，充满快乐和激情。

地母从冷漠中复苏过来，赞美对大地的装扮，决心来个更高和更完善的组合，于是创造了天神乌拉诺斯。他的神界无垠，包罗四方。

古希腊人认为，地球是一个圆盘，他们的部族处在圆盘的中央。高耸入云的奥林匹斯山是中央的中央，是众神居住的地方。地球南有地中海，北有黑海。

按照古希腊人的认识，在地球的北方居住着北土乐人。他们不断受到祝福，享受永恒的春天。他们的土地靠近大海，他们没有病痛，长生不老，不受死亡的威胁。他们道德高尚，神祇经常拜访他们，来到他们中间，与之共餐和游戏。他们人人快乐，日日歌唱他们阳光般灿烂的美好生活。

希腊的南部，靠近大河，居住着另一个部族，他们像北土乐人和埃塞俄比亚人一样幸福，他们品德出众，常常与神为伍，在兴高采烈中，表现出他们的天真无邪。

远处，在这条浩渺江河的西边，是极乐岛。这儿的亡魂，生前被神宠爱，不知死亡的恐惧，在这极乐世界里他们永受祝福。极乐岛有他们自己的太阳、月亮和星星，而且从来不受北方凛冽寒风的侵袭。他们日日夜夜沉浸在欢乐中，不需劳动、不需耕耘，他们没有悲哀、没有眼泪、没有叹息，快乐永远与他们相伴。

卡俄斯、埃瑞巴司和尼克斯被埃特和赫美纳剥夺了权力，而这两个夺位的神祇也没有执掌权力多久，又被比他们年轻力壮的乌拉诺斯和该亚取而代之。乌拉诺斯和该亚在成为十二个孩子的父母之前，他们不是居住在奥林匹斯山。十二个体格魁梧的孩子，人称十二泰坦，他们力大无比，以至于使他们的父亲乌拉诺斯甚为害怕。为了防止孩子们利用蛮力反对自己，乌拉诺斯在他们降生后，立即将其抛入一个叫塔耳塔洛斯的漆黑深渊里，并用锁链将他们牢牢拴住。

这漆黑深渊直达地心，乌拉诺斯自信，他的六个儿子：俄刻阿诺斯、克乌斯、克瑞乌斯、许珀里翁、伊阿珀托斯、克洛诺斯和六个女儿：伊丽雅、瑞娅、忒弥斯、忒提斯、摩涅莫绪涅、福柏，是无法从这可怕的地心中逃跑出去的。泰坦们不是塔耳塔洛斯的唯一的长久住客，因为有一天，深渊的铜铸洞门大开，库克罗普斯—布朗提司（雷）、斯得罗普斯（电）、阿耳纪斯（闪电）——乌拉诺斯和该亚后生的三个孩子，被扔了进来。在这黑暗中，他们三人帮助泰坦们不断发出要自由的呼声，搞得深渊更加阴森恐怖。在而后的时间里，他们的数目在增加，另外三个可怕的申提曼尼（百手怪兽）：卡图斯、卜吏阿纽斯、吉司，也被乌拉诺斯送了进来，与巨人们共担命运之苦。

父亲乌拉诺斯对待孩子的不公正，引起了母亲该亚的失望和不满。但她的恳求和哀告打动不了乌拉诺斯的心，他断然拒绝了妻子呼吁给泰坦们自由的要求。然而，每当泰坦们的沉闷的呼声传到他的耳里，他又因担心自己的安全而吓得发抖。愤怒之极、忍无可忍的该亚发誓要复仇。她亲自来到囚禁泰坦们的地狱，鼓动孩子们联合起来，反对父亲，从他手中把权力争夺回来。

巨人们仔细地听着她那煽动哗变的言辞，可是多数泰坦没有勇气执行她的计划。只有最年轻的儿子克洛诺斯深感被锁链囚禁的痛苦，憎恨父亲的残酷不仁。该亚最后说服了克洛诺斯，用暴力手段打击父亲。她为克洛诺斯解开捆绑后，给了他一把长柄镰刀，同时祝他好运，愿他胜利返回。

克洛诺斯出发了。他事前不打招呼，出其不意地来到父亲跟前。凭着他那件非比寻常的武器，一下子便打败了父亲乌拉诺斯，结结实实地将父亲捆绑起来。然后他自己去填补父亲空出来的王位，并希望自己成为世界永恒的王。被这种袭击激怒了的乌拉诺斯，诅咒儿子，预言这一天会到来：克洛诺斯将被自己的孩子打倒，为他今日的背叛承受惩罚。

克洛诺斯无意听取他父亲的警告，很镇静地释放了泰坦们。这些被解放了的兄弟姐妹，一阵狂喜，万般感谢他们的小兄弟使他们摆脱了令人悲切的地狱境界，表示愿意服从他的统治。

克洛诺斯选择自己的妹妹瑞娅做他的配偶，分配其他人各自拥有世界的一部分，泰坦们也心满意足，照自己的意愿统治领地。比如，对海神和忒提斯，他吩咐他们管理地球上的海洋与河流；对太阳神和月亮神，他指定他们的运行方向。从此，古希腊人认为，每天是太阳神驾着金光灿烂的太阳车，穿过天空，使大地阳光明媚。

和平与安宁笼罩着奥林匹斯山，克洛诺斯踌躇满志，暗自庆贺自己事业的成功。然而，一个晴朗的早晨，一个新生儿的到来，打破了他的平静。父辈经历政治风云的记忆，瞬间展现在克洛诺斯眼前。为了避开丧失王权的巨大灾难，他疾步走向妻子，决心把新生儿一口吞下肚去，以此避免这个孩子可能在未来制造的麻烦。全无戒备心的瑞娅把孩子放进他伸出的双臂，当她目睹她的丈夫吞噬自己的孩子时，你可想而知，她是如何的恐惧与惊骇。

时间流逝，又一个孩子诞生了，新生儿面临的是同样残酷的命运。一个婴儿接一个婴儿，都从贪得无厌的克洛诺斯畅通无阻的喉头消失了。别人在创造生命，他却在破坏生命。失去孩子的母亲的恳求，融化不了自私自利丈夫的铁石心肠。既然求告无用，瑞娅便采用另一种手段，当她的又一个新生儿朱庇特出生时，她把他隐藏了起来。

克洛诺斯知道了孩子的降生，便迅速出现在瑞娅身边，要以惯例处理掉孩子。瑞娅哀求了许久，不见丈夫回心转意，便假装依从他的命令，用襁褓包裹了一块石头，递给克洛诺斯，还假装一副悲哀到极点的样子。很显然，克洛诺斯没有动脑筋去想不成形状的包裹里到底包的是什么，就将它整块吞了下去。

克洛诺斯没有意识到别人对他的欺骗，于是转身离去。大喜过望的母亲，把获救的宝贝儿子紧紧地抱在胸前。然而，只把朱庇特从将死之中救出来是不够的，更重要的是，要让父亲压根儿不知道儿子的存在，才是真正的安全。

为了保险起见，瑞娅把孩子托付给山林女神美莲照看，美莲又把朱庇特带到埃达山的一个洞穴里安身。一只叫阿莫耳西的羊，被指定做孩子的奶娘。美莲由于工作出色，最后被天神列为一颗星座，置于灿烂的星群当中，这是对她热心和善良的表彰。为了防止朱庇特的哭叫声被奥林匹斯山的众神听见，瑞娅的祭司——哥利本僧人们，发出尖锐的喊叫声，用兵器互相撞击，跳起疯狂的舞蹈，高唱粗犷的战歌。

这种疯狂，这种嚣张，这种噪音，克洛诺斯全然不知其意。在公务之余，他自鸣得意自己的狡诈，成功地制止了父亲乌拉诺斯诅咒的兑现。可是，一旦当他弄明白了别人对他的哄骗，知道朱庇特还活着时，他的不安和害怕急剧升温。他迫不及待地另谋干掉朱庇特的主意。但是，他尚未来得及付诸行动就遭到了朱庇特的攻击，经过一场短暂而激烈的厮杀，克洛诺斯败下阵来。

朱庇特非常高兴，想不到自己如此顺当、如此轻而易举就获得了最高权力。在瑞娅的参谋下，朱庇特要来了海神的女儿梅提斯准备的呕吐药剂，强制克洛诺斯将吞下肚的不幸的弟兄姊妹们统统吐出来，其中有涅普顿、普鲁托、维斯塔、瑟瑞斯和朱诺。

仿效前辈的做法，朱庇特给弟兄姊妹各赐了一份国土。在众泰坦中，有的向朱庇特俯首称臣，支持他推翻克洛诺斯，但有的拒绝加盟，并发誓不会让朱庇特永远统治诸神。这一抗拒，理所当然地在奥林匹斯山神们中，引发了致命的冲突和战争。

在奥林匹斯山，朱庇特看到他的敌人阵势庞大，锐不可当。他估计，即或自己的队伍再添增援，也无济于事。当务之急，是从地牢里放出独眼巨人，他们在里面待得太久，个个身心疲乏，需要自由和空气。朱庇特的条件是，他给他们自由，他们给他武器——掌上霹雳，因为只有他们知道怎样制造它。

虽然，这件新武器使敌对方心中产生了极大的惊恐和沮丧，但是，敌方迅速团结起来，英勇顽强地战斗，一心要打倒篡位者，夺回世界主权。

十年间，战争不断升级，打得天昏地暗、地动山摇，战斗双方寸土必争，谁也不希望输给对方。然而厮杀到最后，反叛的泰坦们抵挡不住朱庇特的力量，不得不屈服投降。有的泰坦，又一次被押进地牢，由朱庇特的兄弟涅普顿监视他们。此时，年轻的征服者正在外面喜气洋洋地欢庆自己的胜利。

克洛诺斯——这次暴动的领导者和煽动者，厌倦了流血和格斗，退身前往意大利和西班牙，在那里，他重建了一个繁荣昌盛的王国，和平统治了好长好长的时间。

处理了泰坦们的事务后，朱庇特想着怎样来享受这非法攫取的权力。但是，地母该亚为了她的孩子和孩子们的生存权利，一心要收拾朱庇特，于是便制造了一个叫台风的怪物，命令它去攻击朱庇特。这台风是一个巨人，他的躯体长出百个龙头。火焰从他的眼睛、鼻子、嘴巴里喷出来。他嘴里不停地发出使人心惊肉跳的刺耳的吼叫声，吓得众神魂不附体，纷纷逃下奥林匹斯山，到埃及寻找避难所去了。

这凶恶的怪物台风同样袭击人，于是人样的神们各自变成不同的动物。朱庇特变成一只公羊，朱诺——他的妹妹和皇后，变成了一头牛。

不过，万神之父的朱庇特很快就为自己的怯懦和逃跑而感到羞愧，便下定决心返回奥林匹斯山，用他的可怕的掌上霹雳击毙台风。这又是一场漫长而激烈的战争。战争以朱庇特得胜结束。他骄傲地看着他的敌人在霹雳中毙命，但是，他的胜利也是短暂的。

恩克拉多斯是该亚生育的双料巨人，他的出现是要替台风报仇。然而，他的结局亦不妙，他被打败了，被坚实的链条锁住，关押在埃特纳火山喷火的岩洞里。起初，因不习惯被如此监禁，他怒气冲天，放开嗓门声嘶力竭地号叫，又是诅咒，又是呻吟。不时还吐出火焰，希望能伤害他的征服者。随着时间的推移，他的情绪平稳了。现在，只要能在洞内调节身体的姿势，他也就满足了。由于他的躯体太大，一次转动换位，就要挤得地球颤动，波及数十里，人们就把这叫作地震。

朱庇特征服了他所有的仇敌，登基掌权，威风得很。尽管这样，他十分明白，要管理好这天地，并非一件容易的事情。他安排兄弟姐妹分权治之，为了避免争吵，或者引起叛变，他将世界分成许许多多份，让他们选择自己承担的部分。

海神涅普顿管理大海与江河，虽然有朱庇特在上，他仍然表示要戴上象征性的王冠。王冠由海贝和水草编织而成。他常年住在他管辖的水域王国。

阎王普鲁托，是泰坦中的少言寡语者，他接受了塔耳塔洛斯深渊包括阴曹地府的管辖权。这里，阳光不得进入。

如此分配一番，朱庇特仍保留自己对他兄弟的国土和天上、人间的总监管权。

世界到处呈现出和平气氛。没有怨言，没有牢骚，哪怕曾经是愤愤不平的泰坦们，也最终看出，再反抗是没用的，学会听从命运安排，不求改变现实，但求改变自己。

在而后平静的日子里，泰坦们彼此通婚。艾皮图斯一见钟情爱上了漂亮的海洋女神克吕玫尼，并且结了婚。这对夫妻有四个了不起的儿子：埃忒纳斯、墨涅丢斯、普罗米修斯（未来先知）和埃皮米修斯（过后方知）。他们在希腊神话中扮演着重要角色。

此时，大地到处是繁茂的植物，各式各样的生物居住在同一个星球。埃洛斯觉得，必须赋予人以本能，让他们去感受、去领略扑面而来的生活。于是，他召唤艾皮图斯的两个儿子来帮忙，吩咐他们将一种天赋分配给生命体，特别要造就高级动物"人"，使他们统治别的一切。

普罗米修斯和埃皮米修斯的第一注意点，很自然地是完善已经造出来的事物。他们对其他事物的赋予真是大手大脚，以致他们的赠品很快消耗殆尽。对人需要的，已是所剩无几。于是，他们开始用泥土做人。他们造出来的第一个人，样子像神，埃洛斯朝着泥人的鼻孔吹进生命精气，智慧女神赋予人灵魂，这样，人有了生命，四处走动，观察、认识他的新领地。

普罗米修斯为他造的人而骄傲。他还想赋予他们某些伟大的、别的生命体所不具备的力量，以提高他们在生命体中的地位，使他们接近不死之神的完美。普罗米修斯估计，火对人是最重要的，但是，火是神祇的特权，普罗米修斯也知道，天神肯定不愿意与人共享火种，除非偷盗火苗。不过，神绝不会饶恕偷盗者。他思考了好久，他不去盗火，谁去？他不下地狱，谁下？最后下定决心，冒着在盗火中死去的危险，去盗取火种。

一个漆黑的夜晚，他前往奥林匹斯山，溜进神的住所，抓住燃烧的火苗，藏在怀中。离去时，仍然没被看见，他惊喜他的成功。回到人间，他把偷来的宝贝赠给人类。后来人类发展了火的多种用途。人经常向慷慨的盗火者表示感谢，是他用生命为人谋福利，他是人类幸福的最伟大的殉道者。

在高高的奥林匹斯山顶峰的王位上端坐的朱庇特，看见不寻常的火光在地球上闪烁。他仔细观察，很快发现天火被盗窃的事实。他勃然大怒，其模样，谁看了都惧怕。天神们大为惊骇，他们听见他庄严发誓，要惩罚不幸的普罗米修斯。他用强有力的手，捉住这个敢冒天下之大不韪的犯罪者，然后将其带往高加索山，拴在悬崖上。一只贪婪的秃鹰被召唤来，用它的长嘴壳啄食他的肝脏，用爪撕裂他的胸腔，普罗米修斯痛苦不堪。白天，秃鹰啄食不已；寒冷的夜晚，秃鹰睡了，普罗米修斯的痛苦减弱，肝脏又重新长了出来。

日复一日，这痛苦没完没了，绝望的普罗米修斯发出令人心碎的怨言。地球上的人类世世代代繁衍着，他们都在为他祈祷，感谢他的大无畏的牺牲为他们带来的福祉。过了多少个世纪，朱庇特和阿尔卡克玫娜的儿子赫丘利，发现了受苦的普罗米修斯，便杀死了秃鹰，砸碎了坚实的锁链，解放了在长期蒙受苦难的神。

生活在地球上的早期人类，十分的纯洁，受到神的福佑。大地上空气清新幽香，四季阳光明媚，物产丰富，美丽的鲜花开遍四面八方。人们心情舒畅，从不知寒冷、饥饿、疾病和死亡。普罗米修斯给人类创造繁荣昌盛、幸福安康的生活环境，使朱庇特大为不悦，想方设法惩罚接受天火的人类。

朱庇特召集诸神在奥林匹斯山开会，经认真研究，决定造一个女人，这女人一旦精心构造成形，天神们便各自给予她一种魅力，使她更加讨人喜爱。

功夫不负有心人，诸神的努力，获得了预想的成功。这是个娇艳绝伦的女人，诸神给予了她一切。多番斟酌，天神们宣布，她的名字叫潘多拉。然后，吩咐墨丘利将她作为天神的礼品，送给普罗米修斯。普罗米修斯太明白不过了，从天神那里来的不会是什么好东西。他告诫兄弟埃皮米修斯，学他的样，不要亲近她。不幸的是，埃皮米修斯的缺点是容易轻信人，所以，当他第一眼看见这个少女时，便惊呼："这么美丽优雅的女人，咋会带来噩运呢?"他欢天喜地地接纳了她。

新婚的日子里，他们过得充实而甜蜜。手牵着手，在树林的浓阴下，悠闲漫步；坐下来，采集芳香的鲜花编织花冠；一伸手，便可以摘到十分诱人的甘美果实解渴充饥。

在一个充满柔情爱意的夜晚，正在绿茵草地跳舞的这对新人，看见朱庇特的信使墨丘利朝着他们走来。他的脚步缓慢、疲惫，他的衣服肮脏不堪，一副风尘仆仆的样子。他走得很吃力，肩头还扛着一口巨大的箱子，在重压下，那脚步更显得趔趔趄趄。潘多拉立刻停止了舞步，以女性特有的好奇心，想看看箱子里装的是什么。她轻轻碰了碰埃皮米修斯，对他耳语道："问问他，里面装的是什么。"墨丘利避而不答，只是提出把这笨重的箱子寄存在他们的屋里，以保安全。墨丘利一再说明，他今天太劳累了，实在无法把东西背到目的地了。他许诺，明天就会回来将它搬走。房主人爽快答应了他的请求。墨丘利如释重负，长长地吁了一口气，把箱子放在屋角，谢绝了主人的热情挽留和盛情款待，转身出了门。

　　墨丘利刚跨出门，潘多拉焦急地想窥视一下神秘的箱子里到底装了些什么。埃皮米修斯有所疑惑和警觉，对她说："你的好奇心来得不是时候。"在他英俊的脸上，第一次出现了紧锁的眉头和翘起的嘴唇。他请她到门外透透新鲜空气，加入到他们同伴的游戏中。潘多拉第一次拒绝了他的恳求。沮丧的埃皮米修斯独自一人在外徘徊，心想她会来到他身边的，或许，他会以拥抱和亲热来弥补她眼下的不愉快。当一个人与神秘的箱子在一起时，潘多拉想看个明白的愿望变得更加强烈。她偷偷地靠近它，以极大的兴趣端详它。这是一口精心制作、细致雕刻的黑木箱。这箱子好像在对她微笑，使她增添了勇气。箱子四周用金线缠绕着，在盖上打了一个复杂的结。心灵手巧的潘多拉相信自己能把结解开，即使箱子的盖子打不开，再结上结，也不会暴露痕迹。如此想着，她就动手干了起来。好长时间，她东解西解，就是解不开。屋外伙伴们游戏的欢声笑语，随着夏季的和风轻轻地飘了进来。她多次听见伙伴们呼唤她出去跟他们一起游玩的声音。她不为心动，坚持要解开结。正当她失望而打算放弃这徒劳无功的活计时，突然，纠结在一起的线头，在她指头的摆弄下，奇迹般地解开了。金线散落在地上。

潘多拉依稀听见一阵细微的声音从箱子里发出来。声音愈来愈大，她屏息静气，将耳朵靠近箱盖，确认这声音是不是真的从箱中传出来。"潘多拉，亲爱的潘多拉，可怜可怜我们吧！将我们从这间幽暗的牢狱里放出去吧！打开呀，打开呀。我们求你啦！"当她清楚地听见这十分悲凉的话语时，你可以想象得出她的惊愕。

潘多拉的心跳加快，发出咚咚的声音，好一阵子，这声音将别的声音都掩盖了。她会打开箱子吗？此时此刻，户外一个熟悉的脚步声使她产生了负罪感。埃皮米修斯正朝这里走来，她知道他是来劝说她出去的。他真坏，丝毫也不考虑满足她的好奇心。既然如此，她毫不犹豫地揭开了箱盖，趁他未进门，偷偷地看一眼。

她未曾想到，在此之前，朱庇特怀着恶意在箱内塞满了疾病、哀愁、邪恶、犯罪等等祸及可怜人类的灾难。潘多拉刚将箱盖揭开，里面的一切灾难，伪装成可怕的长有褐色翅膀、类似飞蛾的生物，一起飞了出来。这些小昆虫左右飞扑，有的停在刚刚进门的埃皮米修斯身上，有的粘在潘多拉身上，像下了狠心似的，用尖嘴在他们身上又是扎又是刺。它们从洞开的门和窗子飞出去，落在正愉快游戏的人们身上，他们欢快的笑声迅速被痛苦的喊叫代替。

埃皮米修斯和潘多拉此前没经历过哪怕是很微弱的疼痛与恼火的感受，当这些长翅膀的有毒的精灵锥刺了他们以后，他们便流泪哀叹。在他们相处的日子里，头一次吵架了。埃皮米修斯严厉责备他妻子不动脑子的行为,正当他骂得性起,又听见一个细小而甜蜜的声音向他哀求自由。声音来自那不幸的箱子。它的盖子,在潘多拉受到惊吓和感觉疼痛的第一时刻,被盖上了。"打开箱子,打开箱子,我能治好你的伤痛!请让我出来!"声音乞求说。

吓坏了的夫妇俩面面相觑,同时,也用心听着。他们再次听见同样的痛苦的声音,埃皮米修斯吩咐妻子揭开盖子,让哀求者得到自由,另外,他又告诉妻子,她那致命的好奇心酿下如此多的祸害,已是难以挽回。也许,箱子里面还配置得有好的东西,也许它们会给人类以帮助。

于是潘多拉第二次打开箱盖,这次带给她的是一阵惊喜,原来神们在箱子里还装进了"希望",她的任务是医治好她的牢友给人留下的创伤。

"希望"扇动着雪白的翅膀到处飞翔,她触及埃皮米修斯和潘多拉细腻皮肤上的伤口,解除了他们的苦痛,然后从开着的窗子飞走了,到外面去医治相同的受害者,使沮丧的人振作起来。

就这样,"邪恶"进入世界,带来了说不完的不幸;"希望"踏踏实实地帮助着奋斗中的人类,给他们指出更加幸福的未来。

所以,多少世纪以来,别的神祇已经不再受敬拜,只有"希望"一直得到人们的爱戴。

另有一种说法是,潘多拉被派下凡尘,带来一只装着"邪恶"的瓶子，半路上，受好奇心驱使，揭开了瓶盖，让邪恶统统跑了出来。

一点一点地，世界挤满了人。正如我们知道的，地球上的第一批居民，才是生活在无忧无虑之中。地球上物产丰富，为人类生存提供了一切需要。这是一个福星高照的年代，它有一个好名声，叫作"黄金时代"。当时的意大利，由克洛诺斯统治，他人老了，但很温和。在这个时代，人神相处甚洽。人类没有劳苦，没有忧愁，天神保护着人类。

不幸的是，在这个世界上，没有永远不变的人和事。"黄金时代"之后，是"白银时代"，大地出产减少，天地有了四季之分，人们为了每天的面包，不得不耕耘劳作。此时的人，行为开始不检点，粗野怪诞，对天神不再生敬意。当他们生命终结时，降为大地幽灵。

不考虑这些因素，此时人民的日子还是幸福的，比而后到来的"青铜时代"的人就幸福多了。"青铜时代"的人以青铜为原料，制成青铜兵器、青铜盔甲、青铜房子，他们好战嗜杀，他们死后坠入黑暗的地狱。在"青铜时代"，人的贪婪滋生，对战争和用暴力解决矛盾冲突已习以为常。

"青铜时代"过后，是最糟糕的"黑铁时代"。这时，人的感情不受约束，他们胆敢断然拒绝对不死之神的祭献。战争连续不断，血污渗透大地，礼仪公然遭到破坏，凶杀、强奸、盗抢，到处都在发生。人世间充满罪恶，他们整日整夜地劳作，不断产生忧愁和烦恼：父不爱，子不孝；朋友不真诚，弟兄为仇敌；少不得安，老不得养；年轻人厚颜无耻，老年人忍气吞声；权势者巧取豪夺，善良人无端受辱；作恶人逍遥法外，守规矩者反遭嘲笑；恶人受尊敬，渎神为光荣；说谎话，发假誓，蔚然成风。神祇因此蒙羞，人类亦处在无穷无尽的悲哀之中。

这些年，朱庇特一直关注人们的行为。人的邪恶，惹得他愤怒到了极点，他赌咒发誓要消除人类。处理人类的方式多种多样，哪种方式是最有效的呢？他拿不定主意，便召集众神共谋大计，大家给他当参谋和顾问。神们提出的第一个建议是，用朱庇特那吓死人的掌上霹雳，一把火点燃，烧掉世界。万神之父的朱庇特正要将此方案付诸行动时，他高举的手掌一下停在空中。他在思考，有人说，熊熊的火焰烧死人类，也会把天神自己的辉煌宫殿化为灰烬。于是，他放弃了这个计划，叫诸神另想毁灭人类的办法。

经过反复论证，众神一致赞成，用浩瀚洪水将人类从地球上抹去。于是，风，受命将雨云布满世界。海神涅普顿掀起冲天大浪，要水淹没大地。湖泊、海洋、河流就像垮了堤坝，地球上水浪滔滔。惊恐万分的人类，不再为一些小利而争吵，他们只顾拼命逃出死神的追击。爬上高山，爬上树顶，甚至躲进在从前美好日子制造的小舟中。他们的所有努力，都无济于事。水在不断地上涨，水浪翻过他们头顶，淹没了他们从前居住的家。那时候的日子多么好啊，今天，他们在深不着底的惊涛骇浪中，绝望地号啕、挣扎。

雨持续地下，不几天，除了希腊最高的帕拉索斯山峰，到处是波涛滚滚。在这被水围困的山峰上，站着普罗米修斯的儿子丢卡利翁和他忠诚的妻子——埃皮米修斯和潘多拉的女儿皮拉。他们是洪水时期唯一的幸存者，目睹世界的荒凉，他们眼泪汪汪。尽管世界存在普遍堕落，但是，他们夫妇二人始终保持着廉洁和道德。当朱庇特一眼看见他们独自在这里时，便回忆起他们的虔诚，于是决心将他们排除在人类总毁灭之外，让他们活着。朱庇特吩咐风回穴，雨打住。涅普顿遵照朱庇特的命令，吹响了他的海螺，声音所到之处，洪水下降，降到了原来的水平。山峰再露，海岸出现，树生绿叶，世界恢复了元气。

随着水位下降，丢卡利翁和皮拉一步一步下了山，举目一看，满目荒凉，空无一物。他们思考着，怎样在这孤独的世界繁衍人类。他们来到特尔斐神殿，唯有它在洪水冲击下，依旧完好无损。他们进入了神殿，正当他们惊诧莫名之际，一个声音对他们说："到外面去，将你母亲的骨头朝后扔！"

皮拉对此不甚了了，她以为，抛撒母亲的尸骨，是冒犯阴魂的过错。听从这一命令，无疑该受天罚。在古代希腊，死人备受活人尊敬，挖祖坟，罪不容赦，应严加惩罚。他们想来想去，最后，还是丢卡利翁聪明，他向皮拉说出了他对神谕的理解。

"大地，"他说，"就是我们的母亲，石头就是她的骨头。"丈夫和妻子迅速行动起来，默默对神祷告，不停地将石头朝着背后扔去。

奇迹出现了，石头在变软、变大。石头是人的骨骼，地面的湿润泥土变成了人的肌肤，此时的人，虽说粗犷，但也像模像样。丢卡利翁扔的就变成男人，皮拉扔的统统变成女人。

就这样，大地第二次布满了清白、道德的人类，以填补被朱庇特杀掉的有罪的人。不久，丢卡利翁和皮拉有了一个宝贝孩子，名字叫作海伦，成了希腊民族的祖先。

朱庇特

　　朱庇特，希腊人称宙斯，万神之父，宇宙的最高统治者，也是人类特别敬仰的天神。他是世间一切的典范，是政治秩序与和平的卫士，是全体奥林匹斯山神祇中的佼佼者，别的神都要屈从于他的意志。他摇一下头，下面的神仙们心惊胆寒；他顿一下脚，奥林匹斯山也要发抖。

　　只有命运之神敢反对朱庇特的统治意志，他们不停地发布毫无商量余地的生死命令，即或在朱庇特接替了父亲的王位，开始统治世界时，也依然如此。

　　与众神祇一样，朱庇特是不死之神，但是，他也要受欢乐、痛苦、悲哀和懊恼的影响，听从于情绪的捉弄。

　　他坐在峰峦重叠的奥林匹斯山会议厅，随时召集神祇同他共议大事，或者放纵于享受天上才有的美味佳肴，畅饮琼浆玉液。

　　在人们的心目中，朱庇特代表神圣而高贵的形象。他有卷曲的长发和胡须，穿着宽大的袍子，一只手拿着权杖，另一只手举着胜利女神的小像，世界是他的脚凳，象征力量和权力的鹰时时刻刻依偎在他身边。

朱庇特有他自己的特别随从,那就是胜利女神。她随时准备着聆听他的吩咐,据说,她的主人非常爱她,光在身边尚嫌不够,还要将她的小像托在手上。

多嘴多舌的名誉女神,手执喇叭,按照他的旨意向众神宣布,凡他所思,凡他所说,凡他所做,无论是真理,或者是谬误,不得发问,不得怀疑,只管照办。

朱庇特的贴身侍从中,幸运女神时常脚踏飞轮,遍游世界,抛撒礼物。青春女神赫柏,或叫朱文塔斯,时刻准备着,遵照朱庇特的意愿,为神祇斟满美酒。天神们习惯举杯互祝身体健康。遗憾的是,这位漂亮的女神,在一个不该摔倒的时刻摔倒了,这事儿闹得满城风雨,她不得已辞掉了工作。这下好了,万神之父朱庇特只得重找一个斟酒神使。

为了保证求贤一事进展顺当,朱庇特变成一只鹰,振动着翅膀,在天空翱翔。没飞多久,朱庇特看见在临近的山头,孤独地站着一个英俊的少年。朱庇特俯冲直下,瞬息间,他那有力的爪子一下把少年钩住,稳稳当当地向奥林匹斯山飞去。被朱庇特绑架的少年叫该尼墨得,是特洛伊国王的儿子,他听从朱庇特的耐心教诲,明白了在今后的日子里,他将扮演的角色。

为了关心人类幸福,朱庇特经常拜访人间。下访时,他总是要花大气力精心装扮自己,为的是要让自己了解的情况是真实的,避免那些想依附权势而对他撒谎的人麻痹了他。一天,朱庇特和他的宠儿、特别信使墨丘利，装扮成饥渴的、乞讨的旅行人，走进一对老年夫妻的茅屋，他们就是可尊敬的菲利门和巴乌西斯。

为了盛情款待陌生人，贫穷的老人决定杀了他们唯一的一只鹅。可是，要逮住这只鹅却不容易。到后来，它干脆躲藏到朱庇特的两个膝盖之间。朱庇特被他们的热情感动，在他忠厚的崇敬者面前显现了原形。并让他们提出希望得到的赏赐——有求必应——这是一个天神难得发出的诺言。

菲利门和巴乌西斯只是小心翼翼地请求，允许他们终身敬奉神灵，让他们老夫老妻不在同日生，但在同日死。这个十分合理的愿望，马上得到了神的应允。不仅如此，朱庇特还将他们简陋的房子，变成洁净的殿堂，封夫妻二人为男祭司和女祭司。并设有一个祭坛，供他们每日向神奉献牺牲。

许多许多年过去了，他们虔诚地敬奉天神。有一天，他们终因年老衰弱，体能不支，死在同一时刻。菲利门死后变成橡树，巴乌西斯死后变成了椵树，两树枝叶繁茂，在顶端拥抱交会。多少世纪，两棵树绿叶翡翠，见者无不敬仰，它是老夫妻生前死后爱的纪念碑。

虽然朱庇特已经和朱诺结了婚，但是，万神之父的他，不知满足，还常常同别的女神们陷入爱的绯闻中，纠缠不清，更甚者，还和凡间女子偷情。进入文明门槛的古代希腊罗马人，虽不主张一夫多妻，但是，他们的神却享有特权，神与神、神与凡人相爱，不能算有罪。作为天神的朱庇特，同时与朱诺

（环境女神）、狄俄涅（湿温女神）、忒弥斯（正义女神）婚配，不受任何指责。因为，就他们的观念和认识，他们的结合完全是象征性的。

考虑到朱诺的嫉妒，朱庇特被迫将他与情人的幽会部署得密不透风，特别小心谨慎。其惯用手法是改变自己的形态，比如，他诱惑阿格罗尔的女儿欧罗巴时，就是变成一条牛，还学会发出叫声。

朱庇特的尊严和权势，使他点个头，大地也要抖三抖，但是，为了爱，也就把天神的尊严和表示权力的象牙权杖抛弃在一边了。

一天，欧罗巴和她的三个兄弟卡德摩斯、福尼克斯和塞里克斯，正在他们父亲的草地里玩乐，她突然看见一头白色的牛，朝她奔来。它的眼神是那么柔和，双角向下低垂着，一副温驯的样子。少女很高兴，抚摸着白色的牛，用花朵青草编制的花冠打扮起它来。她将采集来的花朵，放在它的口边，朱庇特心里暗喜，吻着她的手，并且跪下，仿佛邀请她骑上背，她真的轻轻跨上它宽阔的背脊，招呼着她的女伴们也骑上来，可她们还来不及骑上，牛脚已经立直起来，驮着美丽的姑娘直朝海滨奔驰而去。

眼前是波浪滔天，驮着欧罗巴的朱庇特无心回头，一下跃入海中，一瞬间，便从人们的视野中消失，迅速地游向他方。欧罗巴回头看海岸，海岸已远去，她毫无办法，只好一只手紧抓住朱庇特的角，另一只手裹住被风吹乱了的衣衫。为了不吓坏美丽的姑娘，白色的牛轻声对她说："别害怕，我是伪装成牛的朱庇特。勇敢起来，美丽的姑娘，汹涌澎湃的海水不会造成对你的伤害，万神之父的朱庇特，有保护你的能耐。"

朱庇特花言巧语的奉承，使欧罗巴渐渐顺从了他的心愿。她的双臂紧紧地抱着牛的脖子，怕海水将她从牛背上冲走。

后来，朱庇特将美丽的姑娘送到了一处海岸，登上了一块新土地，他慷慨地把它叫作欧罗巴，就是我们今天知道的欧洲。朱庇特恢复了本来面目，向她说明，为什么如此不礼貌地诱拐她的原因。欧罗巴最后同意与他结婚。他们生的三个儿子，分别是弥罗斯、拉达曼提斯和萨耳珀冬。前两个，相继做了地狱的审判官，第三个儿子，光荣地死于特洛伊战争。这是后话。

可是此时此刻，谁也不知道欧罗巴在哪里。她的三个兄弟，急急忙忙跑回父亲的宫殿，禀报父亲，姐姐被诱拐的事实。国王阿革诺耳知道了他最心爱女儿的不幸，以袍掩面，表达他的悲痛。他命令三个儿子外出寻找，找不到就不要回来。在母亲特勒菲萨的陪同下，孩子们迅速出发，他们逢人便问，是否看见过他们的姐姐欧罗巴。找的找、问的问，路途漫漫，却毫无结果。

到后来，厌倦了这没有希望的询问，福尼克斯放弃了，离开了他满怀忧愁的亲人，独自留在一个地方，这个地方因他而得名叫福尼西亚。不久，塞里克斯也学他的样，定居在一块土质肥沃的国家，定名塞里西亚。母亲特勒菲萨也因悲痛过甚，疲劳过度，身体垮了下来，最后死在异国他乡。临死时，还鼓励她的大儿子，继续寻找欧罗巴。

卡德摩斯到处漫游，寻寻觅觅，仍是一无所获。一日他来到特尔斐神殿，在这里，他乞求神谕，但是，他得到的唯一的答案是："找到牛，它在哪里，她就在哪里。"

困惑不已的他，离开了神殿，习惯性地向前走着。耐心地向他遇到的人打听欧罗巴的下落。一天，他看见一头牛在他前面懒懒散散地走着，满脑子装着特尔斐神殿神谕的卡德摩斯不再问谁，一直尾随着牛。为好奇心驱动，一路上许多冒险者加入到他的行列中来。当牛在一个叫比奥特亚的地方停下来，再也不走时，他们一致表示愿意帮助卡德摩斯，并且选他为领袖。他们要找个地方，建立他们未来的首都。这就是现在埃及的底比斯。

一路走来，口干舌燥，大家迫不及待地赶到邻近的水泉喝水。过了好一阵子，人们还没有回来，卡德摩斯心中顿生疑窦。他来到水泉，终于发现了人们不归的原因。清清流水的山泉边，有一个洞穴，里面住着一条毒龙。它的龙头在发光，它的眼睛冒着火焰，三层牙齿中间吐出三叉的舌头，它的躯体庞大而有毒。它盘卷成一团，高昂着头，俯视着泉边，要向他发起攻击的样子。他明白，他的伙伴们是被这头巨大的龙吞噬了。王子紧握手中宝刀，誓为死者报仇。卡德摩斯与龙相对着，龙在咆哮，冷不防，他重重地砍下宝刀，其力度之大，以致龙还没有叫出第二声，就断了气。

当卡德摩斯面对他那已经丧失生命的仇敌正思考着什么时，一个声音对他说，拔出龙的牙齿，再把龙牙种在泥土中。他环顾四周，不见人影。卡德摩斯知道了，这是不死的天神在向他发出指令。他马上做好准备，照神的指示，挖出沟渠，种植龙牙。说也奇怪，龙牙一种下地，巨人们便从泥土中蹿了出来，穿戴齐全，气势汹汹，用一句话形容："武装到了牙齿。"他们正欲扑向卡德摩斯，同一个声音又告诉他，扔一块石头在巨人集聚而成的方阵中间。卡德摩斯眼看着巨人就要扑到自己身上，机不可失，时不再来，马上扔出了石头。石头一出，效果真是立竿见影。巨人们相互猜忌，打成了一团。你打我打，自己损耗，到后来只剩下五个巨人，他们将血迹斑斑的刀插入鞘中，匍匐告饶，愿替卡德摩斯血战卖命。有了他们的帮助，未来城市的基础奠定了。在天神的帮助下，他们没有费多大气力，平地而起，建造和完成了许多城市设施。

　　为了表彰卡德摩斯的爱心和不辞辛劳寻找欧罗巴的精神，由朱庇特做主，把战神马斯和美神维纳斯的女儿哈耳摩尼亚，许配给他为妻。据传说，卡德摩斯，不仅是底比斯城的建设者，而且是字母的发明者，并在希腊文字中开始运用。卡德摩斯的早期事业发展得一帆风顺，但是，有一次，在一个神圣的时刻，他忘了给神敬献牺牲，激怒了天神，他的日子便每况愈下。又因他的玩忽职守，天神忍无可忍，就把他和哈耳摩尼亚变成了大蟒蛇。

　　在古人的心中，朱庇特受到广泛的崇拜，他的神殿在罗马首府，他的神龛放在利比亚。这些神圣的处所，享有世界声誉。他还有一座神殿在多多纳，殿前有一棵橡树，万神之父朱庇特赋予它灵感，因此而名声远播。

奥林匹亚的一座辉煌的神殿，是为朱庇特建造的。每五年一届，希腊人在这里集会，进行竞技比赛，以庆贺朱庇特打败泰坦的伟大胜利。这一庆典活动，就是世人皆知的奥林匹克运动会。希腊人一般习惯用两届奥林匹克运动会之间的那四年来计算时间。奥林匹亚神殿内，有雕塑家费底亚斯用黄金和象牙雕成的朱庇特神像，其趣味之高雅，工艺之精湛，令世人惊叹不已，称它为古代七大奇观之一。据说，艺术家在完成了这一杰作后，一直盼望着从天神那里得到认可。果真，朱庇特送出一束耀眼的闪电，围绕着雕塑，火焰熊熊，光芒刺眼。人们以为神像被毁了，但是，大火之后，神像无恙。

朱 诺

　　天后朱诺，是克洛诺斯和瑞娅的女儿，也是朱庇特的姊妹。当朱庇特篡夺了他父亲的王位，掌握了权杖的时候，便开始为自己寻找一个合适的帮手。朱诺的惊世之美令他魂飞魄散。他立马展开求婚攻势，变形为一只杜鹃鸟，这给他们的恋情，注入了一点点浪漫情调。很快，他受到她的垂青，得到她的同意，与他共享王位。不久之后，二人结为秦晋之好，他们在奥林匹斯山举办的婚礼真是盛况空前。正是在这个庄严时刻，天神决定，从今以后，朱诺享有婚姻女神的荣誉，她是新娘新郎的最高证婚人。

　　新婚初始，他们的日子过得恩恩爱爱、甜甜蜜蜜，但是不久，分歧出现了。朱庇特感情不专一，朱诺因此嫉妒成性。嫉妒使朱诺的情绪变化无常。每每在这样的时刻，朱诺的脾气十分暴烈，痛斥丈夫的不忠不信，而丈夫不能容忍她的呵斥，便狠狠收拾她。以前在外花天酒地时，朱庇特只是改装换貌，现在，还得倍加小心，多加防范。他寻欢求爱的热情，有增无减。

有一次，朱庇特深深地爱上了美少女卡利斯托。她的风采，她的俊俏，她的身段，把朱庇特给迷住了。她的美发未做梳理，系着一条白色的带子，更显出自然的美。此时她躺在草地上，睡着了，那飘洒的黑发似那泛波的流水。这女子的娇艳与健美，实在令朱庇特着迷。朱庇特心旷神怡，自言自语道："我能拥抱她，那才是福中之福。"他的动作惊醒了梦中少女。她感觉到了他的体温、他的呼吸。他的双臂热情而有力，但是，她推开了他。要知道，朱庇特毕竟是个大男子，面对一个小女孩，他就是强者。他以他的力量，从她身上得到了满足后，飞上天庭去了。受了伤害的少女，羞愧得无地自容。

　　尽管朱庇特做了不少掩饰工作，朱诺还是发现了他的不轨。为了报复仇敌，她日里夜里，反复思考，策划着，分析着，判断着，一心要找出行之有效的手段来。朱庇特走后，这少女怀了孕，生下一子。朱诺恨得咬牙切齿，不再拖延时间，她抓住少女的头发，将她掀翻在地，骂道："贱婆娘，你太不要脸，我男人太卑鄙。你们两人狼狈为奸，生下这个孽种。你用漂亮勾引我的男人，我要叫你奇丑无比。"转眼之间，卡利斯托的双臂和双脚长出了毛，樱桃小嘴成了血盆大口，她变成了一只粗野的、笨拙的黑熊。朱诺将她赶进森林，那里就是她的永远的家。但是，怕她的哀叹和祈求被朱庇特听见，朱诺再使一招，让她失去声音，说不出话来。

　　朱庇特没有忘记卡利斯托，他四处寻找她。过了好多年，总算见到了她和他们的儿子——小黑熊卡尔克斯。朱庇特哀怜他们的不幸遭遇，把他们母子带上天庭，安置在众星中间，天文学家称之为大熊星座和小熊星座。

朱诺，像她丈夫一样，有自己特定的侍从——彩虹女神伊里斯。朱诺时常委派伊里斯充当信使，伊里斯也尽职尽心，其快捷不亚于职业信使墨丘利。彩虹女神在空中行走，速度之快，是肉眼看不见的。如果不是她色彩斑斓的长袍在天空中留下长长的痕迹，无人知道她已经过去。

朱诺是马斯、赫柏、乌尔甘的母亲，人们总是将她描绘成美丽、高贵的女性。她穿着飘逸的袍子，头戴花冠，手持权杖，杜鹃和孔雀盘旋左右。

朱诺的主要供奉地在斯巴达和罗马，在神殿内，她和朱庇特同受祭献。后人从希腊、罗马发掘出的朱诺神之多，表明她在古代作为天后受到崇拜的普遍性。

在罗马，纪念朱诺的节日，总是场面壮观，气势宏伟。朱诺节年复一年举行，这中间传说着这么一个故事：有一回，纪念朱诺的节日到了，一位上了年纪的女祭司，渴望到阿尔克斯的朱诺神殿参拜，此前，她在那里供奉神明许多年，后来要结婚，才离开了神殿。到阿尔克斯路途遥远，老年人是不能步行前往的。她叫出她的两个孩子克里毕思和比同，把她的那匹小母牛套上车。年轻人遵命照办，可是，他们找遍了所有小母牛应该在的地方，就是不见小母牛的影子。为了不让母亲失望，两个心地善良的儿子把车辕架在自己的脖子上，拉着母亲，走过城市的街道，在围观群众的欢呼声中，直到神殿的大门。人们赞赏这对年轻人的孝心。

母亲被儿子的真情所打动，当她跪拜在神的祭坛前时，她恳切地向朱诺祈祷，恳求以她的神力，保佑她的儿子，奖赏他们。参拜神像完毕，女祭司走到回廊，她的孩子因旅途劳顿，在那里休息。但是，出乎她的预料，她见到的孩子，不是在睡觉，而是已经死了。事实是，两人在睡眠的时候，天后将他们送上了天堂乐土，他们将在那里享受永生。

弥涅瓦

即使是不死之神，也免不了身体的不适与疼痛。一天，朱庇特忽然患上头痛病，痛得很厉害。他希望有人能发明一种方法，减轻他的痛苦。他将天神们召集到奥林匹斯山，研究这一问题。众神共同努力，但仍无结果。即便是神医阿波罗提出的药物方案，亦不见效。不愿再忍受这恼人的痛苦，朱庇特下令叫他儿子乌尔甘，用一把斧头将他的头劈开。朱庇特的话，一言九鼎，谁敢说个不字？接受任务的乌尔甘，只有服从命令。当朱庇特的头被劈开后，弥涅瓦——智慧女神从她父亲的头颅中跳了出来。她全身披挂，手执长矛，铠甲闪着亮光，嘴里哼着凯旋时唱的胜利之歌。在场的神都被这不速之客吓了一跳。

加入了奥林匹斯山神谱的这位女神，天生的职能范围，大到维系和平、保家卫国，小到针头麻线，都体现了她的聪明智慧。是她，打败了统治世界的黑暗神。

她迫使前辈退位，自己迅速接管了权杖，稳定了她对世界的统治。

她出世不久，一个叫塞克罗浦斯的菲尼基人来到希腊，在阿提喀地区建立了一个美丽的城市。天神们饶有兴趣地观看他的工作，目睹一个小镇从建设到繁荣，每个神都想用自己的名字命名它。于是召开了协商大会，与会者考虑再三，多数神撤回了自己的要求。只剩下弥涅瓦和涅普顿，为了那个叫人垂涎的光荣而争夺不休。

最后，朱庇特宣布，无论哪一位天神，能创造出人类使用的物品中最有用的东西，这个城市就在他的监管和保护之下。海神涅普顿高举他的三叉戟，狠狠地杵在地上。这一杵，好家伙，一匹剽悍的骏马，从地下一跃而起。天神们的惊诧和佩服交织在一起。骏马的优点，创造者如数家珍。听者由此担心，弥涅瓦很难超过他。轮到弥涅瓦，她创造了一株橄榄树，人们立即报以嘲笑和挖苦。但是，当她告诉天神们，橄榄树有多重用途，它可以提供木材、水果、树叶和树枝，等等。他们的看法有了转变。她解释道，橄榄树是和平和繁荣的象征，人们对和平的需要胜过对马的需要，马是战争与邪恶的象征。众神不得不承认，她的智慧更具有实用价值，便将城市命名权授予了她。

为了纪念战胜对手的胜利，弥涅瓦将城市命名为雅典娜。从那以后，该城市的居民，一直视她为保护神。

弥涅瓦时刻守在朱庇特的左右，以她的聪明才智，随时帮助他，做他的参谋和顾问，在战争时期，她借过朱庇特厉害无比的神盾，挎在肩头，出发去支持代表正义的一方。

战争的暴烈和可怕的叫嚣，对这位勇敢的女神，已经算不上一回事了。她每次都以常人不可思议的勇气，冲锋陷阵，杀到敌人的心脏里去。

　　弥涅瓦既精于女红技艺，又熟悉各种兵器，玩起剑来，也不是花拳绣腿。在古代希腊，有一位少女，名叫阿拉喀涅，年轻、漂亮、聪明非凡。她的针线活计，真说得上炉火纯青。过分骄傲和自信的阿拉喀涅认为，她手头做出来的针线活计，没有可与之攀比者。她到处夸耀自己的手指灵巧，她放言出来，她并不害怕在技艺上同弥涅瓦比个高低。她的话终于激怒了女神，女神来到人间，要教训教训这个狂妄的女子。她装扮成一个瘦削的老太婆，进了阿拉喀涅的家，找了一个座位，便与主人攀谈起来。不到几分钟，少女便激动起来，开始她的胡乱吹嘘。弥涅瓦轻言细语地劝告她，要谦虚谨慎，不要自以为是，更不要讲那些不得体的话，招惹神的愤怒。弥涅瓦对她说：“听我一句话，姑娘。你最好在凡人中间去争取荣誉，对天神可要悠着点。你不想别人伤害你，你就不应该贬低别人。”但是，被过分自负的情绪蒙住了眼睛的阿拉喀涅出言不逊，莽撞无理地摇晃着头，一再声称，她就是要女神听见，就是要与女神比试比试。比试的结果将会证明，她所说的并非虚假。她说：“弥涅瓦为什么不敢来？她真的算不上是个高手。”这种带羞辱性的话刺痛了弥涅瓦，她说：“姑娘，别说大话。我来了。”弥涅瓦脱去老太婆的伪装，恢复了她的本来面目，接受了少女的挑战。

　　两人架起了织机，开始在布匹上编织精心设计的图案。弥涅瓦织的是她和涅普顿战斗的主题，海神手执三叉戟，将岩石敲击出一条缝隙，水从中流出，这是进攻的信号。弥涅瓦本人亦在画面中，头戴钢盔，身佩甲胄，长矛在手，一副出征的模样。阿拉喀涅织的是欧罗巴被劫持的故事。画中的牛像真的，画中的水也凉气袭人。欧罗巴的害怕、欧罗巴的呼唤、欧罗巴将脚提出水面，那情那景，栩栩如生，扣人心弦。两个优秀的织手，默默无声地操作着，灵巧的手指编织的图案面积愈来愈宽大。弥涅瓦摆弄梭子织出的众神、马匹、橄榄树，一个个活灵活现。在橄榄树中，五彩缤纷的蝴蝶在自由自在地飞舞，甚至看得见它们翅膀上的细微绒毛，光滑如绸缎的背脊，和向外伸出的须头。

阿拉喀涅正全神贯注编织那头游水的牛，在它宽大的胸脯前，波浪朝两边分开。牛背上是一个又在笑、又很害怕的姑娘，紧紧抓着牛角。海风吹拂着她的袍子，飘起来的一角，蒙住了她的脸，然后又滑落在肩头。

图案全部完成，她们都舒了一口大气，回过头来瞥一眼对方的作品，就在瞬息之间，阿拉喀涅承认自己失败了。她的牛皮真的吹破了天。此时的她，苦不堪言，悔恨自己的愚蠢。一气之下，绕脖子系了一条带子，挂在柱上，希望一死了之。弥涅瓦眼看自己的手下败将即将逃之夭夭，就不由分说将一种毒液洒在她的身上。她的头发落了，鼻子塌了，头也小了，弥涅瓦愤愤地说："让你活着，叫你的子孙世世代代不得偷闲!"弥涅瓦把她挂在空中的身体变成一只蜘蛛，责令她不停地织啊纺啊。这对所有妄自尊大者，都是一个警告。

这里还有另一则故事。

佛律癸亚王坦塔罗斯的女儿尼俄柏，就像阿拉喀涅一样，太看重了自己而忽视了神，遭受了严惩。她的父亲是神的宴会中唯一的人类贵宾，她自己也统治着一个王国。她以美丽、端庄以及高贵的灵魂远近闻名。她看见许多妇女前往神庙烧香祷告，心头就很不平静。她对她们说道："你们疯了么？你们敬奉荒唐的神祇，却视而不见受天国宠信的人类。你们为什么不以我的名义祈祷呢？我的父母都是天神的后裔，我有十四个美丽的儿女，是世界上最幸福的母亲。你们敬奉的女神算什么？她与朱庇特鬼混，生了孩子，被朱诺撵着到处逃命。宇宙之大，却无一席安身之地，还是朱庇特保护了她。后来是游动的浮岛罗提儿同情和怜悯她，一个在海上漂流的收留了一个在陆上漂流的。你们别这么蠢了，回家去吧。"

这位女神就是阿波罗和戴安娜的母亲拉托那。拉托那感到不能容忍的是，他们的尊严受到了凡人的怀疑，他们的权威受到了挑战。此风不可长。于是，阿波罗和戴安娜马不停蹄，来到忒拜城，在练武场上，将尼俄柏的七个儿子全杀掉。尼俄柏惊愕了，天罚果然降临到她的头上来了。但她不后悔，她高声地对着苍天说道："你们快乐么？你们高兴么？你们幸灾乐祸吧，你们举手欢呼吧，我不怕！你们胜利了？不，在物质上、在精神上，我是比你们更加富裕的人。"她的话还没有说完，她的女儿们也一个接一个突然死去。这一下，尼俄柏心慌了，她懂得了，凡人哪能斗过天神。她将最小的女儿抱在怀里，说："天神啊，你们征服了我，你们胜利了，就给我留下这最后一个吧。"然而，一旦天神发怒，他们不达到心满意足，是不会善罢甘休的。尼俄柏的最后一个女儿也同样死了。尼俄柏麻木了、僵化了，也死了。

无论是弥涅瓦，或者拉托那，或者别的什么神，对于不敬畏他们的人，对于对他们的权威持疑惑态度的人，是绝不手软的。

智慧女神弥涅瓦，受到广泛的尊敬，无数的殿堂和祭坛为她修建。纪念她的最壮观的庆祝活动，是在雅典的巴台农神殿进行的。后来神殿毁于动乱，今尚存的残骸仍能告诉人们它昔日的恢宏气派。雕塑家费底亚斯塑了一座弥涅瓦雕像，其高度就达四十尺。在纪念活动的队列中，游行者高举的一尊女神圣像，据说是从天上掉下来的。人们为她高呼，人们为她疯狂，队列穿过城市，城市笼罩在赞美的歌声中。

阿波罗

最光荣、最漂亮的神，要数阿波罗。他集太阳神、医药神、音乐神、诗歌神和艺术神于一身。

阿波罗宽广的胸怀，包含着对人类无限的爱；他的光辉，使天下万物欣欣向荣。雨露、阳光、空气、水，是人类赖以生存的基本物质，没有太阳，人类不会知道光明与黑暗、野蛮与文明的区分。人类赞美太阳，人类向往太阳神。

阿波罗是朱庇特和黑夜女神拉托那的儿子。前文已说过，朱诺对此甚为不满，根本原因是朱庇特明显地偏袒了她的对手，所以她非常怨恨拉托那。为了报复，朱诺将拉托那发配到人间，并且声言，若有任何人或神向拉托那表示怜悯与同情，或给予任何援助，都将招致她永远的愤怒。

走啊走，可怜的拉托那在路上走得苦不堪言，疲惫、焦渴折磨着她。路边有一处水池，她向它走去，想喝点水，润润喉头。但是，一些正在收割的人被朱诺怂恿着不同意她喝，叫她继续赶路。并且一下子都跳进水池，池水本来就浅，经他们这么一搅动，池底污泥泛起，咋能饮用？拉托那双眼充满泪水，向这些可恶的人苦苦哀求，以为他们或许会离开他们现在站的地方。她对他们说："你们为什么不让我喝水？水是自然天赐，人人都有享用的权利。我喝一口水，犹如一口玉液琼浆。你们不知道，给我一口水，就是给了我一条命呀！"在场的人不仅不听，有的还在骂她，有的干脆下水洗澡，一会儿跳上，一会儿跳下。愤怒于这些人的不仁不义，她伸手向天呼吁："天神朱庇特，让他们就在池塘里生活吧。"朱庇特爱怜向他祈祷的女子，他决定惩罚这些失去良知的坏人，瞬间就把他们变成了青蛙。他们的声音嘶哑了，他们的喉头肿胀了，他们的嘴巴长宽了，因为背和颈连在一起，他们老是昂着头。这就是青蛙从出生那天起就爱在泥潭中游动的原因。

朱诺的仇恨，驱使拉托那不停地走啊走啊，一直来到海边。在这里，她向海神涅普顿高高举起乞求的双臂。海神派来一条海豚，将她安全地送到一处漂浮的岛屿，这岛是专为拉托那从海底浮出水面的。岛屿摇晃不定，于是，海神涅普顿用链条将它锁在爱琴海。多亏海洋和岛屿的良好气候，朱庇特和拉托那在岛上养育了一对孪生兄妹：阿波罗和戴安娜，即太阳神和月亮女神。

阿波罗长大成人，跟许多神和凡人一样，躲不开爱情的折腾。第一个激起他热情的是喀罗尼司，一个容貌姣好的少女，她在他的心中点燃了爱的火焰。太阳神热烈地向姑娘求爱，阿波罗的感情有了回报。然而，他的幸福是短暂的。喀罗尼司有一个理论：你在爱中有快乐，别人也会在爱中有快乐。因此，她就在暗中鼓励另一个自己的追求者，并且在花前月下，与追求者幽会。

这些事情躲不过阿波罗的爱鸟——白乌鸦那双明亮尖锐的眼睛。它火速飞去告诉主人阿波罗，述说它亲眼看见了什么。阿波罗毫不犹豫，拉弓搭箭，一箭射透了喀罗尼司的心脏。刚把她射杀，他的旧情死灰复燃，他冲到喀罗尼司身边，用他的眼泪洗她的面，用药物治她的伤，期待她从死亡中归来。然而，一切办法均枉然。阎王做了判决，天王老子也没法挽回。

她已经走了，阿波罗伤心地哭泣，他后悔自己的鲁莽，反而怪他的那只爱鸟给他带来了坏消息。

这段不幸恋曲的唯一产物，是留下了阿波罗和喀罗尼司的儿子埃斯科拉庇俄斯。阿波罗教会了儿子治疗疾病的医术。儿子很快超越了父亲，青出于蓝而胜于蓝，儿子可以让人起死回生。当然，这些奇迹逃不出朱庇特全能的眼睛，人过留名，鸟过留影，要人不知，除非不为，世上没有不透风的墙，事事瞒不了朱庇特。朱庇特最担心的是人类忘记了他，而去崇拜他们的医生，所以，他一点不犹豫，把他的掌上霹雳掷向他聪明的孙儿，就这样结束了他的孙儿埃斯科拉庇俄斯的医疗生涯。

埃斯科拉庇俄斯的部族未被连根拔除，他遗留下两个儿子和一个女儿，儿子继承了父亲的医道，女儿就是一位看护士。

痛失儿子，阿波罗悲怆欲绝，他像发疯似的要报复制造致命的掌上霹雳的独眼巨人。可是，在他动手之前，朱庇特插手处理阿波罗，将他赶下凡间，在忒萨利城为国王阿德墨托斯服务。此间，唯一能安慰被放逐的阿波罗的是音乐。他喜欢音乐，一唱惊四座的歌声和悦耳的曲调，很快赢得了同伴们的佩服。国王听了他的歌，举着酒杯，捋着胡须，感动之余，用首席牧羊人的头衔嘉奖他。

日子一天天过去，阿波罗被他主人的善良所感动，他求神给阿德墨托斯国王永生。神答应了他的祈祷，但是有一个条件：因为国王的死，已有定数，不过，只要在他死之时，有人愿意代替他死就行。神的昭示，传到了国王美丽、年轻妻子阿耳斯忒斯的耳里。她的高尚心灵使她乐意牺牲自己，替国王一死。丈夫是个好国王，他的死是国家和人民的损失，用自己的生命换取丈夫的生命，将会保住千百万人的生命。死一个人，活千百万人，是应该的，有价值的。但是，不要把这样的牺牲看得太轻松了，这个承诺是很沉重的，代价是昂贵的，也是叫人揪心的，难怪阿耳斯忒斯日夜哭泣。她死后，英雄赫丘利对她的深明大义十分钦佩，于是，他到地狱把已死的阿耳斯忒斯从坟墓中拖了回来。

阿波罗已经让阿德墨托斯不死，便不再为他服务了。此时的涅普顿，也因为什么缘故，被天神发配到人间，罚他修筑特洛伊城。阿波罗去找他，帮助他。但是，阿波罗极不情愿以奴仆的身份为别人干活，所以，音乐之神只是坐在一边，动口不动手地参加劳作。他拿出一支芦笛吹奏起来，随着那激动人心的旋律，一个个石头舞蹈翩翩地进入到由工匠安排好了的位置。

放逐期满，阿波罗返回天庭，恢复了他往日的职务。他和人类在凡间的短暂相处，已与人类在同甘共苦中建立了感情，当他回归高位后，还经常将关爱的目光投向他们。对他们的祈祷，他有求必应，慷慨地向他们伸出援助和保护的手，他解脱他们不幸的事太多太多，三天三夜也诉说不尽。这中间最为人称道的，是他斩杀毒蛇比蟒的事。毒蛇比蟒生长于大洪水后地面留下的污泥浊水中，没人敢动它。勇敢无畏的阿波罗靠近它，用他手中的金箭杀死了这凶猛的怪物。杀死比蟒，阿波罗得了一个"杀猪匠"的头衔。他频繁地听见这一称谓在祈祷者的口中出现。

消灭毒蛇比蟒，自然是无上光荣的事，它表明太阳神的力量。阿波罗的故事，永远是绘画大师和雕塑家喜欢选用的题材。其中最精致的塑像，是那尊表现他屠杀比蟒的立式像。

在战争中胜利了的阿波罗，在友情方面并不顺心。一天，他下凡来到人间，与一个市民青年互叙友谊，那青年的名字叫作雅辛托斯。两人谈心之后，又做起了抛铁环的游戏。没玩多久，西风神仄非鲁斯打此路过，见他们沉浸在快乐中，好不羡慕。他嫉妒阿波罗，因为他也喜欢雅辛托斯，然而，雅辛托斯始终冷淡他。他要报复。西风神把阿波罗抛出的铁环吹变了方向。哪知道，这一环来势过猛，一头砸着游戏的同伴，只听见一声惨叫，雅辛托斯倒地而亡。阿波罗使出浑身解数，制止鲜血从巨大的伤口流出，可是，劳而无功。雅辛托斯停止了呼吸，死在朋友的怀中。阿波罗将雅辛托斯滴下的血，变成一簇簇鲜花，并用青年的名字命名，人们叫它玉簪花。当西风神仄非鲁斯意识到自己的嫉妒造成了可怕后果时，已经晚了，他就一直盘旋在留下血迹的地方，拥抱着美丽的花束，那是雅辛托斯的血变成的。

为了消除因雅辛托斯的死在心头留下的痛苦，阿波罗又去找他的另一个朋友，聪明的猎人库巴锐萨斯。可是，也落了个悲凉结局。因为库巴锐萨斯的失误，杀死了阿波罗的宠鹿。对此不幸事件，库巴锐萨斯过分悲伤，日益憔悴，最后也死了。阿波罗将他的尸体变成了松柏树，并通告世人，凡生前光明正大、克勤克俭、无私无畏、宽厚仁慈者，死后在他的坟墓上，都要用松柏遮护。

在此过后的一段日子里，阿波罗在森林里偶然遇见了河神珀涅乌斯的女儿——女神达佛涅，并且一见生情。这是维纳斯的儿子丘比特恶作剧的结果。阿波罗夸耀自己的箭术无敌，可以射杀百兽，丘比特不服气，对他说，我射一箭，包叫你不由自主，情陷痴迷。丘比特说着说着，一支金箭射透了阿波罗的心，另一支铅箭射向达佛涅。

可是达佛涅无心恋爱，就躲进山林，她把独身和旷野生活看得比爱情更重要。她害怕接近男人，更不想结婚。她的父亲总想女儿能找个女婿，给他生个孙子。她坦白地对父亲讲："让我处女终身吧，戴安娜的父亲不也就这样同意了吗？"珀涅乌斯同意了女儿的要求。但是，美貌就是她的敌人，娇媚的身段叛逆了她的心愿。达佛涅的金色头发、白皙肌肤、嫣红嘴唇、明媚双目，使阿波罗对她一见钟情。他想跟少女搭话，赢得她的感情。他试着亲切地接近她，但是，还没靠近她身边，她倏地一下逃跑了。他像发疯似的拼命追她。他一边奔跑，一边大声呼唤着她的名字，恳求她停一停，哪怕是短短几分钟，并保证不会伤害她。他对她说："漂亮的姑娘，逃命的人儿，别害怕，调转你美丽的头来，想一想爱你的人，我的心在颤抖，我的心在滴血。你跑多快，我追多快；你跑多远，我追多远。当心啊，姑娘，道路坎坷，荆棘丛生，别让石头伤了你的脚，别让尖锐的树枝，划破了你细嫩的肌肤！"惊恐万分的女子，哪有心去听他的恳求。她拼命朝前跑，直到精疲力竭。她明白，她的力量有限，她的追赶者，已近在咫尺。一个为爱而追逐，一个因恐惧而逃避。追逐者振动着爱情的双翼，追上了她，他的呼吸已经触及她的头发。气喘吁吁、浑身发颤的她，突然转向朝着她父亲的河流飞奔，喊叫着父亲给她保护："啊，父亲，帮助我；大地，裂出一条缝隙来，让我跳下去。"她一到水边，她的双脚就好像和大地黏接在一起，再也动不了。一个巨大的树桩快速地将她的肢体包裹住，她颤抖的手长满了叶子。父亲应允了她的祈祷，将她变成了月桂树。

追赶到的阿波罗，伸出双臂一下将她抱住，却只抱住了一段树桩。阿波罗根本无法相信美丽的姑娘从他眼前永久消失的事实，然而当他清醒过来，承认所发生的都是事实。他表示，从今以后他最宠爱的树是月桂树，对诗人、音乐家的奖赏和表彰，就是让他们头戴用月桂树的枝条与光滑的叶编制成的桂冠。

　　达佛涅和阿波罗的这段痴情故事，是在解说太阳神的光芒对露珠达佛涅产生的影响。太阳——阿波罗，被露水——达佛涅的美丽所俘虏，想近距离将她仔细端详。可是，露水害怕他那火辣辣的爱，但逃避已来不及。当太阳的呼吸触及她时，她消失了，留下的只是一棵月桂树。

　　在古代神话中，还有不少讲述太阳和露珠的故事，其间常被引用的是凯非留斯和普罗克利丝的故事。凯非留斯是一个猎人，痴情于戴安娜的侍从仙女普罗克利丝，而后结了婚。作为婚姻的赠品，她给丈夫一只叫作勒拉普司的猎狗，一杆标枪。这枪一经投出，百发百中。新婚恋人，幸福美满，但是，有神对此很是妒忌，这就是黎明女神厄俄斯。在此前，她付出努力，一心要得到凯非留斯的爱情，但是没有成功，于是，她下决心要破坏这对新人令她羡慕的幸福与欢乐。

　　凯非留斯整天在森林中捕猎，夜幕降临以后，他才回到温馨的家与心爱的妻子团聚。事实证明，妻子新婚的礼物，用处不大，猎狗的速度还没有他本人跑得快，在追捕过程中，他耐力特好，不知道疲惫和劳累。一天，为了确证他的实力，奥林匹斯山诸神亲自观看他追逐一只狐狸，这种人与动物比赛速度和耐力的娱乐可以说是天神的创造。比赛是公正的，只要参赛动物或人死了一方，比赛就算结束。其后，宣布累死的参赛动物，应该永远被记住，将它变成塑像，要保持活着时的动感和精神。

在炎热的季节，太阳变得灼人皮肤，中午时刻，凯非留斯到阴凉处小憩了一会儿。他将身子放平在青青草地上，享受着微风的抚摸。甜蜜空气的滋润让他的头脑清醒。他唱起一首歌，歌词中有一句："甜蜜的风啊，来到我身边。"回声在空中荡漾："甜蜜的……来到我身边。"

厄俄斯听惯了这声音，完全明白，凯非留斯只是对着吹拂的风儿说话。但是，她找到普罗克利丝，调唆说，你的丈夫不忠，他在追求一个模样端庄的姑娘，每日中午时分，在浓阴深处亲热。普罗克利丝相信了她的编撰，便去追查丈夫。

中午尚未过去，太阳的光线垂直地照射在大地上，凯非留斯来到休息地点，普罗克利丝就隐蔽在这里。

猎人又唱起了这首歌，"甜蜜的……来到我身边"，回声响起了。普罗克利丝的心碎了，专一被不忠欺骗，她气愤到了极点，一下晕倒在地。她晕倒时压断枝叶的声音引起了凯非留斯的注意。凯非留斯仿佛觉得一些野兽正埋伏着，准备向他扑去。他掷出他那不会迷失目标的标枪，标枪穿透丛林，直插他忠诚妻子的胸膛。她死亡的呻吟，把他带到她的身边。在断气前，她对他讲了事情的由来。普罗克利丝死了，但是她的心是平静的、满足的、幸福的，因为她深信，她丈夫是无辜的，不应该受到不公正的怀疑，他的心是忠于她的。

阿波罗的主要任务是驾驶太阳金车。日复一日，他驾着金车横过蓝天，中途不停留，直达到天边等待着他的金船，完成他一日的历程。金船载着他平安地返回东方，第二天，又从那里出发。

有一位姑娘，名字叫作克里泰，以一种不可思议的执着，凝视着阿波罗。从早晨他离开他的宫殿开始，到黄昏时分，他抵达远在西边的大海为止，一直用爱的目光跟随着他，心中期待着他的爱情。但是，尽管她热情澎湃，却在阿波罗的眼里找不到她的位置，长期的困扰使她身心疲惫，一死了痴情。天神同情她，将她变成向日葵花。即使是这样，克里泰对她爱的对象仍是眷恋不舍。她是意志和毅力的象征。每日，她仰脸望着天空，看见阿波罗的太阳车在明亮的苍穹行进。

一个叫玛息阿的青年牧人，在夏日的午后，躺在凉幽幽的草地上，听着从远处传过来的音乐声。这音乐如此甜蜜，如此动人心弦，他平心静气地倾听。这些美妙的、令人心醉的音乐是女神弥涅瓦吹奏的。她坐在溪流边，不停地吹着。透明的流水映着她的面颊，当她偶然身躯前倾，看见因鼓胀着气而被扭曲了的面容时，她猛地把笛子扔进水中，发誓绝不再摸它。

音乐突然中断，使听得心驰神往的年轻人吃了一惊，赶忙回头四处张望。他看见那支被丢弃了的笛子顺流缓缓而下，正擦着他的脚边漂去。他一把抓起水中的笛子，立刻放在唇边，用力一吹，那奇妙的旋律便飘逸而出。他忘记了放牧，像做梦一般陷入美妙的音乐中，什么也不能把他和宝贝笛子分开。就这样，他的吹奏技巧一天一个样，达到炉火纯青的地步。遗憾的是，他自命不凡，蠢人不自量，信口发妄语，吹嘘他的音乐才能可以击败阿波罗。实际上，他在向阿波罗挑战。

有心要惩治这个妄下论断者，阿波罗接受了挑战，他选聘了九个缪斯——诗歌和音乐的主管神当裁判。玛息阿第一个被叫出场展示他的熟练技术，他的演奏有一种音韵磁性和旋律魅力。冬眠的动物，以为是春天来临了，纷纷爬出冬天的处所。

　　缪斯对玛息阿的演奏给予了高度评价，但是，他们鼓励阿波罗，尽力打败自己的对手。阿波罗架起他金色的竖琴，随着指头的翻飞，激动人心的曲调倾泻而出。在宣布他们的决定前，缪斯提出，再给他们两位音乐家一展歌喉的机会。两人进行又一轮争夺战。这一次，阿波罗将他的美妙嗓音与乐器伴奏相配合，在场听众莫不高声叫绝，缪斯亦有同感，大家齐声欢呼阿波罗的胜利。

　　按照事前约定，胜利的一方，有权活剥对方的皮。阿波罗将玛息阿捆绑在一株树干上，残酷地将皮从他身上剥刮下来。当山林女神们听到她们心爱的牧人惨死的消息，都掩面哭泣，泪水啊，汩汩地往下流，形成了一条河。为了纪念她们的音乐家，这河就叫作玛息阿河。

　　之后，阿波罗又卷入另一场音乐竞赛。这次的对手是米达斯国王宠爱的笛手潘。这次竞赛的裁判是国王自己。他拥有奖励谁的权力，因为被自己的私心所蒙蔽，他把奖品给了潘。阿波罗被这个不公正的裁决所激怒，他决心表明他对裁判的态度：他把一对很大的驴耳朵，安装在国王头的两边。

　　这一对新的装饰物，使米达斯国王十分沮丧，不好意思地退进自己的一间密室。他秘密召进一位理发师，要求理发师对所见的情况，保证不外传。理发师的任务是制作一套假发，将国王头上多余的耳朵遮盖住，不让国王的臣民看见。理发师快速地完成了工作，在被允许离开宫殿之前，再次被警告，不得泄露机密，否则，立即被处死。

坛口封得住，人口封不住。好事不出名，坏事传千里。要想保密，难啊，除非秘密根本不存在。是密必漏，迟早而已。你看这位理发师，国王将保密的希望寄托在他身上，他的忍耐性有多大？不是吗，他终于忍不住了，他的精神崩溃了，一个人跑到荒野，在地上戳了一个洞，一个很深的洞，把自己藏在里面，对着地心，高声喊道："米达斯国王的头上长着驴耳朵！"

这是理发师一次难以言表的精神压力的释放，之后，他回家了。时间在过去，成长的芦苇掩盖了地洞，当风吹弯了它们的腰，风从芦苇叶中沙沙穿过时，它们听见低声细语："米达斯国王头上长着驴耳朵！"凡路过者，都听到了这句悄悄话。于是，一传十，十传百，这下好了，秘密变成了老百姓的日常话题。

因为阿波罗经常有机会见到缪斯，他被缪斯之一的卡利俄珀的美貌所俘虏，也就一点不奇怪了。其实，卡利俄珀爱阿波罗也是如醉如迷，甚至写下不少诗歌，赞美他的荣誉。她同意了他和她的婚姻，并生下儿子俄耳浦斯。令她骄傲的是，孩子继承了她和阿波罗擅长音乐和诗歌的天赋。据说，俄耳浦斯的琴声可以让死了的人复活过来。

随着时间的推移，俄耳浦斯的能力愈来愈大，成就显赫，这青年已闻名遐迩。当他爱上了欧律狄刻时，他施展全身能耐，为她演奏小夜曲。他用亲切的话语、用温情的目光，用轻柔的、富于感情的音乐，向欧律狄刻表达他的爱情。欧律狄刻被他打动了，时间不长，她对他的爱情给予了回报。

他们结婚不久，新娘独自在原野散步，此时遇到了一个青年，名字叫阿里斯塔俄斯。他言过其实的赞美，听起来倒人胃口，于是，她尽快地逃离开他。匆忙中，她踩着了隐藏在草丛里的一条毒蛇。毒蛇回过头来，一口咬在她脚上。稍后，疼痛难止，毒液攻心，新娘子死了。她的灵魂进入普鲁托管辖的幽暗的区域，留给俄耳浦斯无尽的悲哀。

悲伤的、令人寒心的呻吟，代替了新婚宴尔的欢愉音乐。俄耳浦斯到处游荡，他来到奥林匹斯山。在此，他十分虔诚地向朱庇特祈祷，让他的妻子从死亡中复活，重新回到他的怀抱。深受感动的天神，同意了他的恳求。天神允许他去到地狱，寻找他的妻子，同时警告他，极限之地充满了危险。

俄耳浦斯心无惧怕，匆匆来到地狱之门。门前有一只凶恶的狗，名字叫作刻耳柏洛斯，个子高大，在门口一蹲，好不骇人，它的职责是不让活人进，也不让幽灵出。这狗一眼看见俄耳浦斯就声嘶力竭地又是嚎来又是吠，令人心惊胆战。俄耳浦斯不慌不忙地停下脚步，发出一阵沉闷的声音，刻耳柏洛斯不再号叫了。到后来，这狗还是让他进入了普鲁托的黑暗王国。

这魔法般声音的穿透力，一直传达到地心塔耳塔洛斯深谷，正在这里受惩处的有罪灵魂，暂时停下了他们手中的活，专心地倾听着。

没有活人能无阻拦地进入地狱，除了俄耳浦斯。他悠然来到普鲁托的王位前。黑暗王国严肃的统治者坐在王位上，一言不发，妻子普洛塞耳皮那坐在他身边，铁石心肠的命运女神在他的脚下。

俄耳浦斯像演唱歌剧那样说明了自己的来意，他的话语、他的真情，深深地打动了国王和王后的心，他们也忍不住眼泪滚滚。就这样，高贵的夫妇答应，让欧律狄刻死而复生，重温丈夫的情爱。

好人总是多磨难。俄耳浦斯要带着妻子走出地狱，阎王普鲁托提出一个条件，即在走出地狱前，他不能回过头来打量他妻子的脸。

俄耳浦斯愉快地接受了这一条件。按照约定，他走出地狱，眼睛不得环顾左右，必须直视前方。走着走着，他心生怀疑，她在这无一丝光线的地方呆过，容颜是不是有了改变？他渴望着再目睹一下她可爱的面庞。他忘记了普鲁托的条件，就在他们跨入人间的那一刻，他忍不住回头一瞥，却不见妻子面，只看见即将从坟墓中站起来的妻子，顿然消逝。

一切都完了。悲伤、失望的孤独音乐人，回到杳无人烟的山林。在这里，他用芦笛吹奏出他的悲和愁。也许，这笛声还能让普鲁托再发慈悲。

除了树木、风和野兽，谁又听得到他的悲叹？只有它们，森林中的树和风，安抚这位急得就地打转的伤心人。他的心碎了，陷入了一种半清醒半梦幻状态，看见他心爱的人在昏暗的远处徘徊，面部布满愁云。这愁云，跟他在地府门前回头打量，见她不乐意返回地狱时的愁苦表情一样。

黎明已经到来，新的一日开始。在山林里，酒神的祭司赶上俄耳浦斯，要他演奏一些听起来快活的乐曲。这样，他们可以尽兴舞蹈。可怜的俄耳浦斯，由于过于悲愤，哪还有那份好心情？他满足不了他们的要求，芦笛只能发出哀怨的旋律。这下激怒了逢场作戏的祭司们，他们把他撕成碎片，砍下来的骨肉丢进赫卜鲁斯河。

当这位诗人、音乐家被砍下的头颅顺水漂流而下时，苍白的嘴唇还在嘟哝着："欧律狄刻！"即使在死亡那一刻，他仍然忘不掉他的妻子。当他的灵魂飘忽起来，要与妻子的阴魂合而为一时，他一直呼唤着她的名字。他曾经热爱过的峡谷、森林、流水，跟随他充满期待的哭泣，一遍又一遍荡漾起感人的回响。

音乐家走了。曾经名噪一时，死后无一遗留，人们已经把他忘记，除了他的那支芦笛。天神将它放置在天庭，列为一颗星，星名利拉，也被叫作俄耳浦斯。

在神话年鉴中，另一位值得纪念的音乐家是安菲翁，有人评价说，他的演奏技巧仅次于俄耳浦斯。他能给你唱出一片青青草地；他吹起他的笛子来，就是病中的树木，也要挣扎起来跳一段快乐的舞蹈。

这位音乐家，是朱庇特和安提俄珀的儿子，他有一个孪生兄弟叫西杜斯，可惜，这位兄弟不具备艺术趣味。他们的母亲安提俄珀，被她的第二个丈夫吕科斯遗弃。在吕科斯又将同另一个女人狄耳刻结婚时，他们兄弟二人直奔埃及底比斯城。在那里，他们发现的情况，远比知道的糟糕得多。可怜的母亲被禁闭着，屈服于她的情敌，每日忍受着残酷折磨。

　　西杜斯和安菲翁攻破城市后，处死了吕科斯，将狄耳刻捆在一头野牛的尾巴上，放了绳索，让它自由奔跑，拖着她穿过荆棘，撞过石头，直到粉身碎骨。一座以被惩罚的狄耳刻作为主题的大理石雕塑，曾一度属于意大利一个知名王族法尔尼斯家族，于是该雕塑也就因此被叫作"法尔尼斯公牛"。

　　安菲翁的音乐天才，对他是非常有用的，特别是在他做了底比斯城的国王之后，音乐更建奇功。作为国王的他，很希望建造一座城墙，将首都防卫起来。国王没有使用人工，凭着他的音乐才能，使那些石头随节奏运动，它们就自动地各就各位。

　　还有一个音乐家不能不提，那就是稍次于安菲翁的阿里翁，他靠他的音乐才能，赢得了数不清的财富。有一次，阿里翁去西西里参加音乐比赛，这次比赛吸引了不少本地和外地的著名音乐家参与。比赛完毕，获得成功的他，安排了从海路回家。

　　对他说来很不幸，他乘坐的船是由一名海盗操纵的黑船。海盗知道他是富有者，就想杀害了他，掳掠他的财产。当强盗们准备将他从船舷抛进大海时，阿里翁请求允许他最后一次为他们演奏一曲。海盗们同意了。竖琴清澈的音符飘过海洋，引来了一大群海豚，围着船舷翩翩起舞。被他的音乐力量吓坏了的海盗们，担心他的音乐会使他们的心肠变软，迫不及待地将他抓起来，扔进大海里。他正好落在一只海豚的背上，海豚将他平安地送到就近的海岸。

为了纪念这一奇迹，天神们将他的竖琴和背驮他的海豚安置在天空，列为星星的家族成员。

在希腊的一处阳光普照的平原上，住着十分标致的山林女神克吕墨涅。她不孤单，因为，她有金发的孩子法厄同与她为伴。孩子的纯洁和天真，愉悦了她的心。

天刚蒙蒙亮，当太阳的第一道曙光出现在地平线的时候，克吕墨涅便指着太阳对孩子说，那是他的父亲阿波罗正驾着他的金车从天上走过。克吕墨涅经常给小孩子讲述他爸爸勇敢的故事。到后来，法厄同变得自满起来，养成了一种大声地夸耀他是神的后裔的坏习惯。最初，他的小伙伴们对此并不在意，到了后来，他们也厌烦他那套夸夸其谈了。小伙伴们叫他拿出与天神有血缘关系的真凭实据来，否则，就安安静静地玩，别再夸耀自己的血统。

小伙伴们说的一些侮辱性的奚落话，刺痛了法厄同的自尊心。于是，法厄同急忙去见他母亲，乞求将他带到父亲那里去，他定能拿到有价值的凭据。克吕墨涅立刻将有关他父亲阿波罗的信息告诉了他，并吩咐他快快起程，一定要在太阳神驾着金车出发环绕地球运转之前，赶到他远在东方的宫殿。

法厄同向着东方赶路，不敢停歇，直到见到了他父亲的宫殿。宫殿金碧辉煌，装饰着珍珠玛瑙。宫殿的豪华与气派，看得年轻人眼花缭乱。他继续向里面走，希望能找到父亲。父亲是天神，仪态庄严，气宇轩昂，母亲就是这样向他描述的。

孩子走得愈来愈近，坐在金銮宝殿的阿波罗认出孩子是他的后代。法厄同胆怯地走到父亲身边，谦恭地等待父亲允许他表述他来的目的。阿波罗对他慷慨随和，让他有话便说，不用害怕。费时不多，法厄同像竹筒倒豌豆一样，将自己与小伙伴的故事倾诉而出。他注意到，当他叙说小伙伴对他的奚落时，父亲的眉头紧锁，眼睛冒着火。他刚把故事讲完，阿波罗就表示，他将给他所希望得到的一切，并庄严地发誓说："我要替你证明，那些辱骂者是声名狼藉的撒谎人，我发誓给你任何你想要的证据。"

这誓言是天神能发表的最庄严的誓言，因为如果誓言有假，发誓言者将被罚喝斯堤克斯河里的水。这水将对他催眠，整个一年处于丧失意识、浑浑噩噩状态。在尔后的九年中，他将被剥夺权位，从奥林匹斯山放逐，不能再享受佳酿美味、琼浆玉液。

胜利的曙光掠过孩子黑色的眼睛。法厄同听了这誓言，灵机一动，他提出了一个新的请求，要父亲允许他今天驾驶太阳金车。他说，如能这样，可以肯定，全世界都会注意到他高贵的出生和显要的地位。想一想，有了阿波罗的宠爱标志，有谁胆敢怀疑他的真诚与老实？

阿波罗一听孩子这个不知天高地厚的要求，在无奈中，身子朝后一退。因为他知道，那四匹马，性烈而不好驾驭，所以，这四轮金车，除了他，就是神也不敢驾驶。他向孩子耐心地解释，指出驾车的巨大危险性，并发自内心真诚地叫他放弃这个愿望，去选择别的，免得丢了性命。天神说："从大海、从陆地、从天空，选择你想要的礼物。门是敞开着的，任凭你取。放弃这个不切实际的要求，对你来说，它不是什么馈赠，它会酿下你的忧愁。"

法厄同像其他一切非常自负的孩子一样，好像觉得自己比天神了解得更多，自然也就不把天神的好言忠告放在心上。他坚持他的要求。既然阿波罗已经发了不可挽回的誓言，也就只好履行许诺。

时间已到，太阳要开始一天的行程了。拉太阳车的骏马蹦跳着，一副准备奔腾的架势。长着玫瑰色指甲的黎明女神奥罗娜，等待主人的一声令下，便推开红霞万道的东方的大门，时间将伴随马车前进。阿波罗尽力克制着自己，迅速地为孩子的脸抹上药膏，避免他被太阳的火焰烧伤。父亲向孩子指示前进的方向："不要笔直地穿越天空，要斜穿过去，走出一条大幅度弯道。南北两极不能去，不要离地太近，也不要走上天顶。走得太高，要烧毁天庭；走得太低，地球会被烧焦。不可左右摇摆，谨防打乱了星座排列次序。"他还一再提醒孩子，尽心照顾好他的马。如果因劳累，马匹步履缓慢，也不可乱挥鞭子。

年轻人不耐烦地听着父亲的忠告与指示，跳进车上的座位，把缰绳一收，示意奥罗娜把门打开。一瞬间，太阳车风风火火冲出东方的宫殿。

最初的一两个小时，法厄同的脑子里还有父亲的劝说，一切进展顺利，但尔后就起了变化。他觉得自己高高在上，而变得无所顾忌，把车驾得愈来愈快，以至于迷失了道路。当他看清楚时，他驾的车已经靠近了地球，太阳猛烈的火焰与高温，烧焦了植物，山泉与河流也被烤干了。地面到处裂为沟壑，阳光照进地府，阎王和王后，也吓得魂不附体，担心他们的黑暗王国从此失去。以前淹没在水下的山脉，又重新露面，增添了无数的新岛屿。大地被烤得冒着黑烟。太阳车擦过人群，人的皮肤被烧黑，他们的后代到今天，还保持着这一肤色。

这些事吓坏了法厄同，他扬起鞭子，把车升上天空，离地球远远的。蔬菜、水果、森林复活了，地表的温度也降了下来。

地球上的人们异口同声愤怒地声讨，声音如此闹嚷，如此强硬，终于将朱庇特从昏睡中唤醒。他那无所不见的万能眼，看到了被毁坏的地球和那少年车手。一个嘴上无毛的少年，怎么能驾驭太阳车？朱庇特简直不敢相信他的亲眼所见。他生气了，他诅咒，他一定要这个顽皮任性的凡人立刻死去，以补偿这凡人造成的灾难。他从兵器库里取出了恐怖的雷霆，看准目标，直向法厄同投掷去。车着火了，马惊恐了，挣脱了缰绳，车辐断裂，车轮破裂。被烧黑、烧焦了的法厄同的尸体，从高高的座位上摔下来，掉进了厄里达诺斯河的波涛里。

法厄同死亡的信息，很快传到了可怜的克吕墨涅的耳里，她为自己独生子的死悲痛不已，并且谢绝一切安慰。法厄同的同父异母的三个姐妹：法厄杜萨、蓝贝霞和伊格尔，整天在河边为她们的弟弟的死，挥洒眼泪。天神对她们产生了怜悯，将她们变成白杨树，她们的泪水变成琥珀。古人相信，这是白杨树流下的眼泪。法厄同的亲密朋友库克诺斯虔诚地收集他被烧焦了的尸骨，将它们很神圣地埋葬。在悲痛中，库克诺斯到朋友死亡的现场，继续寻找，不断潜入水底，希望找到更多的碎片，直到天神将他变为一只天鹅为止。就这样，天鹅总是忧伤地浮动在水面上，时常把自己的头插入水中继续他的打捞和寻找。

缪斯九位女神，都是朱庇特和记忆女神摩涅莫绪涅的女儿。阿波罗深受缪斯女神们的喜爱，事实上，他还是她们的领袖，她们给他金竖琴，给他桂冠，还有缪斯的宝座。

虽然，缪斯们时常联合起来同唱一首庄严的歌，但是，她们各自有各自的职务。

克利俄，掌管历史的缪斯，记录大事件和英雄行为，以及史书作者姓名，她的象征物品是桂冠、书和铁笔，记录发生在人和神身上的所有事件。

欧忒耳珀，优美的"歌后"，其象征物品是长笛和芬芳的花篮。

塔利亚，田园诗歌之神，手执牧人的弯钩、面罩，头戴一顶野花冠。

墨尔波墨涅，善雕塑，监管悲剧。头戴金冠，执一把短剑和一权柄。

忒耳西科瑞，善舞蹈，舞步轻盈，展示一种童话般的美。她的典型雕塑是手持竖琴的坐像。

埃拉托，在各种文体活动中间，她宁愿做一个弹奏竖琴的诗人。

波吕许尼亚，主管修辞学，手持权杖，讲授口才技能。

卡利俄伯，主管史诗创作，戴一顶桂冠。

乌拉尼亚，主管星相，手持计算器，表明他喜欢精确的科学。

这群体面的姊妹们，习惯在帕拉索斯山聚会，进行她们关于科学、诗歌、音乐的讨论。

阿波罗宠爱的侍从是厄俄斯，又叫奥罗娜，漂亮的黎明女神。是她用有着玫瑰红指甲的手，将东方的大门打开。这门缀饰着闪亮的珠宝。然后，她穿过天空，身上的紫色大氅在晨风中飘扬，向世人宣告她主人太阳神的到来。

这位秀丽的女神，爱上了特洛伊王子特索罗司，并且和他结了婚，又从天神那里，为他求得长生不老的恩准。天啦，女神忘了替他求一个永远年轻的特许，结果，她的丈夫一天老似一天，最后，老态龙钟的他，成了她的负担和累赘。为了摆脱这个包袱，她将他变成了一只蚱蜢。

与此同时，女神和青年猎人刻法罗斯恋爱了，经常上希梅图山探望他。特索罗司知道她和青年猎人的恋情，也许出于一种无可奈何，也许是他的宽宏大量，他对她说："去吧，他在等你。"虽然女神红了脸，但是后来还是骑马到了希梅图山。

祭祀阿波罗的大神殿在德罗斯。德罗斯也是阿波罗出身的地方。在特尔斐，一位叫匹弟亚的女祭司，泄露了据说是她从神那里获得的这一密谕。心生敬畏的人们，对太阳神阿波罗顶礼膜拜。阿波罗向人间撒下仁慈的光辉，给世界带来美丽，给人类带来生命和欢娱。

在祭祀阿波罗的无数庆祝活动中，最有名的是每隔三年在特尔斐举行的匹弟亚节，在古希腊，它的影响仅次于奥林匹亚的竞技比赛。

风度翩翩、面庞光亮的阿波罗，总是头戴桂冠，手执弓箭或竖琴。古代世界的七大奇观之一，就是阿波罗坐像。它是著名的"罗德塑像"。太阳神头的周围，围着一圈日晕，他的双腿分开，让帆船进出海港，他保卫着这海港的入口。

戴安娜

美丽的女神戴安娜，又叫阿耳忒弥斯，是阿波罗的孪生妹妹。她不仅是月亮女神，而且还是捕猎女神。

在艺术作品中，这位女神被描绘成美丽的少女，穿着狩猎的短衣，背长弓，佩箭袋，头上戴着花冠。

当年轻的月亮女神被介绍给奥林匹斯山诸天神时，每一个天神都想和她结婚。但是她拒绝听他们求爱的唠叨，她求她的父亲允许她终身不嫁。做父亲的朱庇特迫不得已，答应了她的要求。每到黄昏，当太阳完成了他的行程，戴安娜便登上她的月亮车，驾着她乳白色的骏马，跨过苍穹，观察四方。数不清的天上星宿，为她点着光亮，取悦于她。她低头观看到的已经入睡的大地，朦朦胧胧，如梦一般。在她看来，白昼，已是娇艳无比，晚间，应该借助夜色的亮点，显出妩媚。

一个夜晚，她默默地驱车向前。突然，她勒住了马的缰绳，因为，她看见在山下的一双摊开的手。一位年轻的牧人，睡得很香甜，他仰起的脸被柔和的月光照亮。戴安娜凝视着他，她感觉到她的心跳比对他的赞美还明显。她从车上轻轻地下来，来到他的身边，慢慢地俯下身去，将那仙境般甜美的吻留在他半张着的唇上。

青年恩底弥翁睁开睡意惺忪的眼睛，惶惑地看着眼前那张美丽的脸。戴安娜见青年醒了，急急忙忙离去了，但是，她已点燃了青年人心中的不可熄灭的感情之火。他一跳而起，揉了揉矇眬的双眼，看清了月亮，他认为她离他很近，其实，她正在绕着深蓝的天空离他而去。他明白了，发生的这一切只是一场梦，不过，这梦是如此香甜，他躺在草地上，想让这梦继续，让她再来。

然而，这一夜，梦没有再来。但在第二夜，他躺在原来的地方，一切又在甜蜜中出现。夜复一夜，苍白的月光掠过他的脸的时候，他的感觉甜甜蜜蜜。

戴安娜的情感完全被他激发起来了，到了不能忍耐的地步。月亮车到了山巅，她却不能下车，哪怕只一会儿，跑到他身边，匆匆一吻也行。

就恩底弥翁而言，好像有一种魔法，阻碍他向她表达他的情感。

时间就这样一天天过去。戴安娜不能忍受了，她心中的美少年将与别人婚配，她对他施以魔法，让他永远沉睡。她将他带到拉穆斯山，隐藏在山洞中。这个秘密只有她知道，决不能让世人瞥见。每天晚上，女神停车驻足，在狂喜中凝目端详她心爱人儿的俊美容颜，在他失去知觉的唇上，压一个轻柔的吻。这个关于戴安娜和她的那个出身低微的情人的故事，对世世代代的诗人都是有刺激性的创作素材。

恩底弥翁并非是戴安娜唯一爱过的凡人，她曾经将自己的感情抛洒在一个名字叫作俄里翁的青年猎人身上。猎人整天穿梭在丛林里，一条忠诚的猎狗西锐斯紧紧跟随着他。

一天，在密林深处，他与戴安娜的一群山林女神，阿特拉斯的七个女儿普列阿得斯们不期相遇。年轻漂亮的姑娘们诱发了年轻人对她们深深的爱，他愈接近她们，他的心愈是灼热。他靠近她们，正准备开口说话，她们一哄而散，四处躲藏。他怕再也看不到她们，跟着她们身影穷追不舍。姑娘们不顾一切地拼命逃跑，直到精疲力竭，再也跑不动了。她们向主人呼救，天神果然伸手援助，当俄里翁上气不接下气跑拢来，只看见七只雪白的鸽子直端端飞向蓝天。

俄里翁，是一个用情不专的青年，转眼之间，他又爱上了墨洛珀。墨洛珀的父亲，科奥斯的国王俄洛皮翁，同意他们的婚姻，但是有一个条件，即他未来的女婿要以自己的勇敢行为赢得新娘。想不到，此刻的俄里翁为病所困，体力支撑不住，于是，他心生一计，与其公开结婚，不如诱拐到手。但是，计谋被俄洛皮翁的高度警惕挫败。俄里翁不仅失去了新娘，而且双眼失明，成了瞎子。

失明、无望、孤独，他从一个地方流浪到另一个地方，希望能找到一个能人，恢复他的视力。后来，到达库克罗普斯的山洞，有同情其不幸者将其携带到太阳那里，从太阳的光辉中，他借了一束光。

他又快活起来，并恢复了他喜爱的运动——从早到晚，在林中狩猎。戴安娜与他在林中相会，对他的遭遇有些了解，很快便爱上了他。这一幕被阿波罗看见了，心头很不是滋味。世上发生的事，没有能逃过阿波罗的眼睛的。他打定主意，要尽快结束她的快乐。他将她召唤到身边，为了不引起她的怀疑，他同她大谈箭术，借口要看一看她号称女射手的箭术，吩咐她射飞靶，那是一个在海的远处忽上忽下的黑色斑点。

戴安娜张弓搭箭，瞄准靶子，用力射出。她看见目标被击中，消失了，沉到海底去了。可是，她没有想到，那斑点不是别的，正是俄里翁的头。他正在海里游泳，不幸被指定为箭靶。当她发觉时，痛苦不堪，泪眼汪汪。她向苍天发誓，永远忘不了他，于是，戴安娜将他和他的猎狗西锐斯，排为天上的星宿。

当戴安娜坐着月亮车，完成了夜间的行程后，便走下车来，提着弯弓，佩着箭袋，在山林女神们的陪同下，到森林里去，去狩猎。这已经成了一种惯例。

一个夏日的午后，经历一阵子长途跋涉，戴安娜和她的伙伴们来到一处山泉旁，周边静悄悄的。这儿是她们常常光临的嬉戏之地，清水涟漪泛波，岸边鲜花怒放，草地发出幽香，煞是诱人。女神和她的侍从们，迫不及待地脱下猎装，将身体浸在泉水中。

不妙的是，在那天出门打猎的，不只是女神和她的随从们。猎手阿克特翁也起了个早，出门捕猎，此刻走累了，口也渴了，他走到了这个有名的山泉边。愈来愈靠近山泉，阿克特翁仿佛听见银铃般的欢声笑语，他一下子匍匐在草地朝前爬去，小心翼翼地生怕弄出了声音。他轻轻地分开地面茂密的小枝条，观看着这群嬉戏的姑娘们。

戴安娜那敏锐的耳朵似有察觉，回头发现了年轻的猎人。她因愤怒而说不出话来，一个凡夫俗子胆敢如此肆无忌惮地偷望她们。她用双手捧起水，朝着他的脸上泼过去，命令他走开，并不准他向别人谈及他所看见的。

亮晶晶的水触及阿克特翁的脸，他正打算向她谦恭地表示从命时，他已经变成了一只牝鹿。这牝鹿四肢发达，皮毛茸茸，还有一对分开的角。阿克特翁已一无所剩，唯一尚存的是因意识到自己变了形而引起的悲哀。他站在草地上，一动不动，十分沮丧。这时，戴安娜对他说道："你现在可以去对人说，看见我没有穿衣服。去说吧，只要你能够。"远处，他的捕猎犬的呼叫声，一阵阵传进他的耳里。

如果回家去，没脸见人，留在森林，心头又害怕。矛盾、苦恼，简直把他压得透不过气来，他像发了疯一样，奔跑着，碰碰撞撞，穿过森林。天啦，为时已晚，捕猎的狗群看见了他那毛茸茸的躯体，把他当成了猎物，在他后面穷追不舍，狂吠不已。

可怜的阿克特翁，费了九牛二虎之力，绷紧了每一根神经，仍然逃不出厄运的追逐。他的四肢再也支撑不了他的身躯，他倒在了地上。猎狗的眼睛充满了血丝，张开血盆似的大口，唾液直向下滴着，一步一步向他靠近。阿克特翁想说却发不出声来，猎狗一跃而上，一口咬住他那颤抖的喉头。

戴安娜受到广泛的崇敬，数不尽的信徒对她顶礼膜拜。祭拜她的有名的殿堂，在小亚细亚的以弗所。古人有许多纪念月亮女神的活动，人们相信，她随时随地会伸出手来，保护所有的好人。

维纳斯

维纳斯，是美、是爱、是欢笑和婚姻的女神。她的出生，有种种传说，一说她是朱庇特和狄俄涅的女儿；一说她是被大海翻滚的波涛托起来的。她像一朵百合花，身佩丝带，湛蓝的眼睛柔和而迷人。

海洋女神第一个发现了她。在蓝色的巨浪中，女神将她包裹起来，把她带回她的珊瑚洞，精心喂养她，关怀备至地教育她。当完成了对她的教育项目，海洋女神认为，将她介绍给诸神的时候到了，便带着她升出海面。此时，海中诸神，像特里同、俄刻阿尼得斯和涅瑞伊得斯，浮游在维纳斯的身边，大声地表达他们对她的热忱和羡慕。他们向她馈赠珍珠和从深海取得的珊瑚枝，因为她实在太妩媚了。

然后，他们让她躺卧在轻柔的浪峰上，委托西风神仄费洛斯照料她，西风神轻轻呼出一口气，风缓缓地把她吹到了塞甫路斯岛。

四季女神，朱庇特和正义女神忒弥斯的女儿，伫立在海岸，欢迎她的到来。除四季女神外，到场欢迎她的还有朱庇特和欧律诺墨的女儿们，享有"光之女神"美名的阿格莱、欧佛洛绪涅和塔利亚，她们一直期待着有机会表达她们对新的女主人维纳斯的热爱。托举着维纳斯的波浪，向着海岸推进。人们看见，被玫瑰色彩包裹着的美艳的女神，在海面显现。当她的脚踏上白色海滩时，观者为她惊人的美丽而折腰。

简单梳洗后，维纳斯和她的跟随者向奥林匹斯山进发。一路上，加入队伍的神有："爱之愿望神"贺玫汝斯、"爱之和睦神"泼托司、"爱之情话神"苏阿德那、"爱之婚礼神"亥蒙。

宝座，已为这位尊敬的女神维纳斯准备好了。当她跨步上前，坐上宝座时，围观诸神用赞美的目光望着她。她的美对他们的撞击，好似一场暴风雨。她举止优雅，牢牢地勾住了他们的心。大家都希望向她表白爱慕之心，希望娶她为妻。维纳斯以不屑的目光拒绝了他们的追求。甚至万神之父朱庇特，也同样遭到白眼。朱庇特心中大为不悦，决心处罚一下这姑娘，决定让她与铁匠神伏尔甘结婚。

强迫的婚姻是不幸福的。维纳斯从来对铁匠神不怀好感，伏尔甘的熊样让她看了就心烦。她无心做伏尔甘的忠实妻子，更不愿和他生活在一起。维纳斯公开扬言，她要让自己快乐。

她第一个迷恋上的对象，是英俊魁梧的战神马斯。她的相思，很快得到了回应。他也爱上了她，并不顾她已经婚配的事实，偷偷与她约会。但他们心中总是有些忧虑的，偷与盗皆为邪，邪门歪道，不怕门神？他们害怕，有朝一日，被路过的神窥见。相对而言，马斯比维纳斯更紧张些，所以，每次幽会时，他都不敢粗心大意，总要派侍从阿勒克特律翁望风。这对露水鸳鸯特别害怕被阿波罗瞧见了。

然而，有一天，连续熬夜、疲惫不堪的阿勒克特律翁不听使唤地睡熟了。睡得之深沉，当黎明女神打开了东方的大门，阿波罗的太阳金车出发时，这位年轻的侍从还在梦境中。林中长着羽毛的居民们，用叽叽喳喳的声音，热情地欢迎太阳神，如此嘈杂的声音，也没有将侍从惊醒。有道是："是祸躲不过，躲过不是祸。"

太阳神驾着金车快速前进，他那敏锐而犀利的目光扫遍大江南北，借助阳光的照射，没有什么能逃过他搜索的眼睛。很快，他发现了酣睡的仆人，再定睛一瞧，就看见了那对有罪的情侣。阿波罗的个人行为本来也不检点，加上他追求维纳斯遭拒绝，今天是一解心头恨的好机会。阿波罗快马加鞭，骏马四蹄翻飞，要赶时间去告诉铁匠神伏尔甘。一见面，阿波罗将他路上所见一五一十地描述一番，充满煽动激情。天神也懂，借刀杀人，不露痕迹。

怒不可遏的丈夫不假思索，顺手抓起一张拖网，一路上寻找外逃的妻子。他悄悄地走近这对男女偷情的凉亭，动作麻利地将网一撒，网眼之密匝，使睡梦中的情人，想跑也跑不脱。伏尔甘就这样将他们囚着，任凭他们怎样哀求，他毫不心软，直到诸神都看见了他们赤身裸体的狼狈样，视为笑柄时为止。最后，他还是放了他们。马斯羞愧难当，他认为这些都是因为侍从失职所致，于是，他将愤怒一股脑儿发泄在还在酣睡中的侍从身上。马斯一掌打过去，将他变成了公鸡。并安置它在田园地坝，指令它每天清晨向人们报告太阳的来临。黎明，你听见公鸡啼鸣，就是阿勒克特律翁在完成他的使命，召唤夜间游荡的幽灵快快回归老巢，免得引起麻烦。

维纳斯和伏尔甘有几个漂亮的孩子。他们的女儿赫耳弥俄涅，嫁给了底比斯的国王卡德摩斯；他们最小的孩子丘比特，被天神指定为爱神。尽管他们对丘比特精心照料，百般呵护，说来也怪，这小家伙就是长不大。他始终是胖乎乎的，长着一对婵娟似的翅膀，容颜鲜嫩，脸上的酒窝更显出小孩的淘气。孩子的身体状况使维纳斯很忧心，便向神灵忒弥斯求教，得到的口谕是："没有感情的爱长不大。"

维纳斯一直被这解不开的谜语困惑。一直到"感情之神"安提罗司出世时，她才明白了神谕的意思。只有感情神伴随着丘比特的时候，他才会变成一位标致潇洒的翩翩少年，但是，一旦离开了感情神，丘比特马上还原为孩子。

维纳斯用情不专，她并没有将自己的情感全部用在伏尔甘身上。事实上，抛开了马斯，她又另有新欢——爱慕勇敢的青年猎人阿童尼。他的多次奋不顾身的冒险捕猎，使维纳斯惊魂难定。维纳斯求他放弃追逐的快乐，与她长相伴。他大声笑着，跑开去了，又加入到他的同伴们愉快的追逐游戏中去了。一天，已经经过了一场令人兴奋的追捕之后，他又大胆地追赶一只野熊。这只野熊已经被追赶得走投无路了，就发疯似的调头向他扑来，坚硬的长牙插进年轻人毫无保护的大腿，四肢无

71

情地践踏着他娇嫩的身体，好像不将他杀死，就不善罢甘休似的。年轻人像死人般躺着，他的猎狗在身边团团转，号叫不已。森林女神在浓雾缠绕的山巅，为他痛哭流涕。

维纳斯直奔青年悲惨死去的现场。脚下的荆棘、路边的枝条，划破了她细嫩的肌肤。一路上，她身上流出的血点点滴滴落在白色的玫瑰花瓣上，在她身后，留下一条粉红色玫瑰之路。当她发现阿童尼的身体像死人般僵冷时，她用自己温暖的双臂拥抱着他，她泪如雨下。她这一哭，感动了万物，树林、流水、神、人和自然界的一切，与她共同哀悼这可爱的青年。哭吧，维纳斯，阿童尼不复在，爱的憧憬有何用？

最后，墨丘利出现了，情不自愿地带领这个离开了躯体的灵魂，去到那地狱之境，受到地狱女后普洛塞耳皮那的热烈欢迎。女后将他领向一个地方，在这里，心地纯洁者和品德高尚者可享永恒祝福。悲伤的维纳斯，有发不完的叹息，流不尽的泪水。她的眼泪落在地上，变成银莲花；从阿童尼身上流出的血，浸入土，长出的就是玫瑰花。诗人说，银莲花是泪，玫瑰花是血。

岁月的流逝，没能减轻维纳斯的悲痛，恰恰相反，她的悲痛日甚一日，直到忍受不了时，她前往奥林匹斯山去见朱庇特。她跪在朱庇特的面前，请求他把阿童尼从死亡的拥抱中解放回来。要不然，就让她在地狱分担他承受的痛苦。

朱庇特没有拒绝维纳斯的请求，同意阿童尼回到她的怀抱中去。但是，阎王普鲁托不同意将已经成为他臣民的阿童尼放走。经过反复辩论，达成一个协议。协议规定，一年之中，阿童尼有半年时间在地府，有六个月的时间在阳世。

早春时节，阿童尼离开下界，迈着踏实的步子，加入人世间他爱的人的行列。他走过的道路，鲜花怒放，鸟儿歌唱，表示对他的欢迎。春天里，植被覆盖大地，绿叶和鲜花装扮大地，鸟儿歌唱快活的日子。在冬季，阿童尼实在不愿意回到阴间。凶猛的熊，再一次用它那白色的牙齿"杀死"了他，送他走进地狱的深渊。

此后，美的女神维纳斯又爱上了特洛伊王子阿咯塞斯，但是，爱上了凡人夫君又使她感到惭愧，她从他口里得到保证：决不向任何人泄露他们的秘密婚姻。可是，非常不幸，阿咯塞斯是个说大话而无信义的人物，不久，他就暴露了他和维纳斯的秘密。一气之下，维纳斯借用他父亲朱庇特的掌上霹雳，将他活活击毙。对美神这一过激行动，历代神话作者们都颇有微词。有关阿咯塞斯的命运，有人这样讲：阿咯塞斯一直活到老，当特洛伊城被希腊人攻破时，他的儿子埃涅阿斯将他驮在背上，逃出了熊熊燃烧的城池。从此以后，维纳斯将爱全部投入到她的儿子埃涅阿斯身上，一直保护着他走过他将要面临的变幻莫测、险象丛生的人生之路。

维纳斯的最热忱和最忠诚的崇拜者是年轻人，因为她使青年人的感情充满快乐，并且时刻准备伸出援助的手帮助真心相爱的恋人。只要他们在相爱的道路上遇到了不可克服的困难时，她会助他们一臂之力。

可爱的少女海洛，就受益于维纳斯的帮助。她从小被父母带到维纳斯祭拜堂做修女，日子一天天过去，她不是朝拜女神，就是待在海滨孤独的塔楼里，由一位上了年纪的妇女陪伴着。

关于少女海洛美貌的传说，传遍了她生长的城市塞斯图，又从达达尼尔海峡，传到了阿比杜斯城。在这里，有一位勇敢剽悍的年轻人，名字叫利安达，为少女的美貌而心动，希望有机会一睹年轻修女的芳容。

恰好有一个机会来了：塞斯图城将为维纳斯的荣誉举行一次庆典活动。这次活动邀请了众多的青年男女。利安达也来了，他借口拜谒女神，进了殿堂。他没留意维纳斯的容颜，倒是年轻修女的美貌勾去了少年魂，修女的美，远远超过了人们所描述的。

正如前面已经说过的，维纳斯的乐趣在于善待相亲相爱的恋人，当她此刻目睹利安达和海洛这一对美貌与英俊的青年人时，便吩咐丘比特用他的爱之箭射透他们的心。喜欢恶作剧的神立刻完成了他的使命。

爱的火焰同时在一对年轻人的心中燃起。利安达表明对姑娘的爱，请求她不要拒绝，否则，他便死去。

姑娘认真聆听他的表白，但是内心的感情很复杂，一半是高兴，一半是害怕。因为她知道，她的父母绝不会同意这门亲事的。她又担心被别人看见同一个陌生男子讲话，便叫他赶快离去。但他拒绝了，除非她告诉他，她住在哪儿。在知道她的住地后，他要求她同意在夜色朦胧时，他可以横渡达达尼尔海峡，去那孤零零的塔楼拜访她。"啊。甜蜜的爱，"他高声喊道，"我无所惧怕。我要劈开海浪，掀翻波涛，让海啸伴我前进。心不跳，脚不软，海的汪洋何足惧？有我爱人，在海的彼岸。"

最后，他的忠诚战胜了少女的踌躇，她安排在大海环抱的塔楼接待他，并且约定，在某一时刻，她将点燃一把火炬，给他指路，安全地泅渡大海。

夜幕降临，黑暗笼罩大地。利安达迫不及待地走向沙滩，期盼着约定的信号出现。信号一出现，利安达兴奋极了，扑通一声跳入黑色波涛。这时，月亮出来了。乳白色的光辉洒在海面，为他指路导航。"啊，月亮女神，谢谢你的帮助。请你别笑话我太痴狂，为爱玩命。你知道，她的美貌，与你月亮神比赛，也不会败下阵来。我不是狂言乱语，对你，我不掩饰对她的深沉的爱。"在月亮神伴送下，他舞动着强健有力的双臂，劈波斩浪。不时，巨浪翻过他的头顶，当他逃出了那死亡威胁的旋涡，波涛又将他推上浪尖。他一眼瞥见光明的火炬照亮害羞的海洛，她脸上的红晕，更煽动了他内心的激情。

黎明将至，东方发白，情人在眷恋中依依惜别。利安达回到阿比杜斯城，海洛便潜心于日间事务。一到了晚间，只要第一颗星出现在天边，海洛就点亮火炬，利安达跟着便来到她身边，直到天空呈现鱼肚白。

一天，风刮得异常猛烈，海面掀起擎天大浪，海啸令人胆战心惊，黑夜渐渐逼近，风势更不可挡，好像这是一个凶兆。但是，没有什么能阻挡利安达去会见海洛。

整个一天，海洛一直盼望着她的爱人能重复他晚间的行程。黄昏来临时，她点亮了火炬，给他充当领航的灯塔，相信他冒险也会实现诺言。风，咆哮得让人害怕，火炬，在风中忽明忽暗，虽然海洛提起袍子保护着微弱的灯光，仍有几次差点被风刮熄灭。

看见熟悉的灯光，被海浪冲击回去的利安达，再次尝试横渡海峡。与此同时，他向天神请求援助。但是他的呼救声被风暴的喧嚣掩盖，不为天神听到。他与风浪搏斗，口中念着海洛的名字，她是他的精神支撑。

到后来，他累极了，力气快耗完了，身体开始下沉。他再次抬起头，望着那束灯光。他像一块石头一样朝下沉，他挣扎着，一下，两下，三下，他拼命昂起头，然而，一个巨浪打过他的头顶，他永远被海水淹没了。

在同一时刻，海洛再次点燃了她的火炬，完全不知悲剧的发生。她站在塔楼上，睁大眼睛，穿过黑夜，瞭望远处。整个晚上，她都在等待、盼望还没有来的爱人。当第一缕阳光照耀着起伏的海面，她一眼瞥见在塔楼下边的海面上，漂浮着她爱人的尸体。

悲惨的场景，令海洛心碎肠断，她也想以死相随，因为她不能没有利安达。她纵身跳入海中，海浪吞没了她。在海中，他们的躯体紧紧依靠。这对恋人生前忠贞，死后亦忠贞，生死与共，传为佳话。

　　同样相爱、同样不幸的一对，是皮拉墨斯和特西贝。他们住在巴比伦，两家是邻居。虽然没有波涛分隔他们，他们生活得也不错，但是因为两家家长有矛盾，而且家长将矛盾转嫁在两家子女之间，禁止孩子们彼此交谈和来往。这样的禁令，伤害了孩子们稚嫩的心。他们不断的哀叹终于打动了维纳斯，维纳斯决定给他们以帮助。女神在相隔的墙壁上，开了一个洞孔，相爱的人可以从孔中窥视，隔墙交谈。通过这孔，年轻人秘密沟通，激起了他们更大的交往愿望，想有一个不被打断、不被限制的约会。这样，他们确定在某一天的某一时刻，在郊外一棵桑树下会面。特西贝急切地想看到她的爱人，先到了约会地点，她走过去，走过来，皮拉墨斯还没有到。她怀疑发生了什么事耽搁了皮拉墨斯的到来。从旁边灌木丛中传出来的声音打断了她的思考，她以为皮拉墨斯躲藏在其间。她叫唤着他的名字，但是，谁也想不到，出现的不是她的爱人，而是一只狮子。它朝着她走来，摇着尾巴，舌头舔着血腥的嘴巴。一声惊叫，姑娘转头就跑，头巾掉了，狮子张开血盆大口，咬住它，将它撕得粉碎，然后慢慢退回到森林中去了。

　　不久后，皮拉墨斯急步赶来，可是不见特西贝。皮拉墨斯奇怪，为什么她还没到来？他转头四周观看，发现了狮子的脚印和撕碎了的头巾。这些信号足以说明他的特西贝已经被狮子吃了。他怒火中烧，从刀鞘中拔出刀来，对着自己的胸膛，直愣愣一刀刺下。

过了几分钟，特西贝小心谨慎地走回来。一路上，她全神贯注地观察着周围，十分担心狮子是否还隐藏在附近。可她第一眼看到的是皮拉墨斯直挺挺躺在桑树下，浸血的头巾，盖住了他那痉挛的嘴唇。

　　伴随着一声惊惧的叫声，她扑在他的身上，用种种办法想让他复活。当她明白她的一切努力都是白费工夫时，她从他的胸膛里将刀拔出来，一下扎进自己的心脏。

　　自那日之后，原本白色的桑树果实，变成了紫红色，那是被皮拉墨斯和特西贝的血染红的。

　　可爱而健谈的山林女神厄科，自由自在、无忧无虑地生活着，直到有一天在森林里遇见了打猎的那斯塞斯，这平静才算结束。这位愚昧而轻浮的年轻女子对那斯塞斯一见钟情。她对他的爱之深，她失意时的悲痛也深。她在悲叹，因为那斯塞斯对她的感情不理不睬。

　　她的所有甜言蜜语宣告无效。那斯塞斯的铁石心肠使她伤透了心。她请求维纳斯惩罚他，让他承受痛苦的熬煎。忧郁、期盼、一无所获，使她离开了她往昔的伙伴，漫无目的地走进了森林。在这里，她的忧伤有增无减，容颜憔悴，她从山林消失了，但是，她那柔美的声音始终萦绕幽谷而不去。

　　厄科丧失了一个女子必要的自傲，天神们对她很不以为然，于是，天神处罚她常年与岩石和孤独做伴。因为生前不能自信自立，死后也只能重复她听到的最后声音。天神以此惩戒世上那些缺乏独立个性又好冲动的少女们。厄科的声音永存，如果你漫步在丛林山崖，她会回应你最后的声音。它就是山林的厄科——回声。

可怜的厄科死了，但是，维纳斯一直没有忘记她生前的最后一次声情并茂的祈祷。这使她觉得，应该惩治寡情的那斯塞斯。一天，经过了一段长时间的狩猎，那斯塞斯感到困乏和口干舌燥，他来到一处清水泉边，以解喉头之渴。

他跪在草地上，身体前伸，伏在清澈如镜的水面上，饮了一口。突然他看见水中有一张漂亮的脸蛋，顿时使他心旷神怡。他以为是水底的女神透过清澈水面仰视他。他伸手去抓那美丽的幻影。但是，每当他的手触及水面，水浪泛起，女神就隐去。他慢慢地向后退了一步，屏息静气地等待着女神的再来。

动荡的水又迅速恢复平静。那斯塞斯踮起脚尖，一声不响地、小心翼翼地窥视着池中。他看见一对美丽的、凝视的、焦急的目光。逐渐地，女神从她躲藏的地方出现了，也很小心，像在侦察着什么。

这一次，年轻人更加谨慎，缓慢地屈身，向前伸出头，当他确定女神的头全出现了时，年轻人用温柔的语调对她说话，她微动红色嘴唇，那样子就像在对他答话，虽然他一点声音也没有听见。他兴奋得向她比画手势，水中也有一双雪白的臂膀，在重复着同一动作。她动情的眼神鼓动了他张开双臂去拥抱她，她消失了，就像第一次那样。

一次又一次，女神躲避他的触摸。但是，已经迷了心窍的青年，怎么也不愿离开这情影出没的地方。她美丽的面庞，反映出她每一个细微的情绪，她的面色由苍白到蜡黄。跟他一样，她成了痴爱和失望的牺牲品。

即或是黑夜的阴影也不能将那斯塞斯从站立的地方拉走，当白色的月光照亮了大地，他仍然俯身水池，想弄个清楚，她是否也在期盼，也不能入睡。

那斯塞斯在这里日夜徘徊，不吃不喝，一直到死。他一点也没想到，幻觉中的女神就是他自己的身影在清澈如镜的水中的反映。厄科从那斯塞斯生命的结束得到了补偿。但是，奥林匹斯山上的诸神，端详着这美丽的尸体，出于同情心将他变成了一种花，花名叫做那斯塞斯——水仙花。打那以后，它生长在池水边，清清的池水，映出它婀娜身段和姣好容颜。

皮格马利翁是塞甫路斯国王，是一个名声显赫的雕塑家。他所有的空闲时间，都花费在刻绘天神和仙女的劳作上。一天，他用手捏出了女神该拉忒亚。她的美丽搅动了作者的心，塑像尚未全部完成，他已经爱上了她。雕塑完成，他对她更是赞美有加，不过，雕塑的人儿虽美，却没有生命。他向维纳斯乞求，给她生命，他说，他理想的妻子就同女神一模一样。

皮格马利翁本是一个冷酷无情的独身者，他常常说他决不结婚。可是，今天他想要有一个妻子了。维纳斯高兴地看见他最后也成为温情的牺牲品，便决心应允他的请求。皮格马利翁将塑像拥抱在胸前，对着塑像冰冷的心吹进他自己的热气。再用自己的嘴，吻着塑像的唇，一而再，再而三，如此反复，渐渐地塑像的唇柔软了，苍白的面颊泛起了红晕。气息扩张了她的肺，肺的功能推动血液，沿着血管在体内循环。

皮格马利翁很兴奋地看见塑像有了生命。在一段不太长的时间后，他倾诉情感的对象终于变成了他的幸福的妻子。

在同一个远古时代，有一个国王，他的三个女儿是远近驰名的绝代佳人。最小的女儿叫普绪喀，她的温柔与美艳，使国王的朝臣们声称只有她配得上被称呼为美的女神。他们说，与其敬奉维纳斯，还不如敬奉普绪喀。有良好意识的普绪喀，回绝了这一奉承。可是，这一提议，却触犯了维纳斯。她竭力让这个愚昧的民族明白，少女是人不是神。并且，她吩咐她的儿子丘比特，杀死普绪喀。

提着弓，佩着箭，携带一剂烈性毒药，丘比特出发去完成母亲赋予的使命。天黑时，到了皇宫。丘比特躲过了警卫，沿着清静的大厅，来到普绪喀的卧室，丘比特偷偷地靠近少女普绪喀躺着的睡椅，俯身准备给她灌进毒药。

一束月光，掠过她的面庞，照亮了她娇嫩的容貌。她的美丽使丘比特一惊，不禁朝后一退，这个下意识的动作，使他鲜嫩的肉体被身佩的爱之金箭刺破了皮。这伤口使他身体出现疲惫的感觉。

他没有意识到伤口带来的严重后果。睡梦中的少女，令他心旌动摇，她美好的形象深深地印在他的心底。正如他悄无声息地进来，他又悄无声息地退出，并毅然发誓绝不伤害这样的纯真和美丽。

天亮了，维纳斯本想看见阳光照亮她对手的尸体，但是，她实际看到的却是普绪喀在皇宫的御花园里活动的身影。她痛苦地承认，她的第一次计划彻底失败了。她毫无悔恨之心，又开始设计种种折磨人的小把戏迫害可怜的姑娘。不堪忍受痛苦的姑娘逃出家门，与其活无宁日，不如一死了之。普绪喀痛苦地攀登上陡峭的高山，爬行到一峭壁处后，她纵身跳下。目睹母亲迫害无辜，心中愤激却无能为力的丘比特一直隐秘尾随普绪喀。当他发觉了她的自杀念头，便呼喊西风神仄佛洛斯，求他伸出强壮而柔软的双臂，在半空抓住轻生的姑娘，然后将她带到一个远方的岛屿。

　　眨眼工夫，普绪喀感到不是快速的下坠，也不是痛苦的死亡，她觉得自己的身体轻飘飘地掠过山头，穿过峡谷，飞过闪闪反光的水面，然后被轻轻地放置在了花丛中。这儿是一座别致的花园。

　　她被搞得晕头转向，慢慢地站立起来，擦了擦漂亮的眼睛，定睛观看四周，她不知道自己是在梦中，还是真实地漫步在铺满鲜花的大地上。不久，她来到一座魔幻般的宫殿，它的入口敞开着，像是迎接她的到来。一个温和的声音请她进去，一只温柔的手牵着她进了门槛。一切都是为她安排的。

　　夜晚，黑暗覆盖大地，丘比特来了，他在寻找心爱的人儿普绪喀。在散发清香的夜幕中，他向她陈述自己对她的爱，以满腔热忱期待她的回音。

　　虽然，朦胧的光线不允许她看清楚不知姓名的求爱者的全貌，但是，普绪喀毫不掩饰她的愉悦。普绪喀认真地聆听他柔声细语的表白，爽快同意与他结为伉俪。丘比特求她，不要设法知道他是谁，也不要偷看他的脸。他警告她，如果她任性，非要达到目的或偷看到什么，他将被迫离开她，而且，永远不回来。丘比特说："亲爱的，我与你约会，但我隐蔽了脸。如果你执意要看清楚，我就必须把你放弃。理由是，天神把爱情和真诚连在一起，不喜欢爱人之间的猜疑，最讨厌啥事都要打破砂锅问到底。"

普绪喀严肃承诺，尊重她的神秘爱人，完全放弃对自己伴侣的查三问四。整个晚上，他们倾心交谈。当第一道曙光出现在地平线时，丘比特向普绪喀道声再见，并保证伴着夜色的掩护他会再来。一整天的日子，普绪喀都在思念着他，盼望着他。太阳西坠，树林里的鸟儿已经齐唱归林的晚歌。这时，她特别兴奋，激动得气都不敢出，一直等着他的到来。

沉浸在甜蜜爱河的普绪喀，觉得白天的时间显得特别漫长，而晚上的时间过得特别的快，煞是"春宵苦短日高起"。在人类生活中，相爱的人之间有一种尽力讨好对方的倾向，所以，她的每个希望，一经说出几乎都得到了满足。看得出她的爱人竭力想讨她的喜欢，于是，她最后鼓起勇气说出，她想再有机会与她的姐姐见面。热恋的爱人是无法谢绝这个要求的，但是，普绪喀看出，他的表情中流露出勉强和犹豫。第二天早晨，独自散步的普绪喀，突然见到了她的两个姐妹。在一阵狂热的拥抱和语无伦次的问候之后，她们坐下来，开始长时间交谈。普绪喀言及她自杀的疯狂意图，后来又奇迹般活过来的故事，又说了天上旅行、进入魔宫的奇遇，还有她对神秘的夜间来访者的爱等等，总之，包括她离家出走之后所发生的一切事情。

她的姐姐一直嫉妒她超凡的美丽，今日再目睹她豪华的住宅，听她兴高采烈地谈论她的爱人，她们的嫉恨心油然而生。她们下狠心要破坏她们不能享受到的幸福。所以，她们施出浑身解数，要使可怜的普绪喀相信，她的爱人一定是妖魔，因为邪恶，所以他不敢见到白日的阳光，免得遭受她的诅咒。她们加油添醋吓唬普绪喀，警告她处处小心谨慎，要不然，他会吞食了她。

如此这般之后，她们又向普绪喀献计，劝她在爱人的住房里，放一盏灯和一把短剑，当他闭眼熟睡时，秘密地端详他。倘若灯光让妖魔暴露了邪恶嘴脸，就用短剑将他杀死。

回到家里，两个姐姐不断地回味普绪喀向她们讲述的故事，幻想着获得豪华的房子和令人神往的爱人。她们也想走妹妹走过的得到爱人和幸福的路，便急急忙忙、神不知鬼不觉地登上高山悬崖，从岩石边纵身一跳，这下真的是完了。

黑夜来临，它将像往日一样带来受欢迎的丘比特。普绪喀被怀疑和踌躇折磨着，难以掩饰内心的不安。相见时，丘比特多次努力要让她从沉默的状态中解脱出来，但都无济于事。后来，他睡着了，平静的呼吸证明他已沉沉睡熟。普绪喀悄悄地点亮了灯，手里紧握短剑，小心翼翼地走到他的床榻边，俯身观看酣睡的情人。她手中的灯，高举过头，照亮了一位漂亮青年的面庞和身躯。

普绪喀的心直跳得咚咚响，她觉得自豪的是他不是妖魔，而是一位高贵的青年。当她伏在他身边时，她只有高兴，全忘了姐姐的警告。一不小心打翻了灯，一滴滚烫的油滴在丘比特赤裸的肩头。

疼痛使他睁开眼睛，面带惊诧。亮着的灯，闪着寒光的短剑，颤抖的普绪喀，说明了全部事实的真相。丘比特从床榻一跃而起，抓起弓箭，最后望了普绪喀一眼，那是悲哀和责备的眼神，就从开着的窗户飞驰而去。他说："再见了，普绪喀，没有真诚就没有爱，你的爱已经死亡。再见，我不会再来了。"

丘比特向上飞翔，消失在茫茫夜色中。散发清香的晚风消失了，气候突变，暴风雨来临，天空在发怒、在咆哮。可怜的、被吓坏了的普绪喀，不敢单独一个人待在宫廷里，急忙跑进花园，她一下晕倒在地，失去了知觉。等她再睁开眼时，暴风雨已经停了，太阳高挂在蓝天，宫殿和花园统统不见了。

可怜的普绪喀，以后的几个夜晚一直在这里徘徊，流下许多悔恨的泪水，在无望中期盼着丘比特的归来。她最后下定决心自杀，她投身到邻近的河流中，但是，河神抓住了她，将她推向岸边。在这里，河神的女儿——河水女神挽救了她的性命。但是普绪喀始终郁郁不乐，到处游荡，寻找丘比特，遇见谁就问谁，包括山林女神潘以及刻瑞斯，她们对她都深表同情，聆听她表述自己对丘比特的爱情。

刻瑞斯经常看见丘比特，也知道那天早晨他肩头受伤，维纳斯替他包扎的事。所以，她劝说普绪喀去见美神，去给她服务，以灵巧讨美神的喜欢。在这样一个过程中，或许能有和丘比特见面的机会，使有情人言归于好。

普绪喀接受了刻瑞斯的劝说，为维纳斯劳作。她每日起早贪黑，满足女主人的苛刻要求。维纳斯对普绪喀真够刁的：给她指定的任务，其困难程度，普绪喀根本没有能力去完成，除非有了很爱她和同情她的野兽和昆虫的帮忙。

维纳斯反复验证她的忠诚和耐力，最后决定派她到地府去取回一盒美容油膏，因为只有普洛塞耳皮那那里才有此种油膏的配方。这是一次充满危险的检验。在老朋友西风神仄费洛斯的指导下，普绪喀避开了地府的危险，取到了小盒子，地府的门在她身后关闭了。眼看她即将完成任务，她却突发奇想，自作聪明，抹了一点魔膏在脸上，想除掉不眠之夜留下的痕迹。

然而，盒子里面啥也没装，除了睡眠精灵。这精灵倏地扑倒普绪喀，把她放置在路边。路过的丘比特看见她在这里，瞧着她脸上的悲哀，想起他对她的爱和她的不幸遭遇，便同精灵搏斗。精灵打不过他，再度被监禁在狭小的盒子里。他用爱的热吻让她苏醒过来。他说道："亲爱的，睁开你的眼睛，你现在可以看看我了。我也不走了，因为，我是你的，永远永远。"

然后，他们手拉手，飞向奥林匹斯山，进了议事厅。在这里，丘比特将自己选取的新娘介绍给在场的天神，他们都是前来参加婚礼的。美神维纳斯放弃以前的嫉恨，欢迎新娘，在美神的认可下，新娘一生幸福。在古人心目中，丘比特代表心，普绪喀则为灵魂的人格化，长着一对蝴蝶般美丽的翅膀。

白瑞倪斯的故事，描述了一位贤惠妻子对丈夫的诚挚感情。白瑞倪斯担心丈夫的生命有危险，恳求维纳斯保护在战场上拼杀的丈夫。她许下诺言，如果丈夫平安从战场归来，她愿意割下她那美丽的令人难以舍弃的头发，献祭给维纳斯。她的要求得到了应允。丈夫安然无恙，白瑞倪斯将一束美丽的头发放置在维纳斯神龛上。后来，这束头发便奇怪地消失了。一位星相家说，这头发是被偷走了，而且一本正经地指着一颗飞逝的彗星说，天神已经把白瑞倪斯的头发安放在星宿中间。闪烁的星光是表彰她对丈夫做出的牺牲。

美神维纳斯的塑像，或者赤裸，或是身披稀有的布料，坐在她的用珍珠贝壳装饰的月亮车里。由她心爱的鸽子拉动，从一个神龛到另一个神龛。她十分满意她的敬奉者为装扮神龛提供的珠宝和鲜花。年轻恋人供奉的祭献物品最是使她喜欢。在四月的皎皎月光中，维纳斯爱在核桃树阴下，聆听山盟海誓的少男少女的悄悄情话。

现代艺术馆陈列的古代女神塑像中，维纳斯塑像最是有名。维纳斯节日庆典始终令人赏心悦目，她的信奉者们头戴芳香的花冠，象征着自然之美。

墨丘利

正如我们在这本书中已经多次提到过的，朱庇特绝不是一个严守诺言的配偶。尽管他妻子一再抗议，但他总是朝三暮四，改变不了贪恋女色的毛病，在路途上，看见了漂亮的女孩，他就神不守舍。就这样，他拜倒在平原女神迈阿的石榴裙下，与她一起度过了许多美好时光。当他们在库伦山洞里，瞧见他们的儿子墨丘利出生的时候，这一对神的爱情到达了顶点。

这神的儿子，一点也不像凡人的孩子，一落地便手脚不停。他从母亲的膝盖上跳下来，抓住放在地上的一只乌龟壳，两边钻上孔，穿过一排细线作为琴弦，用手在上面拨动，发出一连串甜蜜的音符，制造了人类第一架竖琴。

这孩子胃口好、消化好，到傍晚，就饿得特别厉害。他从熟睡的母亲身边跑出门去寻找吃的。没有走多远，他来到一处旷野中的草甸，阿波罗的牲畜正在这里放牧。吃草的牛总共有五十头，一头头膘肥皮滑。爱恶作剧的小神，相信它们细嫩又多汁，便驱赶它们到一个偏僻的地方。他用柔软的枝叶包裹它们的脚，免得留下脚印。安全地到了一个隐秘地，墨丘利毫不怜惜地杀了两头牛，吃了起来。

阿波罗发现牛丢了，便动身去寻找盗贼和盗贼藏身的地方。可是，除了一些破枝残叶，他什么也没有发现。他一下想起来，那天早晨，在高耸的奥林匹斯山上，诸神宣布，那个出生的孩子为盗贼之神。这样，他不用再花时间去搜寻，而是大步流星赶往库伦山洞，看见墨丘利在摇篮里睡得那么安静。太阳神粗鲁地将孩子从梦中摇醒，要他还牛来。墨丘利装出一副无辜的样子，总不认账，直到阿波罗大发雷霆，拖他上了奥林匹斯山时，孩子才承认了他的偷盗行为。天神责令他归还已偷财产。墨丘利服从判决，将剩余的牛归还了，至于那两头已吃掉了的、死不能复生的牛，墨丘利用刚制好的竖琴抵偿。

古人认为，太阳神阿波罗拥有大量的牛羊，它们是云彩的象征；墨丘利是风的人格化。风从夜间出，经过几个小时的强劲吹拂，云层被吹散了，而风过之处，留下残枝败叶。

阿波罗得了竖琴，非常高兴，作为回报他也想馈赠墨丘利一件礼物。这礼物就是一根白色魔杖。魔杖具有缓和一切冲突和矛盾的功能。墨丘利急于要试一试它，便将魔杖插入两条纷争的蛇之间，说来也怪，本是要斗个你死我活的蛇，一下子缠绕在魔杖上，从此亲善和睦。这使墨丘利十分高兴，他命令他们永远就这样缠在杖上，并且开始在一切场合使用蛇杖。在古罗马，信使手中常持这样的棍杖，就是缘于墨丘利的这段故事。

得了蛇杖的墨丘利，被任命为天神的信使，为了达到飞毛腿的快速，他的脚上配了一双带羽翼的草鞋。穿上这双草鞋，飞行速度惊人。这还不够，天神又给他一顶带翅膀的帽子，与草鞋在功能上相互补充。好像现代飞机配了双引擎。英国诗人济慈赞美墨丘利在天上的飞行速度，超过了光的速度。

墨丘利不仅是天神的信使，而且也是口才神、经济神、雨神、风神，更是旅行者、羊群、骗子、强盗的保护神。

朱庇特待墨丘利很不错，视这个孩子为他的盟友。尽管如此，忠诚的信使墨丘利也不是经常有事情可干，尤其是当朱庇特狂热追求河神伊那科斯出类拔萃的女儿伊俄的时候，墨丘利更是被闲置了起来。

为了避免朱诺的责备，朱庇特干这事，比往常更加小心，只有当认定他的妻子已经睡熟了时，才去会他心爱的人儿，另外还在他和情人的头上罩上云层。无论如何也不让奥林匹斯山的神仙们有窥视的机会。

一天午后，有利条件均已具备，朱庇特立刻下凡到人间去看他的伊俄。相会的情人在河岸漫步，他们感觉不到午后的炎热，因为云层阻隔着灼热的阳光。

那天，朱诺睡得不如平常深沉，很快就醒了过来。起床四周一打量，看气氛，她相信一切如常。不过，隔不久，她的注意力被下界一片不透明的、一动不动的云层吸引住了。她一想，不对，这云层不该在这里，这里没有它们的事。因为她吩咐过它们，在她醒来之前，不得离开蓝天。这云层引起了她的疑心，她在奥林匹斯山寻找朱庇特，不见影子，于是，飞身人间，不管三七二十一将云层扫向旁边。

朱庇特警觉了她的到来，他刚把身边的少女变成小母牛，其妻已经降临，质问他在这里干什么。

粗心大意的神，指着小母牛说，我在制造这个玩意儿消磨时间。但是，他的解说对朱诺没有说服力，因为，环顾周围，附近不见生物。于是，她怀疑她的丈夫已坠入爱河，在跟女伴秘密调情，为不使她发怒，他将心肝宝贝隐遁了。

朱诺故作糊涂，请她的丈夫把新制造的东西给她看看。这样的请求实难拒绝，但是，同意又非出自他的自愿。若是拒绝，会更增添了她由嫉妒而生的愤怒。天后带走了伊俄，将她置于她的仆人、百眼巨兽阿耳戈斯的监控之下。他睡觉时，也是一半眼睛闭着，一半眼睛睁开。诗人写道："阿耳戈斯的眼睛，是天堂的哨兵；他的千百只眼睛交替值勤。无论他醒着，或者是睡熟了，谁也逃不过他警惕的监视。"

朱诺吩咐阿耳戈斯看紧小母牛，随时报告小牛不寻常的活动。有一天，当阿耳戈斯在河边放牧他管辖的羊群时，他听见她向她的父亲伊那科斯讲述遭到变形的故事。他立刻如实地向朱诺汇报了他的发现。朱诺叫他回到岗位，继续加紧监视。

与此同时，朱庇特烦恼透了。日子一天一天过去，可他就是没有机会与伊俄交谈上一句两句，也没有能力将她从监禁中解脱出来。有道是，车到山前必有路。朱庇特叫来墨丘利帮忙，指示他想一些解放伊俄的点子。墨丘利便捏了一把罂粟，走近阿耳戈斯，给他讲故事。

墨丘利是一个故事大王，可这次他的故事，既不娱人，也不娱己，他用低沉的声音，讲了许多又臭又长、索然无味的故事。他的故事像催眠曲，阿耳戈斯的眼睛闭了一半，昏昏入睡。故事仍以同样单调的方式进行着，趁不注意，墨丘利将带在身边的罂粟，从巨人的头顶撒下去。接着，阿耳戈斯睁着的眼睛，一只又一只地闭上了，完全睡着了。

墨丘利抓住巨人的剑，用力砍下去，阿耳戈斯身首分家。但这只能说完成了任务的一半。因为，当墨丘利赶着小母牛离去时，朱诺发觉了。事不宜迟，朱诺马上放出许多牛虻，去折磨那头可怜的小牛。牛虻残忍的锥刺，像用大木棍抽打一般，逼疯了小牛，她拼命逃跑，从一个国家到另一个国家，跨过平原、越过高山、涉过河流，最后投身大海。此海以伊俄的名字命名，现在人们称为爱奥尼亚海。事实上，伊俄没有死，她泅过海面，上了埃及海岸藏身。在这里，朱庇特恢复了伊俄应有的少女的天真和可爱。他们的儿子厄帕福斯也在此出生，后来，儿子是埃及孟菲斯城的建造者和第一任国王。

朱诺非常痛苦，哀叹失去了她忠诚的阿耳戈斯。她收集齐他的百只眼睛，将它们抛洒在她的爱鸟孔雀的尾巴上。这样，她留住了奴仆的一些纪念品。阿耳戈斯死了，彩绘的孔雀诞生了。

这个故事也有丰富寓意。伊俄代表月亮，永无休止地从一个地方走到另一个地方。阿耳戈斯是天空，那布满天幕的星星就是他的眼睛，他观察着月亮的每一次运行。墨丘利是雨，一点一点朝下滴，遮掩住了星星，就这样，杀害了不知道将眼睛立刻全部闭上的阿耳戈斯。

墨丘利的另一项任务是，引导死者的灵魂去地府，因此，他有一个名字叫灵魂的抚慰者。当他让人做梦的时候，人们称他梦游神。

墨丘利是奥林匹斯山神系的十二主神之一，受到广泛敬奉。古代国家，到处都有祭拜他的神殿、祭坛、神龛，人们对他虔诚地参拜。每年的五月，古罗马人都要举行盛大的纪念墨丘利的节日。

马　斯

　　马斯，朱庇特和朱诺的儿子，人称战神，是乌云密布的天空愤怒的人格化。在希腊，他的崇拜者不多，但是在罗马，他却是主神。据说，在忒瑞斯，他是第一个看见东方阳光的神。忒瑞斯城因其猛烈的风暴和人民的好战而著名。在孩提时代，马斯的身体就接受了忒瑞斯高山积雪的磨炼。

　　马斯从来不满足于相互争夺和流血的事件，他宁肯听见战场上的刀剑撞击声，也不愿意听优美的音乐。他从不考虑战争的劳苦和危险，常年乐此不疲。别想从他身上找到仁慈和善良，人们也从来不向他祷告。古代的人就不爱他，不喜欢他，反之，倒是一听见他的名字，便骇得周身发抖。

　　平常，马斯总是身穿亮铮铮的铠甲，戴着配有羽毛的头盔，年轻又骄傲。强健的手一只握着一柄长矛，另一只拿着精细打造的盾牌，一副时刻准备置敌人于死地的架势。

　　他的侍从，有人说是他的孩子们，欣赏他们老子的好战趣味，跟着他东砍西杀。他们的名字分别是：厄里斯（不睦）、福波斯（警觉）、墨杜斯（惊吓）、德米奥斯（害怕）和帕罗耳

（惊恐）。

战争女神柏洛娜也伴随着他，替他驾车，或者挡开致命的刺杀，保护着他。所以，马斯和柏洛娜的神像供奉在同一个神殿里，只有他们的祭坛，曾经被人的血腥痕迹污染过。战神搅得人间硝烟弥漫，真可谓：血雨腥风人间泪，动听不过刀剑声。

厮杀是他的兴趣与爱好。在天神与巨人的战争期间，他确实非常活跃，但是，在战争的狂热中，他也有丧失警惕的时刻。因为疏忽，一次，他被迫向奥图斯和阿菲提斯投降。这是两个巨人，虽说只有九岁，但是已经长得牛高马大，而且，还在以每月九英寸的速度增高。

击败了战神，他们自鸣得意，骄傲得不得了。他们带走马斯，用铁链将他拴得牢牢的，再把铁链穿过铁环。这铁链环环相扣，想逃跑谈何容易？日日夜夜，他们监视着他，即使他们熟睡了，任何神祇想解脱他，那铁链的叮当声便会将他们从梦中惊醒，及时挫败给他自由的企图。十五个月乏味的日子，马斯在此忍受着邪恶的捉弄。这一天终于到了，墨丘利，盗贼王子悄无声息地将铁链从铁环中滑了出来，恢复了马斯的自由。

为了报复奥图斯和阿菲提斯对他的残酷待遇，马斯说服了阿波罗和戴安娜，使用他们的毒箭除掉了这两个又丑陋又无用的怪物。

残酷的马斯决不会轻易饶恕一个侵害者。当涅普顿的儿子哈狄若休司胆敢抢走阿耳西佩的女儿时，他穷追猛赶诱拐者，一经抓住，立即杀掉。涅普顿愤然于战神的残忍，招呼战神马斯出场，参加在新建的雅典城的石山上公开举行的特别法庭会议。

按照传统习惯，这类案件是在夜间审讯。就因为天空漆黑一片，法官在审理案子的时候，不会受原告或被告人的面部情绪的影响。法官不得使用任何修辞手法，这样，法官的脑子才能保持不偏不倚。马斯提前到会，简单陈述了事情经过。以事实为依据，既然事实清楚，便被宣告无罪。从此，这座石山，被人称为战神山，并由此而产生了雅典的最高法院机构。

虽然马斯如此好斗，但也并非不受情感的支配。他对维纳斯的诚挚的爱，使她献身于他。她给他生育了三个漂亮的儿女：哈耳摩尼亚、丘比特、安忒罗斯。马斯也有婚外情，他爱过美丽的维斯塔处女殿的年轻修女伊丽娅。她是罗马祖先埃涅阿斯的后裔。她跟战神马斯约会，违背了她向神许诺的神圣誓言：在未完成维斯塔神坛服务的任务之前，不得听从求爱人的话语。挡不住马斯的热烈追求，她屈服了，同意成为他的秘密配偶。

秘密结婚后，伊丽娅仍旧住在神殿里，直到她的两个孪生孩子洛摩罗斯和瑞摩斯出世。她的父母听说她破坏了自己的誓言，要求她承受有言在先的处罚：活埋！而两个孩子则被送到森林里去喂野兽。双重判决被无情地执行，母亲死了，可是，两个孩子，却出乎人之意料，仍然活着。最初是一只母狼喂养他们，而后被一个牧人收养。

洛摩罗斯和瑞摩斯在牧人的精心照料下，长得身强力壮，无所畏惧。成年以后，受青春活力的支配，他们期望有一个广阔的活动天地。不久，他们便离开了生养他们的山区，外出旅行，认识世界，去寻找他们的命运。过了一些时候，他们来到一个多山的国家，决定在这里建造一个庞大的城市，也是他们未来王国的首都。说干就干，兄弟俩画出了城市的界限，在做这件工作的时候，两个人发生了争吵，争吵的焦点是，给未来这个繁荣的城市命个啥名字。

　　愤怒使洛摩罗斯忽然高举手中的工具，野蛮地对着瑞摩斯一击，瑞摩斯当即倒地，被他残忍的兄弟杀害。只剩下洛摩罗斯一人，无效地干着他的事业，不过，很快就有了冒险者的加入，诸如像他一样的邪恶之徒、鲁莽之辈。他们协力建造了辉煌的罗马城。

　　作为这个城市的奠基人和建设者，洛摩罗斯是它的第一任国王，他的铁腕统治使他的专制制度逐渐变得令人无法忍受。议员们厌倦他的勒索和独裁手段，决定摆脱他的控制。他们利用一个日食时天空突然黑暗的机会，集中在罗马广场，杀死了洛摩罗斯，并将他碎尸万段，藏于他们宽大的官服下面。

　　阳光出现了。早被吓怕了的、对国王肃然起敬的人民清醒过来，四处找寻他们的国王。他们被告知，国王已经走了，是被天神带走的，永远不回来，天神要与他共享宫殿和威严。议员们进而告诉人民，应该把洛摩罗斯奉为神，易名为奎瑞努斯。并且命令在罗马七山之一的沙丙山上建立神殿，沙丙山从此成为世人知晓的奎瑞努斯山。

罗马新城建成，马斯十分高兴，为了对付无法无天的市民，他将城市直接置于他的保护之下。当城市发生瘟疫，威胁着人民的生存时，全体罗马人冲向他的殿宇，乞求他的保护，让大家安居乐业。

据说，在他们祈祷时，一面盾牌从天而降，一个清楚的声音宣布，只要表示神的善意的这个标志存在，罗马人就能渡过难关。就在同一天，瘟疫停止了，这使罗马人欣喜若狂，他们将沉重的盾牌放置在一座主神殿里。

频繁的纷争，使罗马人多了个心眼，担心敌人偷了他们的盾牌，他们仿照天上掉下的盾牌，另外制了十一面。一个叫沙利的卫士，对盾牌进行全面监护工作，也只有他，才能从十二面盾牌中辨别真伪。三月是马斯的庆典活动时期，游行队伍穿过城市，沙利带头唱起他们没有经过加工的战歌，跳起难以理解的战争舞蹈。

一位罗马将军，从事战争讨伐之前，总要进入马斯的神殿，用他的长矛尖头，触及神圣的盾牌，摇摇神像手中的标枪，大声喊叫道："马斯，请多多关照！"在罗马士兵中间，流行一种普遍的迷信，说马斯就在他们队列的前头，引导他们走向胜利。马斯的崇拜者，主要是战士和青年人，他们的操练基地，体现马斯的荣誉，叫作"马斯训练场"。赠给胜利者的桂冠，也放在他塑像的足下。一次成功战役后，人们习惯杀一头公牛向他祭献。

伏尔甘

伏尔甘，朱庇特和朱诺的儿子，是火神和铁匠神，很少参加群神大会。不喜欢去奥林匹斯山招摇过市是他的一贯作风。他曾经和母亲待在一起，对母亲很有感情，并能理解她，甚至在她抱怨朱庇特对她的冷落时，他还试图劝慰自己的母亲。有一回，为了惩治朱诺的嫉妒，朱庇特将她带出天庭，用一条金链子拴着。伏尔甘目睹她所处的状况，拼着气力拉扯断链子，扶起朱诺，准备放了她。正在这个节骨眼上，朱庇特回来了，愤怒于儿子干预他们夫妻的事务，一脚将他踢出天庭。

天与地，有一个巨大的距离空间，所以，伏尔甘的下坠持续了整整一天。天黑之前，落足在勒罗斯岛的摩西克卢斯山的巅峰。

当然，要不是神，而是普通的人，这一恐怖的坠落，那是要命的。话说回来，即使是伏尔甘，也逃不掉受伤的可能。事实上，他伤了腿，走路颠簸，在他的后半生，留下了残疾。

虽说伏尔甘为了母亲冒了这么大的险，伤得这么重，然而他的母亲对他被赶出天庭，态度漠然，也不过问他是否平安到达人间。被母亲的漠不关心和忘恩负义伤害了的伏尔甘，发誓再也不回天庭。他隐居在远离尘嚣的伊特那山，在山区的中心地带，修建了一座大铁匠铺，在伙计库克罗普斯的协助下，从地心丰富的矿藏中锻炼出金属材料，打制了许多巧妙有用的物件。在这些精巧的发明物中，有两件能动作的金制侍女，无论伏尔甘走到哪里，她们总是形影相伴，给他提供下马的脚蹬。伏尔甘还设计了一把金椅子，暗藏了许多弹簧片。这把椅子，无人坐时，看不出与别的椅子有什么不同，但是，一旦有别的人坐上去，弹簧片弹起，椅子周边翻转起来，将坐的人困在其间。困住了，就别想站起，也别想逃跑，这把奇特的椅子会卡死你。

魔椅完工后，伏尔甘把它送给了母亲。母亲非常赞赏这把椅子的漂亮外形和精湛工艺，很高兴地坐了上去，立刻发觉她被囚禁起来了。她企图挣脱逃命，没用；天神们豪气十足地前来援救她，同样没用。神仙们联合的力量与技巧，也敌不过精巧的弹簧片。

后来，天神派墨丘利去见伏尔甘，发出了最富于外交辞令的邀请，要他光临奥林匹斯山。但是，墨丘利口若悬河的说服对伏尔甘仍是不起作用。没能诱惑他走出煤烟厚重的铁工厂，信使神扫兴而返，向天神报告他的失败。

天神重新考虑后，又派出酒神巴克科斯前往，希望巴克科斯的说服力能产生效力。

拿着最心爱的盛装葡萄酒的瓶子，巴克科斯出现在伏尔甘面前。他请伏尔甘饮一口清心润肺、生津提神的葡萄酒。由于工作性质的原因，伏尔甘容易口干舌燥，此时便接了递过来的杯子，开怀大饮，一醉方休。在这种状态下，巴克科斯将他带到了奥林匹斯山，要他放了天后，并鼓励他上前拥抱自己的父亲，乞求宽恕。

虽然再度受宠，但是，伏尔甘不愿长久待在奥林匹斯山，宁肯回到他的铁匠铺，从事他的劳动。不过，他承担了为每一位神在奥林匹斯山高处建造一座金碧辉煌的宫殿的义务。新宫殿里的豪华家具，也是由他用贵重的金属做成，并用了宝石之类的装饰物。

有了库克罗普斯的帮助，伏尔甘制造了朱庇特用的武器——来势凶猛的掌上霹雳，其杀伤力无人可抵御，还给丘比特精制了激励爱情的箭。

尽管他已经伤残了，可以说他的相貌是相当的丑陋，而且，众所共知，除了自己的煤烟厚重的铁匠铺，他不喜欢任何家庭生活，他像个清教徒，但是，仍然卷入了与不少女神的爱情旋涡。他的第一个求爱对象，就是那位声称自己终身不嫁的智慧女神弥涅瓦。她不屑一顾地回绝了他的爱。为了安抚遭到拒绝的伏尔甘，朱庇特惩处了智慧女神，然后让维纳斯与他携手结伴。小淘气丘比特与母亲同行，住在伊特那山的黑暗洞穴里。这就是伏尔甘的家。

初来乍到，美神被奇特的景色和鸟儿的美妙歌声吸引住了，颇为满意，可是，过了一段时间，在她眼里，伏尔甘的幽暗住宅失去了它的全部吸引力。这样，她连招呼也不打，就抛弃夫君而去。她不喜欢这个丈夫，她要出去寻找另一个，一个情趣相投的伙伴，于是演绎出了美神维纳斯和战神马斯的婚外恋故事。

后来，伏尔甘同美惠三女神之一结了婚，她也很快厌倦了他的生活圈子，不久，就弃他而去。

伏尔甘的孩子们，虽然大都是怪魔，诸如像卡科斯、珀耳菲狄斯、克尔希翁等等，但在英雄神话中也是不可忽视的角色。伏尔甘是罗马第六任国王塞委欧斯的父亲。塞委欧斯是伏尔甘同女仆欧克丽莎的私生子。

世间的铁匠和技工都膜拜伏尔甘，将他视为自己事业的偶像，有相应的受供奉的地位。世人歌颂伏尔甘："打造月形镰刀，弯曲坚硬的铁件；要使铠甲刀枪不入，全靠铁匠帮助。"

在场面壮观的伏尔甘节，装扮成铁匠的是一个矮个子，一条腿长一条腿短。工作帽戴在他卷曲的头发上，上穿短衫，手拿一件铁匠工具。

涅普顿

当朱庇特向他的兄弟姊妹们分别赠送了宇宙的一个部分后，涅普顿下到地球，统治它的海洋。他是海洋的独裁者。有诗人说："涅普顿，伟大的海洋之神，地球上的运动者，无花无果的海洋王国的国王；你心地善良，但是，航海的人，必须遵循你指定的航向，不然他们将遭受灭顶之灾。"

在这位新统治者出场之前，泰坦巨人欧西安鲁斯，已是海洋统治的实权在握者。要把权利交给这位年轻的替换者，他心有不甘。不过，对这位新人，他仍然打心眼里佩服，而且有声有色地向他的兄弟描述："你没目睹青春年少的海神？你没看见他稚嫩的容颜？你没瞧见他的战车在海面奔驰如履平地？他是一位高贵的长着羽翅的神，他的眼睛碧绿，真美丽。我无法不与大海说再见，把我的帝国让给这位少年。"

海神涅普顿是海洋的人格化。他不满足于分配给他的领地，曾闪念想推翻朱庇特。不幸的是，他的计谋未能得逞，还没动手就被发现。他因鲁莽而受到处罚，朱庇特将他流放到地球。在这里，天神责成他为特洛伊的国王拉俄墨冬修建一道城墙。当然，完工之后，国王要付给他一笔酬金。

在那时，阿波罗也犯了某个错误，被发配到人间，他便自愿前来援助涅普顿。他拨动六弦琴，依靠甜美音乐的魔力，使石头自动到位。这个故事已经在《阿波罗》一章讲到。任务完成了，拉俄墨冬十分满意，但是，他是一个奸诈诡谲、言而无信的家伙，他拒付酬金。因为这个缘故，涅普顿造了一个可怕的怪物，跨上海岸，吞噬居民，它所到之处，无论人或物，均被破坏得荡然无存。人民因此生活在极端恐怖之中。人们说，那是一条大蟒蛇似的东西，它抬起可怕的头，张开大嘴，一个娃娃也可以吞下肚。

恐怖和死亡威胁着特洛伊人，为了摆脱这一切，他们恳求神谕。天神告诉他们，以一个美丽的处女做牺牲，献给怪物，只要它一吞食指定的祭品，就会马上消失。

一位年轻的姑娘被大众选定了，带向海岸边，由祭司动手，将她拴在泥泞的石头上。当她抱怨朋友和亲人抛弃了她时，邪恶的蟒蛇爬出它在水浪中的巢穴，吞下了姑娘。它走了，整整一年，人们没有看见过它。然而，就在这年的年底，它再次出现了。制止它的唯一办法，就是又牺牲一个处女。

一年后，它又回来了。年复一年，每年注定要牺牲一位无辜的少女，直到这种不幸落在国王的独生女赫西俄涅身上，事情才发生了转机。国王一想到可怕的命运在等待着自己的女儿，便义愤填膺，在他作为国王力所能及的范围内，他使用了各种手段营救女儿。他派出特使到处宣讲，凡有壮年男子，敢于攻击和杀死怪物者，国王将给他极大的奖励。

赫丘利从劳动现场返回，听见了这一宣讲，出于义愤，他慷慨地接了招。他手头没有别的武器，只有日常带在身边的橡树棒。当怪物正打算把可怜的赫西俄涅拖进洞穴的时候，赫丘利趁其不备，杀死了怪物。拉俄墨冬听说怪物被杀死了，自然是高兴得不得了，但是，由于他的本性，奖励一事又成了空话。国王缺乏诚恳，这可激怒了这位英雄。

过不久，和欧律斯透斯一起完成了劳役的赫丘利，在精选的冒险者队伍的帮助下，来到特洛伊，对不讲信义的国王给以惩罚。顿时，特洛伊城风雨大作，天昏地暗，大难临头，国王被杀死，他的孩子和妻子作为俘虏送往希腊。在那里，赫西俄涅成了忒拉蒙的新娘，她的兄弟珀达耳斯，而后成为著名的普里阿摩斯——受人民尊敬的特洛伊国王。

拉俄墨冬拒付应该付的债务是造成敌意的根本原因，在著名特洛伊战争中，阿波罗和涅普顿倾向特洛伊人。

阿波罗和涅普顿的流放期满后，各自重新登上尊贵的神座，迅速重理他们的事务。尽管经历了若干的教训，涅普顿仍然贪心不改。从特洛伊回来不久，他跟弥涅瓦大吵一架，论争中心是，谁是一座新建成的、还没有取名的城市的主人。通过一场叫人难忘的技艺比赛，涅普顿失败退出，弥涅瓦拥有该城，并命名为雅典。另外，他还和阿波罗争论过科林斯的主权问题。最后涅普顿获胜，涅普顿获得的奖品是权力。其权力之大，仅在朱庇特之下。

作为海神，涅普顿一般不住在奥林匹斯山，而是住在属于他的珊瑚洞穴内。他的统治固若金汤。仅凭一句话，他就可以搅起海洋风暴，让巨浪愤怒地号叫；又一句话，他可以让狂野咆哮的海洋平静下来，汹涌的波涛变成微皱的涟漪。

河流、山泉、湖泊和大海，自然由他统治，就是地震，也是由他的一个念头来决定。高兴时，他可以从底部将岛屿升起来。拉托那躲避朱诺迫害时，求他保护，他就是这么做的。

据说，涅普顿还爱上过女神刻瑞斯，当年她四处找寻女儿普洛塞耳皮那，他就一直跟随着她。被他的不依不饶的追求激怒了的刻瑞斯，为了躲避这种讨厌的男人，把自己变成一匹母马。但是，她的伎俩并未骗过海神，他将计就计，把自己也变成一匹马，紧跟着她，一心一意讨她欢心。

这对马的后代是阿里翁。阿里翁是一匹精妙绝伦的、长着翅膀、能讲话的马，他的早期教育是由涅瑞伊得斯来完成的。他们练就他惊人的速度，拉着他父亲的车跑过海面如履平地。后来，阿里翁被送给珀罗普斯的儿子卡普瑞乌斯，他们才嘘唏告别。这匹宝马又到了赫丘利和阿德拉斯托斯手头。阿德拉斯托斯在赛车比赛中屡屡获胜，全靠这马的四条飞毛腿。

涅普顿还曾陷入对少女忒奥法尼的思恋之中。他担心她会看中众多求婚者中的某一位。总之，怕夜长梦多，事久生变，于是，先下手为强，将她变成一只羊，带到克汝密萨岛上。在这里，他把自己再变成一只公羊。在这种变了形的状态下，继续他的求爱，结果是成功的。他们的后代是一只长着金羊毛的公羊。就是这只公羊，将佛里克索斯平安地引到喀齐安海岸；同样是这只羊的毛皮，又成了英雄伊阿宋乘坐阿耳戈斯号船舰远征的目标。

涅普顿又和年轻貌美的墨杜萨结婚。后来，从她被劈开了的脑壳里流出的血滴，落入含盐的海水泡沫中，便造出了体态优雅，长着翅膀的骏马珀伽索斯。

又有一说，涅普顿是巨人欧图司、埃非阿耳提斯、勒留斯、裴力阿斯和波吕费慕斯的父亲。

海洋女后、涅普顿真正的合法的妻子是海中仙女，也就是多里斯和涅柔斯的五十个女儿之一。她是波光粼粼的海水的人格化身。她的名字叫安菲特里特，又叫莎娜希娅。开初，她对她的显赫的求婚者，惊恐万状。因为惧怕，她见了他拔脚便跑，不让他有机会向她吐露爱的柔情蜜语。她用体面和敏捷的动作躲开他的视线。

这使得涅普顿苦恼不已。他派出一条海豚去向她表明他的心意，劝说娴雅的女神与他共享王位。信使事前精心准备，融会贯通指派者的意图，以及在执行使命时技巧高明，终于说服安菲特里特，正式同意做涅普顿的妻子。

听到这一好消息，海神心花怒放，将海豚升位，送上天庭，排为一颗著名星宿。涅普顿和安菲特里特后来成了几个孩子的幸福父母。在孩子当中，最有出息的要数特里同，他的躯体是半人半鱼，他将自己的名字给予他的全部男性子孙。

像别的天神一样，涅普顿非常热衷男子汉的事务。有一次，他把他的车借给一个叫埃达的青年。这青年正痴爱着一位姑娘，就是没能力赢得她父亲的同意。于是，他心生一计，设法诱拐她。这个叫马尔佩莎的姑娘同意他的计划。一对恋人在涅普顿的车里享受着幸福欢乐，在海面高速前进。当她的父亲伊维纽斯发觉他们逃跑了，便跟着出发追逐。尽管费了九牛二虎之力，仍旧赶不上奔跑的一对。他发怒了，扑通一声跳下河淹死了。这河从此就叫伊维纽斯河。

埃达和马尔佩莎，正在庆幸他们死里逃生，忽然，阿波罗出现在他们面前。阿波罗查看他们的车和骏马，并说出他也喜欢这位姑娘，并且表示，不会轻易让对手得到她。

此乃完全对等的挑战，埃达走下车来，准备拼搏。倏地晴空一声霹雳砸下地来，好像万个铁桶在碰撞。雷声过后，一个威严的声音宣告，争吵只能由马尔佩莎来了结，让她从中自由选择一个求婚者做她的丈夫。

这貌似的公允是朱庇特蒙蔽幼稚人的鬼把戏。其险恶用心是想在公允中暗藏偏袒和纵容，让横杀出来的非法"第三者"——自己的儿子阿波罗，凭着权势的一句话，转眼间变成了合法的"候选人"。天平已经倾斜。有其父便有其子，再加上老子的权势，还有什么办不到的事？

姑娘将求婚双方看了看，很快看出了他们各自的魅力。她的辨析十分清晰，她的见识十分高尚。她想，阿波罗是神，是不死天神，他将永葆青春，永远漂亮，而她是凡人，她的美是短暂的，到年老珠黄时，他会不再爱她，又另寻新欢。世人说得好，既然晚来是痛苦，不如先把痛苦了结。这么一想，她将手伸向埃达。她说，她宁肯将她的命运和一个凡人联系在一起，她老，他也会老，只要他们还活着，他们就会彼此相爱。朱庇特认同她的选择。这对爱人来到了一个安全的地方，将救命的车归还涅普顿，并对他的及时援助，说不尽感谢的话。

关于马尔佩莎和埃达的婚姻故事，另一个说法是：马尔佩莎有许多的求婚者。国王伊维纽斯对女儿的追慕者说："只有在战车上击败我的武艺高超的年轻人，才有资格得到我的女儿。"

不知有多少求婚者，倒在老将长枪的铜头下。一天，一位气宇轩昂、风度翩翩的美少年也来求婚，这就是埃达，他愿意同国王比赛。马尔佩莎从旁一瞥，心头就对他爱恋不舍。她也暗中担心，这可爱的人儿不是父亲的对手。

第二天，老少一对，皆全副武装，登上战车。几次交手后，年轻人大有招架不住的感觉，于是夺路而逃。老将在后穷追不舍，眼看战车将追上埃达。当此千钧一发之际，只听轰隆一声巨响，尘埃顿起。待尘埃散去，人们看见老年国王瘫倒在地上。原来是老国王的战车翻了，他重重地摔倒在地，受了创伤。观者倒吸一口冷气。这车何以翻？神话作者告诉我们，马尔佩莎害怕父亲伤了她的心上人，头天晚间，便将她父亲战车的车轮插销松动了，所以，比赛时跑不了多远，车轮滑脱，车就翻了。

海神的子孙以及其他小神，组成了涅普顿和安菲特里特的护驾队伍，外出巡视他们王国的领土。

除此之外，涅普顿还有许多下属，这些下属的职责就是管制不同水域，如河流、湖泊、山泉等等，他信任他们的管理。这些神也尽心尽力于自己的职务，他们既有年迈的河神，也有精干的青年、美丽的少女和还在牙牙学语的娃娃。他们很少离开他们定居河流的冰凉水面。他们在各自职务中，表现出极大的管理热情，努力去赢得涅普顿的嘉奖和认可。

另一位小神普洛透斯，也被委任管理一群海里的羊。他总是跟随在涅普顿的身后，除非是个艳阳天，他才随羊群上岸，让它们平安下崽。

除了与其他神的相同点外，普洛透斯有预言的天赋和变幻任何形态的能力，只要他喜欢，可以变化无穷。他对前一种天赋的演示是出于习惯而非自觉自愿。当凡人向他提问时，他就变形，速度之快，简直令人眼花缭乱。除非他们紧紧抓住他的变形不放，否则，他们的提问休想得到回答。

涅普顿的妻子安菲特里特，一般情况下是赤身裸体的，头上戴着用海草做成的头冠。她斜靠在珍珠贝装饰的战车里，由两条海豚或者海马拖拉着。她与丈夫一起受人祭拜。

涅普顿一副王者仪态，中等年纪，长头发，长胡子，头戴海草王冠，手舞三叉戟，在希腊和罗马广受崇拜，到处是他的神龛。他的主要信奉者是海员和马车夫，他们祈祷他的援助。

有许多大庙是供奉涅普顿的，以他的名誉而举行的竞技会也频繁进行，最有名的首推每四年在科林伊斯弭安进行的竞技运动会。人们从四面八方涌来，或观看，或参加比赛，内容包括摔跤、拳击、田径、音乐和诗歌比赛。

普鲁托

普鲁托，系克洛诺斯和瑞娅的儿子。普鲁托分管世界的一部分，是冥世地府之王。他又被任命为死人和财富之王，因为，所有的宝贵金属都深深地埋藏在地心。在希腊，冥王叫普鲁托斯，是刻瑞斯和伊阿宋的儿子，是世人所知的绝对富有的神。他幼婴时被抛弃，是和平之神帕克斯将他抚育成人。因为普鲁托斯坚持把他的关爱只赐予好人、纯洁的人和高贵的人，朱庇特就废了他的视力。从此以后，瞎子神的馈赠与分配，对所有接受者一视同仁。

凡提起这位神的大名，人们就心生害怕。谈起他，没有不颤抖的。从内心讲，人们不愿瞧见他的面孔。他走出阴曹地府来到地球转悠，就不是好事。他的目的，就只是找到一个牺牲品带回使人伤感的地狱。他不时要检查地府，看看它是否有裂缝，阳光是否从其间穿透进来，照亮了它的幽暗，驱散了它的阴影。

只要阎王普鲁托为使命出门，便乘坐由四匹黑马拖拉的战车，骏马的身体像煤炭一样乌黑发亮。在前进道路上，有任何障碍物挡道，他就用双头尖叉将其击碎，让出道来。双叉戟是他的权力象征。有一次，普鲁托拐走了刻瑞斯的女儿——神采奕奕的植物女神普洛塞耳皮那，让她坐上宝座，封为冥后。

普鲁托的外貌总是严厉的、黑黢黢的，满脸胡子，嘴唇闭得紧紧地，头戴王冠，权杖和钥匙握在手里。这一切表明，他是多么仔细地控制着进入他的领域的灵魂，同时也表明，进来了的阴魂企图逃亡出去，那只是枉费心思。在世间，他没有神殿，他的塑像也极为稀少。有时，人们也向他的祭坛供奉牺牲，特别在他的百年一次的庆祝日，又叫"漫长竞技会"，人们杀死黑色动物，做牺牲品祭献。

他的王国，一般称为地狱，那是活人无法接近的。按照罗马传统说法，地狱的入口，在意大利那不勒斯附近的阿佛纳斯死火山口；但是希腊人断言，还有另一个入口，在普罗蒙特里的附近。两个民族有一个共同说法，一旦昏昏迷迷冲了进去，任凭施展何种武艺，想出来是不行的。谚语说："去地狱，如行下坡路，轻松容易；回阳世，享受日月光华，似登峭壁，寸步难行。"

为了防止任何凡人进入，以及死灵魂的逃跑，普鲁托放置了一只三头狗，名叫刻耳柏洛斯，守卫地狱的大门。

从长长的地下通道，死人的阴魂不停地滑滚下去，直通阎王殿。地府的宝座上，坐着威严的普鲁托和普洛塞耳皮那。他们穿着黑色袍子。

冥王座下，有条流淌的河通向地心。地府共有五条河，奈河是其中一条，河里翻滚着咸水，它不是别的，是罪人的眼泪。罪人被发配到塔耳塔洛斯，那是地狱的一个部分。划出这一部分，专门对付邪恶人的灵魂，命定他们从事艰苦劳动，改恶从善。奈河，得名于灵魂莫奈何的唉声叹气，这声音可以从充满悔恨的流水中听见。

对地府划出的这一地盘，普鲁托建造了一条火河，将其围了起来。到阎王殿听从判处之前，死人的灵魂要通过阿克冗河，这条河河水发黑，深不可测，水流湍急，即便是最大胆的游泳能手，也休想泅过。因为这里没有桥，所有的灵魂，都必须靠老艄公喀戎的帮助，他有一条小船供摆渡。严格说，它是一条陈旧的，浸水的平底船，但是，它还可以勉强渡你从此岸到彼岸。过河要先给一个硬币作船资，要不然，不得上船。所以，为筹过河费用，活着的人要在死者下葬前，在死者的舌头下，放一个小钱。这样，死人的灵魂便直通阎王，其间不会耽误。喀戎浸水的船一靠岸，一大群焦急的灵魂压将过来，喊叫着要有一个位子。没有情感的艄公残暴地推攘着他们，舞动着他的桨片。该上的上了，然后，他再悠闲地选定下一班过河的灵魂。

凡交纳不了过河钱的灵魂，就不得不等上一年的时间，到了岁末，喀戎才极不情愿地免费将他们摆渡过河。

地府还有一条圣河，叫斯提克斯，对着这河水，天神可以发出他们不可悔改的誓言。另一条名"忘川"的河，其水的魔力，可以使你忘记一切生前的欢乐与悲哀、快乐与痛苦。这是为善良者做的准备，生前因个人的善举，在天堂可以无忧无愁，享受永远的祝福。

靠近普鲁托的宝座，坐着三位地府法官：弥诺斯、拉达曼提斯、埃阿科斯。他们的责任是审问新来的灵魂，从纠缠不清的谜团中，分辨出善与恶、好与坏的思想和行为。将审讯材料放在对事不对人、不偏不倚、手持锋利宝剑的公正女神忒弥斯的天平上称一称，她会发布她的公告，并且毫不留情地如实执行。假如，天平上善的重量超过了邪恶重量，灵魂将被引导上天堂；反之，邪恶太重，则被打入塔耳塔洛斯受火刑熬煎。后世有诗人写道："有罪的灵魂，强迫关进塔耳塔洛斯的大门，在熊熊的火焰中接受火刑熬煎。是好人，送进天堂的峡谷，永远过着健康和平的生活。"

有罪的灵魂，被交给愤怒三蛇。三蛇用她们带刺的尾巴，把有罪灵魂赶进塔耳塔洛斯的大门。她们是三姊妹，是阿刻绒和尼克斯的孩子们。我们用不同的名字，将她们区别开来，一个叫阿勒克托，一个叫提西福涅，一个叫麦格拉，和复仇女神涅墨西斯一样，她们因心狠手毒而著名。她们将那些托管的鬼魂攥过急流滚滚、波涛撞击着岩石并发出雷鸣般响声的伏勒格松河，一直进到那扇青铜大门里。那是有罪鬼魂从此不停地受尽折磨的地方。

操纵人生命运的命运三女神，坐在普鲁托的旁边。克罗托和小幺妹纺织生命之线，黑白线混在一起。二妹拉刻西斯，将它们拧成一股绳。在她手指动作下，有时拧得紧，受力强；有时拧得松，受力弱。这就决定了人的生命的强硬与脆弱。她们拧啊，拧啊，把欢乐和悲哀、希望和恐惧、和平和战争统统拧进人的生命线。

大姐有一把大剪刀，只要她冷酷无情地剪短一根生命线，就暗示另一个灵魂，不久以后，要走上通向地狱的通衢。

每当塔耳塔洛斯的户枢转动，大门开启，收容刚来的灵魂时，一阵阵喊叫、呻吟、诅咒的大合唱就从深渊里面喷发而出。灌进新来鬼魂耳朵里的声音还有分配神的哨声和不断挥舞的鞭子声。诗人作了如下描写："听见了什么声音？看见了什么景象？这沉闷的海岸周边，可怕的闪光，失望的尖叫，红红的火苗，悲惨的惊呼，哀愁的呻吟，愠怒的呼啸，被折磨灵魂在哀号！"

在人世间，对那些行为残忍者，有许多公正的惩罚，不过，有时被惩罚者，却反而因此出了名。不是吗，人们的注意力，一下被一群美丽的少女吸引住了：那是一群被罚搬运河水去灌满无底瓶子的乖巧少女们。她们匆匆忙忙走向低凹的水边，结成长队，用她们的瓦罐盛满水，又痛苦地顺着陡峭的、滑溜溜的石阶向上爬，将水灌进无底瓶子里。直到精疲力竭了，劳累得要晕倒了，她们才停下来休息一会儿，鞭子便劈头盖脸地打下来，棍棒戳着她们，逼迫她们去完成那毫无希望完成的工作。

这些乖巧的少女，人称丹奈狄斯，是阿耳戈斯国王达那俄斯的五十个女儿。父亲许诺，将五十个女儿，嫁给他兄弟埃古普托斯的五十个儿子。婚礼准备就绪，突然，达那俄斯记起一个几乎忘记了的古老预言，那预言告诉他，他要被女婿杀死。

要阻止婚礼，时间来不及了，于是，他将女儿们叫在一边，把神谕内容告诉了她们，并给了她们每人一把锋利短剑，指令她们在新婚之夜，杀死她们的丈夫。婚礼热热闹闹，照习俗，搞笑、跳舞、唱歌、狂欢，一直到深夜。客人们散去了，新婚夫妇累了。当新娘确认她们的丈夫已经睡熟了，便抽出短剑，将他们全杀了。国王干了一件愚蠢的事，武装了女儿的手，血染了新婚的床。只有新娘许珀耳涅斯特拉太爱她的丈夫了，因而没有服从父亲的指令。天亮了，人们发现埃古普托斯的儿子死了四十九个。唯一的幸存者林扣斯，替死了的弟兄报仇，杀死了达那俄斯，兑现了那个古老的预言。被丹奈狄斯所激怒的天神，将她们发落到地府，强迫她们灌满无底水瓶。四十九个丹奈狄斯从此出了名，只不过是臭名远扬罢了。

塔耳塔洛斯的青铜门内，还拘留着一位残酷的国王——尼俄伯的父亲坦塔罗斯。他在世时，虐待、饿死他的臣民，并且侮辱天神。有一次，竟然胆敢烹调自己的儿子珀罗普斯，敬献给天神。天神很快明白了凡人对他们的欺骗，于是拒绝端上的肉盘。但是，正为女儿的丢失而忧郁不已的谷物女神刻瑞斯，却丝毫没有留意到别人向她奉献的是什么，竟吃掉了少年的一只膀子。

天神的同情心让少年起死回生，刻瑞斯用象牙和金子给少年做了一只假肩头。王国被特洛伊国王占领后，珀罗普斯逃出，在希腊避难。后来当了希腊国王，完全统治了半岛。

论出身，坦塔罗斯身份显赫，他是朱庇特的儿子，但是他品行不端，屡屡触犯天规。往昔，众神对他是特别关照。这次，朱庇特并不袒护他，众神也就大起胆子，将丧失人性的坦塔罗斯流放到地狱的塔耳塔洛斯。叫他站在清澈见底的溪流中，却被口干舌燥折磨着。因为，当他俯下身子去饮水时，水却从他焦干的唇边跑开了。在他的头顶上，悬挂着一串串多汁的水果。他的饥饿同口渴一样难以忍受，他刚伸手采摘果子，枝条却向上反弹，眼看到手的果子飞走了。

施于坦塔罗斯的独特的处罚，由其名字演变出词语"戏耍"。

另外一个罪犯是西绪福斯。他在世时是科林斯国王。他因滥用权力抢劫、杀人，甚至欺骗天神，被发配到塔耳塔洛斯，把巨大的石头推上陡峭的山巅。每次当他要把石头推到山巅时，心头高兴，以为他的苦役快完了。说也怪，那石头倏地从他手边滑脱，轰轰隆隆滚下山去，砸起滚滚泥尘。一切又得从头再来。

国王萨尔摩纽斯，曾经白费气力一场，要臣民相信他是天神朱庇特。为了制造这个天神效应，他曾经坐车碾过铜桥，模仿滚动的雷声，仿效霹雳的响亮。

这个侮辱性的拙劣模仿，气坏了朱庇特，他抓起要人性命的掌上霹雳，高高挥舞一阵，猛地砸向傲慢的国王，国王便命归黄泉。在塔耳塔洛斯，萨尔摩纽斯被放置在一个悬崖下，巨大的岩石随时要落下来的样子，巨石一旦坠落，会将他砸成肉饼。罗马大诗人维吉尔说道："石头悬在头上，时刻都会掉下，他这样坐着，心头实在害怕。"天神不可得罪，否则会要了你的性命。

再说下去，就是巨人提堤俄斯不能动弹的故事。他的身躯埋在地下，宽度达九公顷。他胆敢侮辱朱诺，被惩罚是逃避不了的。像普罗米修斯那样，他被铁链锁住，秃鹰饱餐他的肝脏。一只嘴馋的鹰，瞄准他劈开的胸膛，用它那弯曲的嘴、那凶残的爪，又是撕来又是咬。被吃了的肝脏，即刻又长了出来，秃鹰享受着美餐，贪婪地四处张望。

在塔耳塔洛斯，还有拉庇泰人的国王伊克西翁，在同狄阿结婚时，他定下一个条件：给她父亲一笔约定数目的钱做交换，但是，一当姑娘到手，他便拒绝实现诺言。老丈人是个贪婪的人，声嘶力竭地要他的钱，伊克西翁讨厌丈人不停地索要，干脆杀了丈人。对此残暴行为，天神是不会不管的，于是，朱庇特传唤伊克西翁到跟前，亲自审理这个案子。

伊克西翁非常狡诈，油嘴滑舌地为自己辩解，将自己说得又可怜又无辜，朱庇特打算宣布对他无罪释放。突然，朱庇特一眼瞥见他正向朱诺暗送秋波。这种触犯是不可宽容的，于是朱庇特改判将他打入塔耳塔洛斯，绑在持续旋转的火轮上。聪明人应该懂得："因不讲道义的爱，在火轮上受苦，是天神对你的款待。"

在很远很远的、听不见从塔耳塔洛斯不断传出的那个让人心生同情的哀号声的地方，就是世人称的天堂。太阳和月亮的光华照耀着她，香气四溢；美丽无比的鲜花装扮着她，显示出自然和艺术的风范。没有凛冽的风席卷她春日的妖娆，受到祝福的灵魂在这里永生。灵魂们与在世上相爱过的朋友保持快乐的友谊。这里有为国家献身的爱国者、有在战场上凯旋的高贵者、有圣洁的修士、有情不自禁高唱天神赞歌的神圣诗人、有精益求精的艺术家、有留下美名的勇敢者。他们是世界的朋友、人类的楷模。

巴克科斯

在所有被众神之王朱庇特眷恋过的凡间少女中，没有哪个女子比卡德摩斯和哈耳摩尼亚的女儿塞麦勒更加吸引人注意了。她生来模样儿佳，脸蛋儿俏，令见者倾倒。

明明知道自己具有非凡魅力，塞麦勒反而非常腼腆，所以，朱庇特花了不少心思，装扮成一个凡人，开展了求爱攻势。当他终于有了机会向她讲话时，便告诉了她他是谁。他慎重思考过，如此自我披露，会有什么连锁反应。

果不出他所料，塞麦勒为此感到骄傲。在众多的天神中间，最伟大的神爱上了她，她便不再拒绝，同意与他结婚。他们的爱情生根发芽，像春日的花朵，生命旺盛，芳香四溢。朱庇特一旦有空，便从奥林匹斯山下来，同塞麦勒共度良宵。天神朱庇特，在天庭开会期间经常缺席，引起了朱诺的疑心。像往常一样，被伤害的她一心要查出是什么迷人的东西将他从她的身边吸走。几天过后，她就全知道了，便决定报复，惩罚她那朝三暮四的配偶。为了成功完成这一使命，她变成塞麦勒当年的保姆贝若伊的样子。花白的头发，起皱的面庞，蹒跚的步履，还加上保姆的闲言碎语，一切都像模像样。就这样，没引起怀疑，她进了公主的卧房。

公主很快就跟看起来极像当年奶过她的妇女交谈起来。朱诺狡黠地从塞麦勒的坦诚谈话中了解到朱庇特对塞麦勒的爱慕情怀，以及在获得少女的爱之前，花了多少精力和时间。同时，朱诺也知道了塞麦勒对朱庇特男性魅力的倾慕，以及他们之间谈话的全部内容。

假保姆仔细听着，装出深表理解的样子，但是，在心里面她愤怒极了。结束这次谈话时，她问塞麦勒，能否完全确认，他真是众神之父？他是否穿着豪华的帝王衣饰？姑娘脸微红，回答说，他来时的穿着打扮跟平常人没有两样。朱诺假装气愤，对公主说，如果他不是个冒名顶替者，起码，也不会像他说的，像爱朱诺那样深深地爱你。拜谒朱诺时，他总是穿着神的服饰。

使用狡黠的话语，利用对手的单纯，朱诺让塞麦勒对朱庇特有了别一番的感受。当朱庇特再次来访时，姑娘对他极尽奉承之能事，想套出他的一个誓言答应她提出的要求。一个恋爱中的人，在这样的情况下，是不大会去掂量自己所说的话的。朱庇特首肯了，要发一个最庄严的誓言，满足她的异想天开。

塞麦勒高兴得叫她的爱人马上回到奥林匹斯山，穿上他的帝王的衣装，再火速返回到她身边来，还要带上能致人死命的掌上霹雳。这个鲁莽要求，使朱庇特惊愕不已，请她求别的，因为这样的承诺对她充满了危险。但是塞麦勒却像许多别的任性妇人一样，要求他一定要这么做。

朱庇特返回奥林匹斯山，尽可能地改变了他的服饰，淡化他的荣耀，在他的闪电中，拿出那光亮最弱的一类。因为，他太清楚了，没有凡人能够承受住他威严的震撼。

即或是减少了自己的八面威风，压缩了帝王出巡的架势，雷声也小，光彩也弱，但是，这还是超出了塞麦勒这个普通人的神经能承受的范围。看见爱人的第一眼，她便颓然倒地，晕了过去。一切都隐去了，朱庇特只看见她那惊恐的状况，一步跨到她身边，想不到，他身上的闪电的火点燃了宫殿。顷刻间，昔日豪华化为灰烬。

塞麦勒被烧死了。在所有的人当中，唯一逃脱性命的是巴克科斯。他是一个婴儿，是朱庇特和塞麦勒的儿子，是父亲强有力的手救了他。开初，朱庇特悲痛塞麦勒的死，并且向世人表明，他是多么炽热地爱过她。他把她的灵魂引上天堂，提高身份，列入神的行列。长发飘飘的塞麦勒，死于朱庇特的闪电雷击，灵魂成神，一步登天，也不亏朱庇特爱她一场。

婴儿巴克科斯，先是委托给他的婶娘，底比斯国王阿塔玛斯的第二个妻子伊诺照看，她喂养他，如同待自己的亲生儿子。尽管如此，她的努力也不能避开朱诺对他的顽固仇恨。朱庇特担心和害怕某种伤害会落在他的宝贝儿子身上。他吩咐赫丘利，把孩子带到很远的尼斯阿德的家，在那里，仙女们是孩子的忠实保护神。

朱诺不敢再继续对巴克科斯的迫害活动，可是，却把仇恨的怨气，一个劲地发泄在可怜的伊诺及其家人身上。她派出愤怒女神提西福涅，逼疯阿塔玛斯。疯了的阿塔玛斯，追捕着他的妻子和孩子，仿佛他们都是野兽似的。他的一个儿子李尔库斯，倒在他的箭下。为了躲开他疯狂的屠杀，伊诺抱着她的第二个儿子纵身跳下大海。天神同情她的遭遇，将她变成琉科忒亚女神，儿子也被封为海神，名字叫作派拉蒙。

少年时，巴克科斯被指派为狂欢酒神，委托一个半人半羊的山林神做他的指导教师，教育他并陪伴他旅行，随从簇拥，野兽拉车，周游世界，他很高兴。他的老师在他身边，骑在一匹毛驴上，两边有侍从搀扶着。

巴克科斯的队伍，实在庞大，他们由男人、女人、仙女、牧羊神、山林神组成。全体人员，头戴常春藤编织的花冠，一路喝酒，这酒随喝随有，它是阳光照射过的水。他们嘴里嚼着葡萄，载歌载舞，高声欢呼。巴克科斯是他们新选的领袖。他们唱道："我们紧跟巴克科斯，他长着翅膀，一个征服者！巴克科斯，年轻的巴克科斯！无论发生了什么，无论是好是坏，走遍王国，我们兴高采烈，为他歌唱，为他舞蹈。"

在他的女性跟随者中间，最不拘泥的是酒神祭司。她们在狂欢气氛中，如醉如痴，舞之蹈之，一直伴随着他，从一个王国到另一个王国。凡他所到之处，教人种植葡萄，制造葡萄酒。据说，他就这样漫游，从希腊到小亚细亚，甚至敢冒危险，远到印度和埃塞俄比亚。

在这些漫长的旅行过程中，巴克科斯遇到过许多危险，这就大大丰富了后人的诗歌和艺术创作的内容和主题。有一次，他远离跟随者，东一步，西一步，最后迷了路，便躺在海岸的沙滩上休息。从这里航行通过的海盗，看见了睡眠中的标致年轻人，不声不响地将他弄上了船，想把他当作奴隶，运到埃及卖掉。

当这位神醒来的时候，船已经离海岸很远了，周边的环境让他感到不易言表的迷惑，他完全清醒了，他要求海盗把船开回去，他要上岸。但是，他们的回答是大声地嘲笑。突然，他们的嘲笑戛然而止，因为船搁浅了。他们伸出头，从船舷向外观看，想找出原因。他们看见，海里长出了葡萄枝，它的藤蔓和卷须，迅速缠住了船桨、桅杆、索具，船变成了浮动的船坞。紧接着，响起了欢乐的乐曲声，是他们从未听见过的。巴克科斯的追随者成群集队地围困着船只，骑着野兽，歌唱他们的神，歌唱他们喜爱的酒："我们齐声歌唱酒，甜甜的酒，它温和，它味道爽口。"

这惊人的场景，这喧嚣的歌声，吓得海盗们目瞪口呆，脑子里一片空白。他们翻过船舷跳进大海，最后都被淹死，变成了海豚。

另一回，西勒诺斯在酒席上，喝得酩酊大醉，走进森林迷了路。无处求援，高一脚低一脚，从一处到另一处，寻找他的同伴。到后来，来到利底亚国王米达斯的宫廷。前章已经讲过，米达斯因他的驴耳朵而出名。

米达斯一眼看见流浪者的红鼻子和浮肿的面容，一下子便认出，他是巴克科斯的老师。知道西勒诺斯迷路后，米达斯自告奋勇带路，把他引回到巴克科斯那里。又见到了老师的巴克科斯非常高兴，答应满足米达斯的一切愿望。贪婪的米达斯跪在地上，谦恭地求神答应他，凡他触摸到的东西都变成金子。

巴克科斯立刻表示，米达斯的愿望可以实现。米达斯对自己大胆冒险的成功，感到欣喜不已。回到自己宫殿，他迫不及待地开始测试他刚得到的魔力，只要他的手指头点到什么，什么就变成了金子。捡到一根树枝，树枝变成金子；捡起一块石头，石头变成金子；无意间摸着柱子，柱子也就金光闪烁。

这奇迹使他的心充满兴奋。他得意之余，吩咐仆人们准备宴会，邀请他的全体朝臣分享他的快乐。他一说，下面就立刻照办。米达斯在餐桌前入座时，红光满面，仔细察看了那些款待客人的菜肴和酒品。

他没想到，一个新问题产生了。只要他一触及，桌布、盘子、杯子就变成了金子，食物和酒一接触到他饥渴的嘴唇，也成了固体的或液体的金子。

面对丰盛的食物，朝臣们感觉到饥饿时的那种难以忍受的肚皮痛。既然国王吃不得，他们也不能吃。结局是如此大煞风景。米达斯疲惫不堪地沿着几个小时前他非常骄傲地走过的路，再去见巴克科斯。到了巴克科斯面前，他跪了下来，这次求的是请神收回用起来很不方便的点金术。

巴克科斯告诉米达斯，去帕克托那斯河洗个澡，看能否解除。想不到这话成了咒语。米达斯急急忙忙赶到河边，纵身跳入水浪中，他才注意到，他脚下踩过的沙子，也变成了黄金。

巴克科斯最喜欢消闲的地方是那克索斯岛，这地方是他旅行之后的必到之地。一次，在此逗留期间，他看见一位俊秀的姑娘，独自一人躺在沙滩上。姑娘叫阿里阿德涅，她是被她的爱人抛弃在这儿的。她的爱人忒修斯，在她睡熟时驾船离开了。醒来时，她千呼万唤不忠实的爱人，耳朵里没有响起爱人的回答，只有厄科嘲弄般的回应声。

她在痛苦中捶胸顿足，眼泪簌簌地往下流。忽然，她停止了悲鸣，因为她隐隐听见音乐声，那是夏日的微风从远处吹拂过来。她热切地扭过头，朝向那愉快音乐传来的方向，她瞥见了由酒神率领的一列快活的游行队伍。巴克科斯第一眼便看见了俊秀的悲伤人儿，他快速跑到她的身边。他竭尽劝说之能事，一心要安慰她。他终于说服了她，忘记了她以前的爱人，经过短时间的求婚程序，巴克科斯娶她为妻。

他们的婚礼是人们见过的最欢娱的一次，婚宴持续了好几天。新郎赠送给新娘一顶镶了七颗灿烂星星的凤冠，这样的装饰，更增添了她的高贵和美丽。婚后不久，可爱的阿里阿德涅病了，最后死去了，留下了一个悲痛欲绝的鳏夫。他拿出她经常佩戴的凤冠，抛向空中。凤冠不停地上升，上升，直到固定在天空，变成了一串闪亮的星群，世称阿里阿德涅凤冠，天文学家称其为日冕。

巴克科斯内心的欢愉消失了，他不再对音乐、舞蹈和狂欢有兴趣。天神怜悯他丧失亲人的苦痛，又将阿里阿德涅复活并宣布她将不再死亡，天神给了她永恒的生命。

离底比斯城不远，巴克科斯派出信使，通知国王彭透斯，说他来了。要彭透斯安排好礼仪迎接，准备好丰盛筵席。消息一出，顿时谣言四起，社会秩序大乱。这不足为奇，好像凡有天神出场，就必然带来这个副产品。天神驾到，还有不惊恐和兴奋的？消息传到了彭透斯的耳里。他指派信使带去一个藐视性的回话，提议巴克科斯最好还是驻扎在城门外。

为此，巴克科斯让底比斯的妇女患上了痴呆症，使她们一窝蜂地跑出城，参加酒神的队伍，国王的母亲阿该吾亦在其间。她们被特许，观看酒神的神秘宗教仪式。能获此机会，是崇高的荣幸。

信使们向国王报告发生的一切。他们的描述，反使彭透斯希望能看一看秘密的宗教仪式。他把自己伪装起来，躲在离祭祀地很近的灌木丛中，希望能看清楚一切而不被发现。但是，一个不留神的动作，引起了已经昏昏沉沉的酒神祭司的注意。由国王的母亲阿该吾领头，将他抓了出来，撕他个肢体分家。

古人普遍供奉酒神巴克科斯，以他的名义举行的庆祝活动，不计其数。酒神节，就是放纵自由，无拘无束，尽情地吃喝玩乐。那是对一年辛苦的报酬，也是对一年丰收的庆贺。

巴克科斯的形象年轻、漂亮，戴着常春藤，或葡萄枝编织的花冠，坐着由黑豹拖拉的车子。常春藤的枝条，代表着权力。

刻瑞斯和普洛塞耳皮那

　　刻瑞斯，克洛诺斯和瑞娅的女儿，朱庇特的众多配偶之一，是农业和文明的女神。她的女儿，园林女神普洛塞耳皮那，分担了她的多重劳务。每次完成工作后，园林女神迅速去到西西里的岛屿，这是她喜欢的休憩地。她整天到处徘徊，后面跟了一大群快乐的女孩，在伊特那山苍翠的山坡上采集鲜花，又在美丽的恩那平原同仙女们翩翩起舞。

　　在工作劳累后的休憩日，普洛塞耳皮那把这些快乐的伙伴召唤在她周围，一起采集鲜花，度过愉快的一天。

　　少女们唱起快乐的歌，手指不停地编织着花篮。她们愉快的歌声、银铃般的笑声，吸引了普鲁托的注意。当时，他正乘坐着四匹黑马拖拉的黑色车子打此路过。为了明白这声音来自何方，阎王走出车来，透过浓密树叶的缝隙，左右窥视。

　　阎王看见普洛塞耳皮那坐在长满青苔的岸边，几乎要被各种颜色的花朵埋藏。她的欢声笑语的伙伴们，将她围在圆圈中央，这景象就像一幅绘画。只需举目一瞧，便可以感受到她的美貌和文雅。这使他感觉到，他的幸福就是拥有这个光彩照人的年轻丽人。

一段时间，他多次试着说服一个又一个女神，与他共享阴间的王位。但是，一次又一次，她们拒绝了他给的荣誉。谁也不愿意陪伴他到一个没有阳光照耀、没有鸟儿歌唱、没有花朵开放的地方去过那种没有情趣的日子。因遭拒绝感情受到伤害，沮丧的普鲁托发了一个誓言：从此不再追求女孩。这一次，他决定不再以温情邀请普洛塞耳皮那做他的王后，而是对她实行绑架。

穿过灌木丛，他迈开大步，直朝着普洛塞耳皮那坐着的地点走去。树枝的断裂声、快速的脚步声，惊吓了围成圈子的少女们，她们猛回头，想弄明白发生了什么事情。她们一眼看出，撞入者穿着黑衫，他的面庞是如此黝黑，如此难看。少女们齐声呼叫起来，汇合着惊奇和害怕，阎王在不适宜的时候，在这阳光普照的地方出现。

吓得浑身发抖的少女们，一下子把普洛塞耳皮那团团围住。惊呆了的普洛塞耳皮那的身子在颤抖，头上的美丽花朵全部落在地上，在她打算逃命之前，他的强健的双臂已经将她牢牢地抱住。他把她抱上了车，全然不顾少女们的祈祷和抗争，跃马扬鞭，马车载着他们飞驰而去。

马车飞奔，很快就听不见少女们的叫唤声和悲叹声了。她们追逐了一段路，想追上阎王的马车，但是，白花气力。由于担心刻瑞斯追来，逼他退还刚获得的美女，普鲁托的车愈跑愈快，而且一刻不停。到了克亚尼河，普鲁托才停下来喘口气。

他一到，河水便开始沸腾和咆哮起来，河面愈来愈宽，很明显，意在阻止阎王的逃跑。

普鲁托马上意识到，想靠他的车子过河，简直是不可能。后退折返，又冒着碰到刻瑞斯的危险，势必将被迫放弃到手的美女。于是，他紧抓住那柄双尖叉，重重地对地直杵，一个洞口出现在他脚下，马和车都落进了漆黑的下界。

普洛塞耳皮那回头向上一瞥，她的双眼充满了泪水，她生活过的地球，裂开了一个大洞，她正沿着黑洞朝下坠。她深情挂念着她的母亲。她仿佛看见黄昏时刻，母亲会到孩子经常出没的地方去寻找她。想到此，她将自己的腰带抛进克亚尼河，求水中女仙，将它带给刻瑞斯。

冒险的成功，鼓舞了普鲁托的勇气，不再害怕后面的追兵。此时倍感幸福的他，把美丽的俘虏拉进自己的怀抱，在她青春娇嫩的面颊上狂吻着。当马儿拖着车沿漆黑的通道下降的时候，他试图平息她的惊恐。中途没有停留，马车直降落在阎王的宝座前。他高兴异常，他用有力的臂膀拥抱着娇嫩的少女。还没有回过神来的她，听着他温情的话语，发出了轻轻的叹息。

与此同时，太阳坠下了西西里的地平线，刻瑞斯从谷物成熟的田野回到自己的住所。见到屋内空空，便明白发生了什么，于是追出门去，寻找丢失的普洛塞耳皮那。

女儿没有留下任何痕迹，只有散落的花。母亲四处寻觅，呼唤着女儿的名字，去到女儿可能去的地方。时间流逝过去，普洛塞耳皮那一直没有出现。刻瑞斯的心，因为恐惧而跳动。她向坡下冲去，眼泪顺着脸颊流，一个地方，又一个地方，她呼唤着女儿："是什么阻止你回家？无论远近，我在寻觅你啊，孩子！多少个早晨，多少个黄昏，你在哪里？难道不思念你的母亲？我是神，可是，没有了你，我的不死的生命又有什么意义？普洛塞耳皮那，我的普洛塞耳皮那！"

夜晚降临了，刻瑞斯在埃特那山的火山口，点燃了火炬，继续她的寻找。天亮了，母亲还在呼唤，她不停地呐喊。她把日常工作早忘了。雨水不能给枯萎的花枝带来生机，太阳灼热的光线烧焦了谷物，草儿也全毁了。刻瑞斯却继续登高山，下峡谷，寻找她的普洛塞耳皮那。

无望的寻求使她心力交瘁，到最后，女神停下来坐在路边。这里离城市埃留斯不远了，仿佛有了一线新的希望，她的悲愁有了缓减。似乎这个城市，将接待这位为寻找女儿而长途跋涉、旅途劳顿、到处流浪的女神。

为避免被认出来，她装扮成一位上了年纪的白发老人，坐在路边，噙着眼泪。她的样子引来了这个国家的国王塞留斯的女儿们对她的遭遇表示同情和询问。知道她因为失去女儿而哀愁，她们恳请她到宫廷来。知道没有什么更能平静伤透了心的人，于是，她们想转移她的注意力，便委托她照看她们的小弟弟特里普托勒摩斯。

刻瑞斯被她们的真心诚意感动了，愉快地接受了她们的建议。她到了宫廷，王室后裔的看护事宜就交付给她料理了。女神轻轻地吻了吻孩子瘦小而起皱的脸。她这一吻，奇迹出现了，孩子的脸色红润起来，身体变得健康了。这奇迹，惊动了整个宫廷，王储和朝臣喜出望外。

晚上，刻瑞斯一个人和孩子单独住在一起。这时，她突然产生一念头：可以给这个世俗的孩子更多的祝福。于是，她用蜜酒擦抹孩子的肢体，口中念着最美好的祝愿，将孩子放在红红的炭火之上，去掉他体内的一切淤物。

为轻率地将孩子托付给陌生人单独照看而担心的王后，蹑手蹑脚地进了孩子的寝室。眼前所见使她惊愕不已，伴随一声尖叫，她冲向炭火，将孩子拖出火焰，惊恐万分地抱在怀里。看着孩子无恙，她转过头来，愤怒的呵斥像倾盆大雨似的向着她认为是粗心大意的保姆泼来。可是，她怎么也难相信，乞丐老婆婆竟然不见了。在老太婆站过的地方，王后见到的是神采奕奕的农业女神。她袍子上散发出的香气弥漫室内空间，她的肌肤白皙而有光泽，长发像清清流水，荡漾在她丰润的肩头。此时此刻，室内生辉。

刻瑞斯略带责备地对王后的突然撞入表示了不满，并告诉王后她为什么假装乞求者的缘由。说毕，就离开宫廷，到别的地方去了。她最后回到了意大利。一天，她沿着河岸徘徊，突然，流水将一个闪闪发亮的东西冲到了她的脚边。她立刻弯下腰，一看就认出来了，那是她女儿的腰带，她们在西西里分手时，女儿还系着它。

她兴奋地将腰带揣在怀里，并决定跟踪普洛塞耳皮那。她来到一处清澈的泉水边，劳累，闷热，使她的眼皮沉重，她差点在失去意识的睡梦中，忘记了自己的烦恼。泉水汩汩的流动声愈来愈大，她仿佛觉得有人在说话，不是凡人的谈话，是她自己的那种银铃般的语音。

女神没有错，因为几分钟后，她听得更清楚，是山泉在跟她谈话。山泉说，如果她想知道女儿遭遇了什么，请她仔细认真地听着。山泉继续说，自己并不只是一条溪流，还是一个仙女，名字叫作阿瑞托萨。仙女是戴安娜的随从。一天，因为天气太热，想找一处清泉，洗洗她发热的身体。泉水仙女找到了阿尔斐俄斯河，选择了有树叶遮掩的清凉水域。这里，河底沙石平顺，没有俗人的眼睛能看见她。身体四周，凉水幽幽，涟漪泛起，使她顿感清爽。她沉浸在独处的愉悦中，突然，原本一直平静的水面，掀起了波浪，向感到了惊诧的仙女靠近。惶恐的她一下子从水中跳了出来。

河神阿尔斐俄斯用一种恳求的语调，叫她别跑，听听他表达的爱情。冲动的河神，等不得对方做出的回答，便跃出水面，扑将上前，企图把她抱在怀里。她惊恐不已，转身就逃。她逃跑，他追逐。穿过高山峡谷，越过森林原野，阿瑞托萨跑啊跑啊，痴情的恋人在后紧追不舍。直到体力耗尽，她才停下来，呼喊戴安娜来救她。

她的乞求，得到了回应。不久她便被浓雾包裹，变成了一座喷泉。阿尔斐俄斯再也见不到她的身影了，但仍然在附近徘徊，悲吟她的消逝，用深情的语调呼唤着她："啊，阿瑞托萨，无与伦比的仙女！为什么害怕我对你的温柔？伟大的戴安娜，你为什么听从她的祈祷？我向往她优美的身躯和纤细的腰肢，请她潜入水中，我要亲吻她甜蜜的樱唇。"

戴安娜用来保护阿瑞托萨的雾霭，很快被淘气的西风神仄费洛斯一口气吹散。一直在此流连不去的阿尔斐俄斯，蓦然发现从前没山泉的地方，新有了一座山泉，他心知肚明发生了什么事。于是他把自己变成一阵莽撞的风暴，冲过去拥抱心爱的姑娘。可是，她惊慌地从生满苔藓的地上跳出来，拔脚便跑，顾不了荆棘和石头。戴安娜目睹她眼前的苦境，在地上裂开了一条缝隙，通过这条缝隙，与她喜爱的阳光永别，滑进了普鲁托的阴曹地府。

滑进昏暗中，阿瑞托萨一眼看见普洛塞耳皮那坐在貂皮王位上，旁边是眉头紧锁的阎王。她来不及停下来问普洛塞耳皮那怎么到了这儿，仍然上气不接下气地走去，直到另一缝隙又裂开了，那是她返回阳世的出口。她再次看到了蓝天和西西里平原上的太阳。

山泉单调而低沉的咕噜声，渐渐弱化。刻瑞斯知道了到何处去找她的女儿，正准备出发时，倏地听见河水中有什么庞然大物冲击起轩然大波的声音。她马上回头观看，从水中冒出的是阿尔斐俄斯。在地府辛苦寻找阿瑞托萨而不得的他，也发现了一个缝隙，从这个地道，他又重返西西里平原，与他相爱的人会面。

尽管在前面，阿瑞托萨拼命逃避他，但她心里还是高兴再次见到他。因为，刻瑞斯听见阿瑞托萨倒向他的怀抱时，发出的满意的低声细语，又听着他高声讲述对她的缱绻情怀。希腊的少女，经常将新编的花篮投入阿尔斐俄斯河，据说，被河水冲走的鲜花，会在西西里山泉出现，那是咕咕河水捎来的爱的信息。阿尔斐俄斯终于在山泉边见到了他的新娘，纯真的爱让流水也感动了。失去的要努力寻找，终会有合二为一的欢喜。天上地下一样的道理，为爱而奔波，应该乐此不疲。

现在，虽然可怜的刻瑞斯明白到哪儿能找到她的女儿，然而，她的悲哀并没有消除，因为，她感觉到阎王普鲁托绝对不愿意放弃她的女儿。就这样，她又退隐到黑暗的洞里，不让人看见她的悲戚。

饥荒威胁着人民，他们向农业女神祈祷援助。但是，刻瑞斯尚陷在悲伤中，无意关照他们，而且断言，只要她的女儿被困在阴间，在地球上，没有她的同意，什么也别想生长。事件发展的态势，叫人心神不安，于是，人民回头求告朱庇特解脱他们正经历着的苦难，允许普洛塞耳皮那回到人间。他们说："给少女自由，让她到人间来。就因为普洛塞耳皮那，我们就该忍受这样的悲苦？"

刻瑞斯知道了这个呼吁，立刻前往奥林匹斯山，向天神们反映天下人民的呼声。这些话听多了，心头也烦，最后，朱庇特同意普洛塞耳皮那返回人间。但有一个条件，在滞留地府期间，她不可触及任何食品。

刻瑞斯立刻动身前往女儿的新住宅，不管普鲁托的意愿如何，准备将女儿带走。这时，一个精灵，阿斯卡拉福斯，宣读了一个告白，说就在这一天，王后食用了若干石榴子。普洛塞耳皮那无法反驳这样的指控，于是朱庇特宣布，她每吃一粒石榴子，就得每年在阴间陪伴她的丈夫一个月。

这样一算，普洛塞耳皮那在每一年，就得有半年时间留在地府，另外六个月，游荡在明亮的人间。

墨丘利被指派前往阴间将她领出来。出了幽暗的地府门，她看见蓝天白云，阳光普照。她脚下的大地青草茂密，她经过的道路鲜花盛开，鸟儿啼声婉转，万物生机盎然，到处是光明和希望。在春天的季节，花儿四处飘香，神人共同欢乐。

刻瑞斯重新得到女儿，重温幸福感觉，更欢快地、勤奋地致力于自己的工作，祝福大地谷物满仓。但是，当春天和夏天过去了，天空开始哭泣，大自然开始叹息，普洛塞耳皮那要离开了，她必须回到她的地穴，这是没法改变的事实。

虽说普洛塞耳皮那天性快乐，无忧无虑，但是，地府的门在她身后关闭了，她变得脸色苍白，伤心忧郁，谁也不会梦想到，嬉戏快乐头戴花冠的园林女神，就是面色死灰、穿着黑色貂皮外套的冥后，一只手拿石榴，另一只手拿火炬。普洛塞耳皮那是植物的化身，她在人间时，正值春夏，风和日丽，万物欣欣向荣；余下的六个月是秋冬时节，她就回到地府，大地死气沉沉，草木凋零。

刻瑞斯和普洛塞耳皮那，在希腊和意大利，有许多美丽的供奉她们的神殿，那里每年要举办悲剧节和谷物节。

为了纪念她长期寻找女儿的事，刻瑞斯重返埃留斯，她从前是特里普托勒摩斯的奶妈，这次教给他各种农业种植的秘密，把自己的战车送给他，劝导他周游世界各地，去教育人民如何耕耘、如何播种、如何收割，并在埃留斯建立秘密宗教会，其活动是为了纪念她的女儿和她自己。

特里普托勒摩斯全心全意地贯彻女神指示，漫游各地，到了西提亚国王林扣斯的宫廷。在这里，要不是刻瑞斯的及时干预，虚伪的独裁统治者将会把她杀害。刻瑞斯将林扣斯变成了一只山猫，制止了这个计谋的实现。山猫代表的是不仁不义。

刻瑞斯是个公正、庄严的妇女，穿着宽松的袍子，有时，戴着用麦穗编成的花冠，手执一束谷物，或者一把镰刀、一架犁头。在她脚下，是一只挂满水果和鲜花的牛角。还有不少的小树林属于她。若有世俗的无赖之辈蠢得来用斧头砍这些神圣的树枝，必然会招致女神发怒，正如厄里斯克同的故事所证明的那样。

很明显，厄里斯克同是个自由思想者，他对人们迷信似的崇敬刻瑞斯不以为然。他提起一把斧头，砍倒她的一株神圣橡树。他砍第一斧，橡树开始流血，围观人的劝阻使厄里斯克同犹豫了一下，但接着又继续砍第二斧。后来，为旁观者强烈地反对而大为恼怒的他，举刀杀人，一个又一个，犯下了大罪。

刻瑞斯气愤于他的无礼和残忍，设计出对这个可恶男子的惩治。她派送饥饿去啃噬他的内脏，让疼痛日夜折腾他。这个作恶者，缺少足够的粮食充饥，被饥饿折磨着。他用家里的财产换取粮食，以求保证营养，然而，他那野兽般的食欲，日渐膨胀。当只剩下一个女儿的时候，他就卖了女儿换钱购买食品。

女儿的主人有事，让她单独留在海岸边一会儿，她便祈祷涅普顿将她从奴隶状态解救出来。涅普顿把她变成了渔夫。主人回来，发现奴隶跑了。他问渔夫，未得到任何消息。尔后，涅普顿又将她恢复成了原来的样子，让她回家。当她父亲又想卖掉她时，天神就不得不插手她的事务了，直到厄里斯克同被剥夺获得食物的手段，自己把自己吞噬为止。

另外一个轶闻趣事也展示了刻瑞斯的能力。那是在旅行中，女神刻瑞斯得到了一碗慈善人供奉的稀饭，少年斯特里奥在一旁嘲笑女神好像得了一碗饭就忘乎所以了。为了惩治这少年的粗鲁放肆，刻瑞斯将碗中剩余稀饭朝着他的脸上泼去，把他变成了一只蜥蜴。

维斯塔

    维斯塔是克洛诺斯和瑞娅的女儿，身兼火神和家庭灶神双职，是人类的保护天使，在意大利受到广泛敬奉。在希腊和小亚细亚，也有她的神龛。

    在远古时代的家庭中，灶神的地位与意义远非今日的情形可比。灶神是家庭主要祭拜的神，每日由家庭中的父亲向她祷告与奉献。"按照古代异教习惯，人被视为天神的敌人，除非以一种特殊契约关系证明他们是朋友。维斯塔女神专门主持验证其真实与虚假。"于是，维斯塔被普遍认为代表纯真和纯洁。

    在罗马，一座圆形的维斯塔神殿。殿里保存着雅典娜神像，还有女神的圣火，圣火是用太阳光点燃的。

    这火，是生命的象征。古人相信，是维斯塔将这火点燃在了人的心中，并且经久不息。殿内圣火世世代代燃烧着，不能因为缺油或者疏于管理而熄灭。它的火焰，也代表着女神的纯洁。女神有众多的求婚者，阿波罗和涅普顿堪称先驱者，但女神仍是一位处女。

    罗马人认为，对她的崇拜热是由他们的祖先特洛伊王子埃涅阿斯引进意大利的。最初，埃涅阿斯视她为家庭主神，后来，依据传统，公选了第一个维斯塔处女。

罗马第二任国王庞贝，再修建了一座漂亮神殿，安排了许多宗教庆祝活动和供奉仪式于其间。

罗马最漂亮、最高贵的少女，要被选进维斯塔神殿，供奉神明，人称维斯塔，或称处女维斯塔。按规定，六岁就可以进殿，接受十年严格训练，让她们适应未来十年内分配给她们的作为修女或圣火捍卫者所要完成的使命。最后的十年，是指导小维斯塔。她们在殿内三十年，完成敬神事宜，便获得了自由，或者继续留在殿内，或者离开神殿。如果她们喜欢，也可以嫁人结婚。

在修行期间，她们被告之要牢记向主持的发誓，保持贞洁和忠诚。照看好圣火，若有闪失，将被活埋在拱形地下室。这是庞贝的死命令。　·

每个修女轮流照看圣火，添灌油料，扇熊火焰，日夜不可松懈。罗马人迷信，圣火的熄灭，就是民族和国家灾难的预兆。

维斯塔处女是如此纯洁，如此警觉，因此，在千年的历史中，只有十八位姑娘失于操守，受到了惩处。维斯塔少女杜西亚遭斥责不贞，然而，为了让她证明自己的贞洁，天赐给了她力量，让她用一个竹筛子，从台伯河打水，举到神庙，满满一筛，无一滴漏。

维斯塔处女维护圣火，是对国家的贡献，反过来，国家给了她们许多特权。例如：在外走路，手执权棒的随从在前面替她们开道；公众聚会的纪念活动和宴请，她们被安置在荣耀的首席；她们死后埋葬在市内，这是极少有的特权；在她们行经的路道上，偶尔碰见行刑的罪犯，只要她们一句话，罪犯便可无罪获释。维斯塔处女被大家热爱、崇敬，在妇女们中间，她们成了纯洁可爱的楷模。

维斯塔处女显要地位的体现，是她们穿着的袍子。纯白里料，镶了紫色边带，外配宽敞紫色斗篷。在战争或危险时期，要保住圣火，她们被允许去到任何安全的地方。有好几次，她们将圣火带出罗马城。目的是不让它落入敌人的手中。

维斯塔的香火一直延续到罗马狄奥多西时代。罗马人信奉天主教，从此废除维斯塔崇拜，遣散了修女。

维斯塔祭献活动奢侈豪华，维斯塔节是罗马最华丽、最流行的活动之一。女神形象雍容华贵，身着长袍，一手执燃烧的火炬，一手执化缘钵。在庄严气氛中，被抬着走过大街。

在公众队列里，维斯塔处女们高举着圣火。罗马的居民们，乐意扩大她们的队伍，自动参与进来，赤足、唱歌、赞美女神的善良。

在这些活动期间，人们白天停止干活，各家各户要准备盛筵。磨刀石，也要用鲜花装扮起来；驴子，顶着花篮，走在队列的前面。

在罗马人中间，维斯塔并非唯一供奉在灶头的女神，与她同享荣誉的神，还有拉瑞斯、曼尼斯、珀那忒斯，她们都享有特别的尊敬和祭献。

拉瑞斯，罗马神，希腊人不知此神共为二神，她们是墨丘利和拉娜的孩子。拉娜为水中仙女，以她的美丽和话多而著名，她一开口，那真是话匣子打开了，难得收拾。古往今来的说法是，这位少女谈话，从早晨到夜晚，尽她所知，竹筒倒豌豆，一颗不留。有一次，她惹得朱庇特生气了，原因很简单，还是她话多。她竟然肆无忌惮地对着朱诺讲述了她听来的朱庇特对他的情妇的恩爱表白。

为了制止闲话的散播，万神之父割掉了拉娜的舌头。并召来墨丘利，将她带入地府，永世不得复生。但是，事情的变化有时是出乎预料的。在去阴暗的死亡处所的路上，天使神竟然和他遣送的罪人恋爱了。她的毛病难以改变，但是，人长得太漂亮了，撩人心扉。墨丘利违背了朱庇特的命令，不仅没送拉娜去地府，而且还爱上了这个长舌妇。通过哑语比画，她同意嫁给他。她为他生育了两个孩子，以她的姓命名，因为是两个，所以叫作"拉瑞斯"，复数，意为拉娜的两个孩子。对这两个孩子，罗马人总是给予神的荣誉，在家庭厨房为她们提供了特别位置，她们维护着千家万户的安宁。

曼尼斯这个称谓，一般是指死后人体分离出来的灵魂。罗马人也视它为神，不同家族的杰出祖先，就是在这个名字下受到参拜的。

至于珀那忒斯，她们司掌家庭的内部事务。户主习惯选择自己的珀那忒斯，供奉她们为特定的保护神。珀那忒斯的塑像，根据各自家庭经济状况而定，有的是陶瓷的，有的是蜡制的，有的是象牙的，有的是银子的，有的是黄金的。给她们供奉的食品，就是家庭餐食的一小部分。

鉴于神本身具有移动性，会从一家到另一家，从一个地方到另一个地方，所以，户主移动他的家神，也就成了一种习惯。根据家庭成员的方便程度，户主将神安置在一个恰当的地方。作为对这种善意关爱的回报，神以和平与繁荣祝福他们。

伊阿诺斯

　　伊阿诺斯，过去、现在、将来的神，主管门户出入，是战争、和平、万物开端的倡议神，是罗马诸神中最负盛名的神之一。然而，他并不为全体希腊人知晓。

　　他是阿波罗的儿子，虽然出生在忒萨利，但很早就来到意大利，在台伯河边建筑了以他的名字命名的伊阿尼库伦城。时值流放的萨图恩游荡到此，加入了他的建筑队伍。城市建好后，他慷慨地和萨图恩共管国事。在他们的共同努力下，教化了意大利的土著居民，创造了繁荣经济，人人安居乐业。对他们的统治时期，人称黄金时代。

　　伊阿诺斯是双面神，面对不同方向。他了解过去、现在、将来；他被认为是太阳循环的象征：太阳东升时，白昼来临；阳光西斜时，就是黑夜。

　　他的另一些塑像，脸的一边是一头白发，满脸胡子；另一边，面如青春年少。有的塑像是三个头，以至四个头。

　　新年伊始的头个月，敬奉伊阿诺斯，在他的神龛前，人们祈祷和供奉。他也管理所有的门廊和绿荫大道，通过他，祈祷之意即可通达神灵。所以，在一切宗教仪式活动中，他的名字总是第一个被提到。在此种情况下，他经常以这样的现象出现：右手拿钥匙，左手持木棍。

他也监督和平与战争，所以，在意大利境内，有他无数圣殿。最辉煌的一座圣殿叫作"四方正堂"。因为这座圣殿是完全的正方形，建筑物的每一方，均设计有一道门，三个窗子。这门和窗都有寓意：四道门，表示春夏秋冬四季；每个窗子表示一个月，共计十二个，一年的总和。

战争年代，圣殿的门全打开，需要帮助和安抚的人们，迫切要想进入向神敬献牺牲。当和平降临大地，门便迅速关闭，因为神的庇护不再有必要。罗马人喜欢战争，所以"四方正堂"的门，总是洞开着。在七个世纪中间只关闭了三次，而且每次的时间也非常短暂。

新年第一天，就是伊阿诺斯节，新年的头个月，也以神的名字命名。送旧迎新，在祭祀中让神高兴，也让人自己愉悦。新年的头一天，亲戚朋友互相拜访，互致问候，互赠礼物和美好祝愿。这是旧时罗马的习惯，持续到了今天。

索莫诺斯

　　在一个偏僻的山谷处，有一个大洞穴。在这洞里，住着睡神索莫诺斯和他的孪生兄弟死亡神摩尔司。他们兄弟俩，都是曾经统治了整个宇宙世界的夜神的儿子。在洞穴入口，有两个黑乎乎的怪物轻轻摇动枝叶茂密的罂粟花，指头搭在嘴唇上，告诫接近者别出声响。这两个怪物不是别的，是睡眠和死亡。在后来的艺术作品中，他们头戴罂粟花，或者不凋花，有时端着骨灰坛子，有时倒提熄灭了的火把。

　　洞穴分了许多间隔，成为许多房间。一个更比一个黑，一个更比一个静。在后面的一间屋子里，用黑貂皮帘子遮掩着，放着一把睡椅，睡眠独裁者斜靠在上面。他的衣服也是黑的，缀满了金色的星。他头戴罂粟花冠，瘦弱的手端着一杯罂粟汁液。他那昏昏欲睡的脑袋，由他的大臣莫耳甫斯撑着。大臣一直注视着这位酣睡者，防止有谁搅扰了他的睡眠。

　　在他床的四周和上方，飞扑着优雅的精灵——梦。梦俯下身子，对着他的耳朵，讲述着愉快的故事。在房间的一个角落，蹲着邪恶的梦呓。墨丘利经常分派梦幻到人间造访凡人。

两道门引向梦谷，一道门嵌了象牙，一道门嵌了角骨。从闪烁的象牙门出去的梦，散布着欺骗；而从朴实的角门出去的，将由时间证明是真实的。

梦，大多数是从角门出去和凡人分担不幸，像哈尔西翁那样。

西克斯，忒萨利的国王，被迫与他的妻子哈尔西翁分离后，旅行前往特尔斐拜神。这对相亲相爱的夫妇分手时，泪水涟涟，哈尔西翁目睹远去的帆影，直到它完全从视野中消失。她返回宫廷，向神祷告，保佑她丈夫安全归来。但是，事与愿违。他们哪里知道，天神已做了决定，他们今生今世，不得再在人间相会。哈尔西翁祷告时，一阵狂风起，海浪掀天，击破了西克斯的帆船，波涛汹涌的海浪吞没了他和他的水手们。

一天又一天，王后来到海岸边，后面跟着她的侍从们，她盼望看见丈夫归来的帆船。一夜又一夜，她躺在躺椅上，期待着明天将会带来好消息。天神看出了她的心病，想给她一个预兆，使她对丈夫的死有个思想准备。这样，天神决定向她托梦。

梦神装扮成西克斯的脸面和体态，从角骨门溜出，快速到了哈尔西翁的床边，对她耳语道，她的丈夫已经死了，带有咸味的海水把他的尸体冲到了一处平整的沙滩。伴着一阵恐惧和悲惨的惊叫，哈尔西翁醒了，急忙到了海边，她希望见到的不是梦中的情形。但是，她到了海岸边看到了海浪冲刷着丈夫的遗体。对可怜的哈尔西翁来说，忍受失去丈夫以后的痛苦生活是一个难题。她便跃身入海。死后的她，遗体也紧靠着丈夫。被这真实而深沉的爱的悲剧所感动，天神将这对夫妻变成了一对鸟，以后被人称为哈尔西翁鸟，它们注定生活在波浪之上。据说，这种鸟在浪峰上繁衍后代，它们的鸣叫声，是对船员的警告：暴风雨即将来临，提醒他们准备应对，快快找到避风港湾，如果他们不希望重复西克斯的悲剧的话。

死神摩尔司，占据了索莫诺斯洞穴的一角。他是一个邪恶的、脸色像死人一样苍白的神，身披布衣，手里举着沙漏和长柄镰刀。他深陷的眼睛盯在沙漏上，沙一漏完，某个人的生命就要结束了。他带着长柄镰刀，在残酷的欢快中，割倒他的捕获物。

用不着再说，古人害怕和讨厌这个狠心的神，他四处浪荡，无处安身。

不过，这两个神在神的谱系中并不重要，因为在神话作者中，不少人将普洛塞耳皮那视为死亡的象征，所以，这两个小神更像地方神。

至于莫耳甫斯，既是睡神索莫诺斯的儿子，又是睡神索莫诺斯的大臣，他常替凡人在神前陈情。他展现在人前的形象，是一个睡着了的孩子，胖墩墩的，长着一对翅膀。莫耳甫斯一只手持着花瓶，另一只手捏着罂粟花，他轻轻将它抖动，使人陷入朦胧睡意中，照他所说，那是幸福的极限。怪不得人们常说："长眠就是幸福。"

埃俄罗斯

离索莫诺斯和摩尔司冷清领地不远的地方，是埃俄立安群岛，又称里帕利群岛。岛上住着风雨大神埃俄罗斯，统治着不守规矩、性格暴躁的居民。

据说，他是从天后朱诺那里获得了他的王位和尊严，所以，强烈的发自内心的感恩欲望，使他对朱诺言听计从。他因和黎明女神奥罗拉结婚而出了名。奥罗拉一共给他生了六个孩子：北风神玻瑞阿斯，西北风神科鲁斯，西风神厄费洛斯，西南风神挪土斯，东风神欧洛斯，最后是轻柔的南风神阿奎罗。南风向世人宣告，永远受欢迎的春天来到了。

埃俄罗斯的前五个儿子，闹闹嚷嚷，到处浪荡，好恶作剧制造骚乱，要叫他们保持和平和安静，是绝对不可能的事。为避免这几个孩子制造严重的灾难，风雨神对他们严加管束，将他们牢牢地禁闭在一个宽敞的洞穴里。只在某些时候让他们放放风，活动活动筋骨。

虽说这几个孩子天生桀骜不驯，但是对父亲的话，他们不能不听。只要父亲一声令下，哪怕内心并不愿意，他们也得规规矩矩地回到幽暗的牢房。进牢房后，他们怒气冲冲，大发雷霆，仿佛要将那坚硬的岩壁撞坍塌。这不是两面派，是对绝对权力的屈服。

照顾到他们的脾气，也是遵循天神的意愿，埃俄罗斯有时放出温和的风，在花草丛中翻飞嬉戏，然后召回他们，再让孩子中最猛烈者自由奔放，带着使命掀起狂涛激浪，波浪滚滚，响声雷鸣，撕破海上船只的白帆，砸断帆船的桅杆，将大树连根拔起，揭开农舍三重屋顶。简言之，制造一切他们可能制造的混乱。

风神埃俄罗斯和代达罗斯，共同享有发明风帆的殊荣，风帆使船舶在海上行驶的速度大大加快。他们将自己的孩子，除去南风外，统统放进一条牛皮口袋。当希腊战将、旅游冒险家尤利西斯来到埃俄立安岛时，他们将牛皮口袋送给这位英雄。多亏了这件礼物，尤利西斯顺利抵达伊大卡。眼看即将平安登陆，想不到的事发生了。海港在望，船员们心生好奇，打开了口袋，看看里边装了些什么。这下完了，愤怒的风被放了出来，它们在这个自由空间，兴风作浪，其来势之凶猛，难以描述。

古代人，尤其是雅典公民，特别关照风神。他们为风神修建神殿，至今尚存，一般称呼它为风塔，或者埃俄罗斯神殿。神殿呈六角形，每一个角落，塑有一尊风神像。

东风神欧洛斯，常见的艺术形象是飞翔着的年轻男子，急躁鲁莽，也不乏幽默；挪土斯，西南风神，像一位老年人，花白头发，脸色抑郁，头顶白云，身穿貂皮衣，一对灰蒙蒙的翅膀，因为人们认为他是瓢泼大雨的制造者；驯服而温顺的南风神阿奎罗，衣兜装满鲜花，依照雅典人的看法，他的妻子是福罗拉，她给他带来的是幸福，她伴随他，周游世界各地；西北风神科鲁斯，唤起漫天飞雪，搅得天下寒冷；面目狰狞的厄费洛斯，让人浑身寒冷，寒流穿透背脊；北风神玻瑞阿斯，冷冻之极限，是雨、雪、冰雹和骤雨的父亲，他经常是被无法穿透的乌云笼罩着，他的理想居住地在许珀耳波瑞安山，他从这里发出野蛮的袭击。在一次远足中，他卷走了奥里忒亚。此前，她总是在玻瑞阿斯靠近之前，逃之夭夭。这一回，她的脚上擦了油，也无济于事，他撵上了她，把她带到了不可攀缘的雪峰和冰川之上。她既然逃不出他的手掌，也就乖乖做了他的妻子。她生育了仄提司和卡莱斯，长大后，他们参加了希腊战舰阿耳戈的远征，赶走了哈耳皮埃及他的两个女儿克勒俄帕特拉和喀奥尼。

在另一个时候，已经把自己变成一匹马的玻瑞阿斯和特洛伊国王达耳达诺斯的母马交配。他成了十二匹骏马的父亲。骏马之快捷，无可与之相比者。

赫丘利

　　古人并不只满足于对天神的顶礼膜拜，他们对很少数的人间英雄和道德高尚者也会悼念和供奉，以表示他们的羡慕与尊敬。在这些英雄中间，最有名望的是赫丘利，朱庇特和阿耳克墨涅的儿子，一个人间王子。

　　当赫丘利出世的消息传到奥林匹斯山时，朱诺开始筹划，如何处死这个她的对手的孩子。两条长有毒牙的大蟒蛇，被她派遣去攻击这个摇篮里的孩子。大蟒蛇悄无声息地爬呀，爬呀，爬进了宫殿，用它们的身躯缠绕着摇篮，打算把孩子挤死在摇篮中。在仆人无所作为的惊恐的叫喊声中，赫丘利一跃而起，分开一双小手，左右开弓，快速抓住蛇的颈部，用力一勒，两条蛇立刻毙命。这件事头一回证明了他的力量，并且还给他带来了好名声。

　　朱诺发觉赫丘利很容易地逃脱了威胁生命的危险。她也明白，要再玩把戏取他性命，将是一无所获。于是决定从精神上打击他，制造麻烦，使他烦恼，虽然死不了，但也享受不到安宁和幸福。

为达到这一目的，她先从朱庇特那里获得一道命令，责成赫丘利去服务于他的表兄弟欧律斯透斯，服务时间长达数年。欧律斯透斯身为国王，管辖着整个阿耳戈斯王国，却是一个卑鄙而怯懦的男人。

　　赫丘利的教育是由一个有知识的、半人半马的喀戎来进行的。喀戎教他如何使用各种不同的兵器，并通过不同运动形式，训练他的耐力。岁月如梭，日子就这么快快乐乐地过去了。最后的时刻来临，赫丘利的学业已成，一个新的世界摆在他的面前。这是一个充满欢乐的世界，到处是财富的吸引。

　　年轻的英雄，辞别了老师，走向世界，去碰碰自己的运气。走不多远，他碰见了两个美丽的妇女，她们很快与他攀谈起来，从他口中得知，他是出来冒险的。这两个妇女，一个是美德阿瑞特，一个是邪恶卡基亚，两人都提出做他的指导，至于他宁愿跟谁，让他自己选择。

　　卡基亚诱惑他跟随她的指导，并对他许诺财富、悠闲、思考和关爱。而阿瑞特告诉他，只要她醒着，他必须对罪恶不断发动攻击，忍受数不尽的艰难困苦，日出而作，日落而息，一生穷困潦倒。

　　赫丘利沉默地思考着这两个截然不同的提议。他的脑子里翻动着老师经常重复的教训。坐在路边的他，站起来，转向阿瑞特，宣称他愿意选择她。年轻勇敢的赫丘利，坚定地藐视淫妇的妖媚卖笑，要用勤奋劳作，练就铮铮铁骨，让美好的东西永远占据他的头脑。

他义无反顾地朝着阿瑞特指引的道路走去，道路坎坷不平，荆棘丛生，但是，他沉着镇静地完成了她规定的任务，解放被压迫者，保卫弱势群体，纠正一切冤错。

他的善行获得了酬报，他与底比斯国王克瑞翁的女儿麦格拉结为了夫妻。她给他养了三个孩子，他对她更是恩爱有加。但是，朱诺得知他过着如此平静而安适的日子，心头很不是滋味，想要打破他的舒适悠闲的生活，从而更进一步把英雄逼成疯子。

英雄在癔症的发作中将他的孩子抛进了火里，还有一说法是他杀了妻子。只有当他清醒过来的时候，他才意识到自己稀里糊涂犯下了不可饶恕的罪孽，为此承受着悲哀和痛苦的熬煎。痛苦的他，退居到了山林。如果没有墨丘利的到来，也许他余下的生命，将在这里耗尽。墨丘利解脱了他，条件是要他为阿耳戈斯国王欧律斯透斯服务十二个月。

天神的信使主动提出，引导他去找他命定了的主人。但是，当赫丘利知道自己会成为一个奴隶时，陷入了一种悲痛的深渊，差点又丧失了他的理性。不过，这次他没有杀死可恶的野兽，也没有以自己的善行赢得人民的赞许，他却愚蠢地、漫无目的地四处游荡。最后，他终于醒悟过来，有些明白了，自己与命运搏斗，既不会开花，又不会结果。于是，接受引导者的催促，他自愿替欧律斯透斯干活。国王告诉他，要想获得自由，须要完成十二件人事。

任务定了，赫丘利出发了。在纳米亚大森林，第一桩事就是发现一只狮子，并且把它了结了。远远近近，左邻右舍，被这家伙骚扰遍了。这怪物到处掠夺，拖走牛、羊、男人、女人、孩子，悠然自得地把他们吞噬。大家警告赫丘利，他承担的是多么危险而又困难的活儿。大家都在设想杀死怪物可能遭到的种种失败，而且预言壮士将一去不复还。不论何种劝告，都说服不了英雄。他坚决地进入森林，顺着狮子足迹，追踪到了巢穴。他出其不意，一把抓住狮子喉头，就像他孩提时代掐死蟒蛇那样，掐死了狮子。他剥下狮子皮，并用这毛茸茸的皮，给自己做了件披挂。

在返回阿耳戈斯、报告他成功完成第一个任务的路途上，赫丘利被告知，转道勒耳那沼泽地，那里蛰伏着一条七头蛇许德拉。这条蛇吞噬人和兽类，赫丘利的任务是去结束它的抢劫生涯。赫丘利手握长剑连续砍掉了蛇的七个头，可是，第七个头刚落地，从鲜血淋淋的颈部又突然冒出新的七个头。这令英雄心头很烦躁。赫丘利的朋友伊俄拉俄斯，一直陪伴着他，观察他的威力。此时，为了防止这一令人不愉快的怪事的重复出现，赫丘利告诉伊俄拉俄斯，取一根燃烧着的棍棒，当他砍伤蟒蛇时，立刻烙烧它的伤口。就这样，七头蛇终于被杀死了，虽然朱诺派出一只螃蟹去帮助许德拉而死缠住赫丘利的脚踝。英雄愤怒地砸碎了螃蟹，然而，这死螃蟹受到了天后的嘉奖，被放置在了天上星宿当中。赫丘利在离开他完成第二件大事的现场时，把他用的箭头，插进许德拉的毒血中浸泡。他知道，凡被毒箭射杀者，无论伤势怎样轻微，都是必死无疑。

第三件事是前去捕获金角、铜脚的公鹿克瑞尼阿，它的飞毛腿跑起来，好像几乎不着地似的。赫丘利要抓住这动物，实在不是件容易的事，他奔跑得精疲力竭，最后终于赶上了它，逮住了它。这花了他一年的时间。他必须把捕获物赶向遥远北方的一块漂浮的冰层上，然后，用箭射中它的脚踝，使它无法跑动。

他同样成功地完成了他的第四项任务，到阿耳卡地亚的厄里曼托斯山捕捉野猪。在从事这项工作时，赫丘利遭到马人的袭击，于是他将毒箭向他们射去，想不到他的老师喀戎就在其间，而且受了伤。这样也好，由喀戎出面，调解好了他们之间的冲突。尽管英雄作了多方努力，用了不少治伤的药物，对喀戎精心治疗，但是，功效不大。伤口致命，喀戎死了。天神念喀戎行为良好，提拔升天，位列星座，天文学称之为人马座。

赫丘利被派往厄利斯，国王斯奥革阿斯，拥有数以千计的牛。围栏挤满了牛群，积粪多年未打扫，其肮脏，其恶臭，实在令人难以置信。赫丘利的任务就是清洗牛圈，将那些肮脏的东西，牛粪啊，烂草啊，断木破砖啊，统统运走，来个彻底清洁大扫除。不过，要在规定时间内，打扫得干干净净，就不是那么容易办到的了。

紧靠牛栏处，流着一股水，它叫作阿尔甫斯河。赫丘利一眼瞥见，心头便想该如何利用这流水哗哗的河。他阻断河流，叫其改道，让河水直接流过牛圈，聪明的英雄，利用流动的河水冲走了所有污秽杂物，最后，将牛圈清洗得干净清爽。

清扫工作彻底完成，赫丘利再将河水流到原来的河床。他回到家里，告诉国王，他的第五个任务完成了。赫丘利清扫秽物的创造性的思维，至今仍被传为佳话，"斯奥革阿斯牛圈"成为常用语。

赫丘利的下一步是去克里特岛，完成第六项任务，即杀死迷宫里的疯牛。那是涅普顿送给岛上国王米诺斯的。天神送这个动物给米诺斯时，指令将其当作祭品贡献。但是，米诺斯被这家伙的庞大和剽悍所迷惑，决心保留住它，改用另一头他圈里的普通牛，做了宗教祭祀品。

见米诺斯如此不讲信义，涅普顿愤怒了。一气之下，他让公牛变成疯牛，在岛上狂奔乱跑，践踏庄稼和人群，制造了不少灾难。赫丘利凭他超凡的力量和惊人的技能，快速地将疯牛捆绑起来。就这样，又完成了第六项任务。

赫丘利快速赶往特瑞斯，因为国王狄俄墨得斯有一批用人肉喂养的战马。为了获得足够的人肉饲养马群，狄俄墨得斯发出命令，凡有无所顾忌的大胆陌生人步入了他的王国，一律要抓起来。他让被捉获的人吃好，睡好，长得体壮膘肥，然后杀了他们，用来喂他的马。赫丘利惩罚了恶毒心肠的、长期野蛮杀戮无辜的狄俄墨得斯，毫不留情地将他拿来喂了吃人肉的马，完成了第七件大事。

欧律斯透斯的美丽女儿阿德墨托斯，是个虚荣心很重的女子。她喜欢服饰和珠宝，没有什么能使她感受到幸福，除了装饰和打扮她的珍珠玛瑙。有一天，阿德墨托斯听一个旅游者说，阿玛宗国的王后希波吕忒佩戴的那条腰带，堪称稀世瑰宝。一股强烈的占有欲望攫住了她的心。

她将自己的欲望，告诉了欧律斯透斯。他很高兴满足她的愿望，只是不想因此而伤及任何人，或者生出事端。于是，他派出赫丘利前往索取令公主垂涎三尺的珍宝。阿玛宗国，著名的好战女性的王国，到那里，要经历一个漫长而充满险恶的路程。赫丘利勇往直前，一刻也不停留，除非为了养精蓄锐，才休息休息。他来到女儿国的领地，直面王后，大胆表明他的来意。希波吕忒摆出一副王后的傲慢架势，听着他的解说和请求。她答应考虑此事，又宴请了他，安排他在宫里住了下来。

要不是朱诺忽然想起他的存在，而且决心对他迫害到底的话，赫丘利不会费多大气力便可实现目的。本该顺利的事，却来了个节外生枝。朱诺变成一个阿玛宗妇女，混杂在人群中间，狡诈地散布流言。她说，赫丘利来的真正意图是绑架王后。所谓讨取腰带，纯粹是欺骗，意在转移人们的视线，以达到他的目的。阿玛宗的妇女们，糊里糊涂地听信了这些谣言，拿起武器，将她们的王后团团围着，保护起来。

武装起来的妇女们，向赫丘利发动进攻，面对她们的杀戮，赫丘利赤手空拳将她们一一击败，最后带走了他用生死赌注换来的宝物。在他回家的长途跋涉的行程间，他从海怪的口中营救了即将被吞食的赫西俄涅。她是国王拉俄墨冬的女儿，是许多特洛伊牺牲少女中的一个幸存者。

欧律斯透斯十分满意赫丘利完成了八件任务。他现在又吩咐赫丘利，前去杀死青铜足爪的怪鸟。鸟群飞翔在斯第慕珐连湖水面上。在厮杀中，毒箭帮了赫丘利的忙，使他能够快速结束了这些鸟的性命。

下一步，赫丘利被告知，出发去厄律提亚岛，捕捉巨人革律翁的圣牛。在回家的路途中，赫丘利带着辉煌战果——虏获的圣牛群。晚上，赫丘利停留在阿汶汀山上，可恶的巨人卡科斯偷了他的若干牛。为了处罚巨人的偷盗行径，赫丘利攻进巨人的洞穴，连续袭击，经过令人难以想象的搏斗，最终斩杀了巨人。圣牛到了欧律斯透斯的手，赫丘利又被分派外出寻找赫斯珀里得斯的金苹果。

这桩差事，真够难为赫丘利的，因为他压根就不知道在世界的何处可以找到这些金苹果。就他所知，那是当年作为婚礼的礼物，送给朱诺的。后来，朱诺将这份礼物委托给西方天神，赫斯珀鲁斯的女儿赫斯珀里得斯保管。走了好远好远的路，问了好多好多的人，赫丘利发现，金苹果被转运到了非洲。金苹果挂在了花园里的树梢上，树下放置了一条叫作拉冬的龙，日夜守卫着。非常遗憾，没有谁能告诉赫丘利，赫斯珀里得斯的花园坐落在非洲的哪个地方。就这样，他还是冒险出发了，决心一直走下去，直到获得一些信息为止。沿途走来，他遭遇了许多艰难险阻，看到了不少奇幻美景。他第一次见到的，是厄里达诺斯河的仙女们。他向她们询问金苹果的下落，得到的回答是咨询老年海神涅普顿，也许，他能就这个问题透出一点消息。

赫丘利惊吓住了这位睡在海岸的老年神灵,他牢牢地抓住海神。尽管海神在他手中,频繁变形,想吓跑这位强行与他对话的陌生人,结果失败了。在回答赫丘利的询问时,虽不是心甘情愿,但是也向他指明了去找普罗米修斯,只有普罗米修斯能向他指出正确方向。

听从这样的忠告,赫丘利去到高加索山,在悬崖峭壁边,他发现了普罗米修斯。普罗米修斯仍然被坚硬的铁链捆绑着,秃鹰一直啄食他的肝脏。像赫丘利这样的英雄,活儿虽艰巨,但他只花了几分钟时间,跃上岩边,杀死了冷酷的鹰,砸碎了坚硬的铁链,解放了人类的救主普罗米修斯。普罗米修斯多年盼望的事,经各种努力无结果,今日竟然成了事实,真是"有意花不开,无心柳成荫"。感慨之余,他告诉赫丘利,去找他的兄弟阿特拉斯,阿特拉斯一定知道金苹果落脚何处。

赫丘利步行去非洲,阿特拉斯就居住在那里。当他路过号称俾格米的部落时,发现这里的人身材矮小,他们长期生活在担惊受怕中,因为他们的邻居比他们高大强壮。还有成群集队的乌鸦不时降落下来,扫荡他们田里的庄稼。

为了抵抗这不时的侵扰,俾格米人接受了该亚的儿子巨人安泰俄斯的慷慨援助,保卫他们不受敌人的攻击。这些矮小人看见赫丘利魁梧身躯形成的巨大阴影,错误以为他有伤害他们的阴谋,便因惧怕而大声呼叫,请求安泰俄斯出战,将入侵者消灭在国门外。

对自己的力量十分骄傲的安泰俄斯,前来会战赫丘利。激烈战斗杀得尘埃滚滚，双方势均力敌，谁胜谁负，难以预料。到了最后，赫丘利感到力气衰竭。然而，就在这一刻，他却发现了他的对手每每脚触大地浑身就增添了力量。如此看来，不可猛拼，只可智取。于是他改变主意，试着用谋略去打败敌人。他看准机会，双手紧箍着安泰俄斯的腰，从大地上将安泰俄斯提起来，使出浑身力气，高高地举在空中。

脱离了大地母亲，安泰俄斯软如泥，在赫丘利手中，他的头耷拉着，四肢散了架，灵魂在空中游荡。现在，俾格米人的保护者不再挡住赫丘利的去路。赫丘利继续寻找阿特拉斯。总算被他找到了，阿特拉斯正用他宽阔的肩膀背负着苍天。阿特拉斯仔细地听了赫丘利的陈述后说，他知道在什么地方可以找到金苹果。如果英雄愿意替换他承担一下他肩头的重负的话，阿特拉斯表示愿意为赫丘利效力，摘取金苹果。想到如此轻易就完成任务，赫丘利同意把苍天的重量放在自己的肩头上。阿特拉斯被替换下来，去兑现他的诺言。

从很远很远的地方，巨人阿特拉斯看见金色苹果在阳光中闪闪发光。偷偷地，他窜进了花园，杀死了睡梦中的巨龙。巨人摘下苹果，返回赫丘利顶替他负重的地方。然而，他的步子愈来愈慢，快回到英雄身边了，他内心的恐惧更加严重。想到几个世纪以来，他肩负着苍天的沉重，于是，便想把这个担子永远放在赫丘利的肩头。

这个苦恼折磨着他。自由是这么甜蜜，他要保留住它。他冷冷地走向赫丘利，对他说："你就别去了，我去把金苹果献给欧律斯透斯。"他叫赫丘利继续替他顶着苍天。英雄不仅只凭勇武，而且更要有聪明和智慧。面对歹人的狡诈和复杂局面，赫丘利的头脑总会绽开智慧的花朵。赫丘利假装同意阿特拉斯的安排，其实，他内心翻腾着愤怒。他故意问问题，拖着阿特拉斯，然后求阿特拉斯暂时支撑一下天幕，让他在肩头放上一块垫肩。好脾气的阿特拉斯没有意识到英雄的计谋，便把金苹果扔在旁边的草地上，把肩顶了上去。他想再推卸责任，已是不可能，因为，赫丘利捡起地上的金苹果，迈开大步走了。以骗人开始，又以被骗结束，害人反害己，这就是骗子的下场。

在一次艰巨的劳动过程中，赫丘利展开他的双臂，掰开一匹大山，让海水从中穿流而过，再奔流西去。从此以后，在直布罗陀海峡两岸，人称赫丘利擎天柱。

第十二件，也是最后一件大事，是欧律斯透斯提出的众多冒险中最为棘手的一项。他指令赫丘利下地狱，带回刻耳柏洛斯三个脑袋的狗，并安全地拴着它。

提起三头狗，欧律斯透斯就毛骨悚然。从这家伙口里流出的唾液，有毒龙葵花便长了出来。在去地府的路途，赫丘利做了一件好事，那就是解放了受困的忒修斯，同时，射伤了阻拦他进入地府的普鲁托。这时的普鲁托同意他带走三头狗。得到了三头狗的欧律斯透斯，才知道这头恶狗，朱庇特的强有力的儿子，是不好消除掉的。他曾经为躲避它的袭击，钻进坛子不出来，直到赫丘利将这个怪物带回老巢为止。

十二件大事全完成了，服役的时间也到了。赫丘利，一个自由人，凭着自己的意愿，可以漫游世界，享受自由幸福了。从生存习惯看，漫游世界已经成为一种需要。英雄头一回旅行，就是去奥林匹亚。在那里创建运动会，每五年举行一次，以纪念他的父亲朱庇特。而后，他从一个地方到另一个地方，四处做好事。当来到阿德墨托斯的家时，他惊呆了，因为整个宫廷处于极度悲戚之中。他很快知道了阿耳刻提斯牺牲自己的性命保全丈夫不死的感人事迹。英雄有感于国王的孤独，再次面对地狱的恐怖，把阿耳刻提斯从坟墓里解救出来，让她重回到丈夫的怀抱。

在后来的许多英雄业绩中，赫丘利都有突出贡献。他参加了阿耳戈的远征，介入了马人和拉庇泰人的战争，投身天神与巨人的火并，以及围攻特洛伊城，等等。

英雄在不久前，好不容易摆脱了奴役，可是转瞬之间，他又坠入被奴役当中。赫丘利只因一时之怒，杀了一个人，经天神会议研究决定，判处他为利底亚王后翁法勒做奴隶若干年。

赫丘利不再热衷于大的举动，他的魄力已被新的女主人的美貌削弱，他倾慕于她，自然就听她的话，听从她的管制。他忙碌于一个男人不宜干的事务，诸如纺线之类的活儿。他用狮子毛皮装扮她，挥舞他那根闻名遐迩的棍棒讨她欢心。

尽管这些女性化的活儿，对这样的一位英雄来说很无价值，但是，就赫丘利而言，他乐意，因为他已经爱上了他的女主人。他好像觉得，没有什么能够比留在她身边永世为奴、终生消磨在这欢快中更好了。无论如何，伟大的事业在等待着他那力量超凡的臂膀。在一个确定的时间，天神解放了他，免除了他作为利底亚王后的奴隶身份，他自由了。天神吩咐他继续前进，尽他之力所能及，多做好事、善事。

在漫游行程中，他遇见了厄纽斯的女儿得伊阿尼拉，并且一见钟情爱上了她，表达了想和她结婚的愿望。但是不幸，她已经有了另一个追慕者，就是大河神阿刻罗俄斯，而且她父亲已同意这门亲事。她也说："父亲已经同意，大河神把我拥进怀抱。"

赫丘利对自己的吸引力充满信心，并不认为少女有必要在他面前保持矜持。事实也是如此。当赫丘利表白了自己的爱情，她表示如果赫丘利能帮助她，摆脱父亲强加于她的爱人的话，她将立刻许诺和他结婚，赫丘利向阿刻罗俄斯发出挑战，这就是世界上的第一次摔跤比赛。

阿刻罗俄斯是赫丘利的强有力的对手，再说，他的优势在于他随心所欲的变形能力竟把我们坚定勇武的英雄搞得眼花缭乱。最后，阿刻罗俄斯变成一头牛，低下他的头，牛角对着赫丘利，直奔过去，意在将对手挑起来。英雄灵巧地避开了他的第一回攻击，乘势抓住他锋利的角。英雄握力之大，这牛用尽了浑身力气，也休想从英雄的抓握中挣脱出来，直到牛角被折断。

命运女神，雅典的福尔图那，是这一罕见比赛的目击者。看得出，搏斗双方都使出了全副本领。无论哪一位求爱者，都一心想赢得胜利，能够牵住美丽少女得伊阿尼拉的手。

不知过了多长时间，胜利最终落在赫丘利的身上。不过，赫丘利不敢久留，他很快带着新娘离开，因为他的使命不允许他在一个地方逗留太长时间。过去游荡是孤身一人，而今有得伊阿尼拉做伴。许多天后，他们来到埃温罗斯河。因为近日一场横扫大地的暴风雨，往昔平静的河流，今天变得浪涛翻滚。

赫丘利停顿了一会儿，望河凝思，再环顾四周，想找到一个安全的方式，把得伊阿尼拉摆渡过河。当他陷入思考中时，马人涅索斯到来，伸出了援助的手。马人告诉赫丘利，如果不介意的话，让年轻的新娘骑在他的背上过河，那是绝对安全的。

赫丘利欣然接受了马人的建议，迅速地帮助得伊阿尼拉上了马人的背，目睹他们一步步跨入水中，自己紧跟在后。他将弓箭用一只手高高举起，另一只手划着水。

马人涅索斯还从来没有机遇背着像得伊阿尼拉这样美丽的姑娘过河。他一边泅水，一边在心头暗打主意，下定决心，只要一登彼岸，就背着她跑掉。主意已定，身上的劲头更大。上了岸，他果然不让漂亮的姑娘离开他的背，反而加快脚步，拼命奔逃。

得伊阿尼拉的一声惊人的尖叫引起了赫丘利的注意，第二声刚叫出来，他的毒箭已经射穿了马人的心，抢劫者应声倒地。马人涅索斯以死前颤抖的声音，表达了自己的悔恨，请得伊阿尼拉拿上他的袍子，上面沾了少许的血，那是从他箭伤处流出来的。他对她保证说，好生保管它，它具有一种魔力。倘若她一旦发觉她丈夫爱的热情在冷却，就劝说他穿上，所有从前的激情又会重新复活，而且更纯洁、更炽热，就像当初度蜜月。他的话是这样说的："请你捎上这白袍。袍子无价。瞧吧，上面有我的血迹，不多，只是一点点。我干了蠢事，我知道，我后悔。啊，几乎所有的流浪的英雄们，都不能让他们的爱稳定持久。如果有朝一日，他的爱在冷却，你就给他穿上，他的爱就会重新开始。"

得伊阿尼拉十分感激马人给予的礼物，保证珍惜它，虽然她并不希望它对她真有使用价值。多少年过去了，赫丘利常常丢下得伊阿尼拉一个人，自己前去解放被压迫者，解脱那些打远处来求帮助的人的痛苦。虽然有时他在外日子很长，但是，他总要回到她的身边，一如既往，她没有发牢骚抱怨的理由。最后他们回到欧律托斯的宫廷，见到了伊俄勒。伊俄勒是他事业开始时见过并爱上了的姑娘，也是他为了完成艰苦的任务，不得不抛弃的姑娘。她仍然年轻，魅力十足，他一眼瞥见她甜蜜蜜的脸蛋时，心中爱情之火又被重新点燃。日继一日，他周旋在她的身边，忘记了他的任务，忘记了得伊阿尼拉，忘记了所有，除了他初恋的幸福梦。

当他不在时，得伊阿尼拉很少听见他在外的英雄业绩。可是这一次，唯一传进她耳朵里的消息说，他和初恋情人重温旧梦，互表忠心。这使沉闷多时的她，嫉恨之心油然而生。

不久，听说赫丘利正绕道回家，她的心充满快乐。但很快又忧伤起来，人们告诉她，伴他回来的有伊俄勒和大队人马。此刻，她一下想起了差点被忘记了的马人的礼物。她那颤抖的手，摸出闪亮的袍子，把它交给传令官，吩咐他快快去见赫丘利，就说因为他的凯旋，要穿上这件袍子。传令官利卡斯翻身上马，去执行她的命令。得伊阿尼拉心跳似打鼓，等待着她冒险的胜利。她的内心独白是："我只希望美貌发挥它的魅力，让赫丘利恢复对我初恋的爱，我敞开我的双臂，欢迎他投入我的怀抱。"

利卡斯忠实地完成了他的使命，赫丘利审视着价值连城的袍子，急于要在伊俄勒的那双明亮的眼睛前展示自己的风光，一下子将袍子穿在了身上。

他一穿上袍子，马人的毒血立刻起了可怕的效应。初始，一种烧灼的疼痛像一团火顺着他的血管扩散。他想撕掉身上的袍子，但白费气力。袍子紧贴着他的肢体，毒液钻入他的皮肤，其痛苦使他难以忍受。

对在他身上玩弄的恶作剧，他火冒三丈，一把抓住无辜的毒袍携带者利卡斯的脚，从奥达山的高处扔进了大海，大海淹死了利卡斯。

赫丘利决心了结这难以忍受的痛苦，认为为此而死也值得。他便吩咐仆人们，在高山顶峰，给他修筑一座陵墓。但是，仆人们泪水涟涟，拒绝执行，因为他们割舍不下自己热爱的主人。命令，恳求，都一样难动他们的心。事到如此，他独自爬上了山顶，连根拔倒巨大的橡树，一根重叠一根，直到全成堆，在上面，他展开巨大的被疼痛包裹着的肢体，求他的朋友菲罗克忒忒斯，放火点燃木材。

最初，菲罗克忒忒斯拒绝他的要求，但是，经不住可以得到具有世界声誉的毒箭的诱惑，他同意按照赫丘利所希望的那样做。一股火焰升起来，升高再升高，木柴爆裂着，燃烧着，英雄被火焰包裹，凡人躯体得到全面净化。朱庇特从他的光辉的宫殿走下来，用他充满力量的双手握住赫丘利高贵的灵魂，把他带上了奥林匹斯山。赫丘利和青春女神赫柏结了婚，彼此永远恩爱幸福。

赫丘利，体操、运动、耐力的偶像，受到年轻人普遍崇拜。在艺术形象中，他高大魁伟，头不大，脸上长满了胡须，从肩头而下披着狮子的毛皮，手执一根硕大的棍棒。

以他的名字命名的奥林匹克运动会，是用来纪念他父亲朱庇特的。而在纳米亚大森林，他完成第一件大功的现场所进行的纳米安竞技活动，则是为了纪念他的高尚行为。

珀耳修斯

　　阿耳戈斯国王阿克里西俄斯的命运，已经成了他的沉重负担。在那不幸的一天，神谕告诫，他将被他的孙子杀掉。他便背起了思想包袱。在那之前，国王一直疼爱他的独生女达那厄，一想到会有许多出身高贵的求婚者向她递上爱情的花朵，国王就感到无比骄傲。

　　现在，他的计划全变了，他唯一的希望是不让她恋爱。当然有一定难度，因为姑娘长得非常漂亮。阿克里西俄斯明白，诡计多端的爱神会竭尽全力找出一些办法，突破他的防范，使他的计划化为乌有。经过多番思考，阿克里西俄斯决定，将达那厄囚禁在青铜制的塔楼里，四周布满警卫，不让任何人，哪怕只是靠近被囚禁的公主一步。

　　虽说是非常安全地避开了男人的眼睛，天神却把达那厄看得明明白白。朱庇特站在奥林匹斯山朝下望，看清楚了她的俊俏和娇媚，还有她的孤苦伶仃。她坐在铜塔的上端，眼睛里传达出一种机智，盯着远方的城市。在那里，与她同龄的女儿们享受着自由，只要她们高兴，就被允许同男子结婚。

朱庇特怜悯她的孤独寂寞，又钟情于她的美丽，便只身前往，与她交谈。为避免被人瞧见，朱庇特将自己变成一阵金雨，轻轻地淋在塔楼上，溅在她的身边。他的出现，以及他和她精神相通的话语，使他很快获得了姑娘的爱心。人们说，塔楼里的达那厄，爱不着男子，爱上了细雨。

这样的成功拜访，尔后便是家常便饭。达那厄不再感到孤单和被人遗忘，因为有朱庇特与她拉家常，消磨时光，彬彬有礼地吐露他的心声。最后她动了心，屈服了，愿意同他秘密结合。没人怀疑朱庇特的造访，他的来去畅通无阻。

一天早晨，守卫塔楼的警卫，心怀恐怖奔向阿克里西俄斯的宫廷，报告国王，达那厄已经生下一个儿子，取名珀耳修斯。国王一听这令人惊愕的消息，一下子怒发冲冠，发誓要让母亲和孩子一齐死。他吩咐卫兵，将不肖子孙带上来。

阿克里西俄斯还没有残忍到那种地步，愿意自己的手沾满孩子的血，或者目睹她被执刑。于是，他命令仆人，将她和她的儿子放在一只空箱里，抛弃在汹涌的河流中。这个命令一旦发出，便立即被执行。达那厄充满恐怖的心直往下坠，她感觉到箱子在跟波浪搏斗，已经离陆地很远，援救也是鞭长莫及。她紧紧将孩子抱在胸前，急迫地祈祷天神对她母子多加关照，引导他们安全抵达一个仁爱的港湾。

很明显，天神听见了她虔诚的祈祷，一阵狂暴的颠簸后，箱子靠近色瑞法斯岛的海岸。在这里，国王波吕得克忒斯慈祥地接待了母子俩。在这个岛国，金发的珀耳修斯长大成人，第一次在运动会上出现就引人注意。

同时，波吕得克忒斯爱上了达那厄，并表示愿意娶她为妻。但是，达那厄没有回报他的情感，而且明确拒绝求婚。对此，波吕得克忒斯很是生气，于是想强迫叫她就范。这一着，惹恼了年轻的珀耳修斯，他大声宣布，有他在，有他的保卫，没人胆敢逼迫他的母亲。这些大话没有能压抑住独裁者的火气，反而让国王一心想干掉说大话的年轻人。为此，国王吩咐他去杀死墨杜萨，理由是，希望珀耳修斯证明他的敢说敢为是真实的。

墨杜萨是三个蛇发女妖之一。她的姐妹是欧律阿勒和斯特罗，虽然位列神仙阵营，但是没有神和人为她们的美丽喝彩。墨杜萨是唯一被认为确实长得非常好看的姑娘。她的家住在阳光从未光顾过的地方，这使她心里很不快活，所以，她恳求弥涅瓦，放她去访问阳光灿烂的南方。

当弥涅瓦断了她的念头时，她便破口大骂女神居然这么快就否定了她的要求。她扬言，对她的拒绝，必然会招致不良后果，那就是：只要凡人看她墨杜萨一眼，就再也不会恭维弥涅瓦的美丽。如此放肆的话刺痛了弥涅瓦。弥涅瓦决定要给予她惩治，要惩治她的虚荣心，于是将她美丽的鬈发变成咝咝发音扭缠在一起的蛇，并施魔法，谁要是对她尚还美丽的脸蛋儿瞧上一眼，谁就会变成一块石头。

细心关照过珀耳修斯少年和青年时代成长的天神们，此刻决定给他以帮助，让他能够完成杀死墨杜萨的重任。普鲁托借给他魔术头盔，戴在头上，说隐身便隐身；墨丘利将自己的飞鞋套在年轻人的脚上，使他行走如飞；弥涅瓦用她自己的光洁如镜的、朱庇特用过的帝盾装备他。诗人写道："弥涅瓦用盾牌武装珀耳修斯，确保在战场上杀死墨杜萨。英雄执行的是王后的命令，就这样，他名声远播，进了万户千家。"

武装好的珀耳修斯，朝着北方奔去，来到格赖埃的家，一处永远漆黑的地方。格赖埃是恐怖三姐妹，她们没有皮肤，倒是长满了龙的鳞甲；她们没有头发，头上却是盘着数不清的像头发的小蛇。她们的手指是铜铸的，背上长了一对金翅膀。但是，她们共同拥有唯一的一只眼睛和一颗牙齿，这些东西，在她们手里传来传去，大家轮流使用。珀耳修斯早已听说，只有她们知道墨杜萨的住址。

凭借魔术头盔的效应，隐身的珀耳修斯慢慢挪近山洞，一点不担心被发现。趁她们在传递眼睛时，他插手其间，顺势接住。一当眼睛在手，他对她们说，只要她们愿意告诉他墨杜萨的准确位置，他就将眼睛还给她们。三姐妹急于想得到宝贝眼睛，立即说出了他需要的信息。珀耳修斯兑现了自己的诺言，归还了眼睛，又出发寻找墨杜萨。

珀耳修斯最后在朦胧的远方，看到了蛇发女妖的家。在靠近时他特别谨慎。盾牌放在他的前面，保持一个角度，让周围的物体，清楚地反映在它平整的、像镜子一样光亮的表面。

他发现墨杜萨睡着了。他不看别的，只按镜面反射角度，手起刀落，就叫她身首分了家。他提起头，扛在背上，三步并作两步，快速逃走。他害怕还活着的蛇发女妖赶上来，替她们死去的姐妹复仇。事实上，她的姐妹们发现她被杀死了，翻身下床，腾起飞上天空，环顾四周，搜寻凶手。结果一无所得，因为珀耳修斯隐身而去。

珀耳修斯的飞毛腿行走如风，跨越大地，掠过海洋。他小心翼翼地背负着令人恐惧的战利品。当他飞速前进时，墨杜萨的血滴落在火热的非洲沙漠上，变成了许多毒蛇猛兽，骚扰一方，使冒险者死于非命。毒血滴在海上，涅普顿用来造出著名的海上怪兽珀枷索斯。

返程路漫漫，使人疲乏。一路上，英雄有许多冒险经历。一次，英雄在飞越高山时，一眼瞥见阿特拉斯苍白的脸仰望着天空，这苍天，阿特拉斯默默地背负了许多年。前文说过，赫丘利曾站在这位置，替阿特拉斯背负了一阵子，让阿特拉斯享受了短暂的自由轻松。

阿特拉斯看见珀耳修斯朝着他飞来，他的希望复苏了。因为他记得，命运女神说过，他是杀死蛇发女妖的英雄。他想，要是他能够瞧一眼墨杜萨的僵硬面容，他就会永远没有劳累和痛苦。当英雄走到可以听得见别人说话的地方时，阿特拉斯说："快，珀耳修斯，让我瞧一瞧蛇发女妖的脸，因为劳动的痛苦使我实在不能再承受和再忍耐了。命运女神说过，只有她能解脱我。"

珀耳修斯听从了阿特拉斯的话，当面揭开盖着的布罩，让阿特拉斯瞧瞧墨杜萨死灰色的脸。阿特拉斯打量这张脸好一会儿，他没有看出它隐藏着的恐怖，只看见它美丽的破损，打心里可怜它无助的悲愁。转瞬间，凝视的眼睛僵硬了，冷却了，珀耳修斯仿佛觉得阿特拉斯的躯体向着苍穹直伸。从他头上飘下的白发像高山积雪，颤抖的四肢成了粗糙的悬崖峭壁。看了墨杜萨一眼，阿特拉斯变成了大山，山峰直插云端，古人相信，山峰支撑着沉重的天空。

此事之后，珀耳修斯继续赶路，在海岸边，一幅奇特的景象等待着他。在岩石重叠的海岸下边，海浪翻滚着泡沫，冲刷着一位美丽少女的身体，她被链条锁在峭壁边。这位少女就是安得洛墨达公主。她这是在替母亲卡西俄珀亚的虚荣付出代价。因为母亲自夸比任何一位仙女都更漂亮。这下得罪了天神，他们的惩罚就是把少女暴露在这儿，当作海怪的食物。天神送来海怪，骚扰破坏沿岸人民的安宁生活。

神谕说，海怪不会离开，除非牺牲安得洛墨达，才能平息它的怨恨。珀耳修斯看清楚了，这浪潮是在陪伴作为牺牲的少女。

这时，他也看见，少女脚下的水，因为怪兽在用尾巴扫动，泡沫泛起，慢慢地，它那邪恶的躯体伸出水面。非常明显，少女被这可怕的情景怔住了，她死死盯着海怪。她在哭泣，此刻的她没有留意到她的解放者在迅速靠近。珀耳修斯说："哭的时间有的是，但是行动的时机错过了就不会再来。"说罢，便从鞘中拔出剑来，倏地跳下峭壁，向海怪发起进攻。岸上人群看见他在砍杀海怪，顿时欢呼声四起。山上是快乐的喊叫，岸边是胜利的呼声，鲜血染红了山崖，激战的英雄杀死了海怪，自己丝毫无损。

珀耳修斯杀死了海怪，斩断了铁链，解救了少女，让她回到了欣喜过望的父母的身边。此时，他们说，英雄的任何要求都可以得到满足，算是对救他们女儿的嘉奖。当他提出，他要娶他用无私和生命代价换来的少女为妻时，他们高兴地让他牵住姑娘的手，尽管在此之前，年轻的公主已经许配给她的叔叔菲纽斯。

婚礼如期举行，没想到过要解救未婚妻的菲纽斯，此时却要扮演勇士，要和他的情敌、即将带走新娘的珀耳修斯决一雌雄。未经邀请的他，带着一队武装人马，来到举办婚礼的地方，扬言要抢走安得洛墨达。"我是来找掠夺我爱人的家伙报仇的。他的翅膀、他的父亲朱庇特的霹雳，统统保不住他的命。"说着，他将长枪对准珀耳修斯。

国王刻甫斯说话了："兄弟，你疯了？你没必要这么冲动。不是英雄夺了你的未婚妻，是你不愿意为解救她做出牺牲，怎么能期望她还爱你呢？作为情人、叔叔，你见死不救，你放弃了她。怎能怪罪别人呢？你咋不跳下去杀死海怪？你当时不做好汉，现在来逞英雄，算个啥？你的自私，使你丧失了已有。不要怨天尤人，谁为她牺牲，她就应该嫁给谁。你别闹，更不要丧失你的身份。回去吧，让我晚年有个安宁。"

菲纽斯犹豫了一下，好像是在做出一种选择。哪料到，他不声不响突然用梭镖朝着珀耳修斯掷去。珀耳修斯往侧面一跃，躲过了这一偷袭。菲纽斯的随从应声而上，短兵相接，打翻桌椅，伤及客人。来人是有准备的，而且人数众多，珀耳修斯明白单靠武力无济于事，猛斗不如智取。

他说："我本不想出此下策，但是，你，菲纽斯，欺人太甚，等着瞧吧。"珀耳修斯一声呐喊，所有他的人都转过头去，站在他背后。他揭开墨杜萨的头盖布，把她苍白的面孔对着菲纽斯和他的随从。菲纽斯以嘲笑的口吻对珀耳修斯说："让你的魔法去吓唬别人罢！"说时迟，那时快，菲纽斯和他的同伴们，统统变成了石头人。

被中断了的婚礼继续进行。婚礼完毕，珀耳修斯把新娘带回色瑞法斯。在这里，他听说波吕得克忒斯还在虐待他的母亲。原因就是他母亲不愿做波吕得克忒斯的妻子。珀耳修斯一气之下，用墨杜萨的头对着歹毒的家伙照射，国王变成了岩石。他将王国分给国王的兄弟，伴随着妻子和母亲回到老家。他将借来的头盔、草鞋和帝盾，如数归还给它们尊敬的主人。至于墨杜萨的头，他交给弥涅瓦，作为感谢她帮助的纪念物。这礼物使女神高兴无比，她把它放置在帝盾的中央，保持它石化的魔力，还多次帮她制胜敌人。

到达阿耳戈斯，珀耳修斯发现，篡位者已经窃取了他祖父的王位。推翻篡位者，并叫他付出代价，又是这位征服墨杜萨的英雄的一次大搏斗。篡位者死了，老国王重返金銮宝殿。此时的阿克里西俄斯已经年老，体弱，从因禁他的监狱中出来时已是精力耗尽。真想不到，将他重新扶上王位的，竟是当年他害怕的年轻人。

不过，天神预示过的话，迟早是要实现的。一天，珀耳修斯在玩铁环时，竟杀死了他的祖父。如果继续留在阿耳戈斯，那个犯罪事实时时刻刻折磨着他，对珀耳修斯来说，真是太痛苦了。这样，他将自己的王国与米塞那阿的王国交换。长期的卓有成效的统治，给珀耳修斯带来好名声。他死后，一直爱他的天神，将他置于璀璨天空的群星当中，同置于群星中的还有他的妻子安得洛墨达和岳母卡西俄珀亚。

忒修斯

　　雅典国王埃勾斯年轻的时候旅行到了特洛伊，和年轻漂亮的公主埃特拉相亲相爱并结了婚。但是，神话作者并未说明，国王又为什么被迫孤身一人回到雅典。在他和公主告别之前，他把自己的宝剑、草鞋隐匿在石头下。他要妻子记住，一旦他们的儿子忒修斯的力量允许，就叫儿子揭开石头，获取宝剑和草鞋，然后到雅典见他。他会向雅典人民介绍他的儿子，王位的继承人。交代完毕，埃勾斯难分难舍地与妻儿告辞，回到了自己的祖国。

　　光阴似箭，日月如梭。时间给忒修斯带来了力量和智慧，他的名声传播四方。到后来，他的母亲埃特拉认为他足可以揭开石盖取出父亲埋藏在下面的珍贵武器时，她便告诉他石盖的地点，并且讲述了完整的故事。

　　忒修斯从命。他一使劲，揭开了石盖，他太兴奋了，因为石盖下的宝剑和草鞋完好无损。他握剑在手，出发去雅典，开始了一次路途漫长、险象环生的旅行。他慢慢地前进，时时细心谨慎，因为他知道，许多危机就潜伏在他行进的道路上，在到达父亲居住的城市之前，他会遭遇巨人和妖魔的阻拦和袭击。

他的估计没有错，当特洛伊渐渐从视野中消失时，在他的面前，就站着巨人珀耳菲狄斯。他是伏尔甘的儿子，时常手执大棒站在道路当中。谁要想闯过去，必将大棒伺候，那一棒下来是要人命的。忒修斯对这巨人说："好个胆大蟊贼，今天让你的大棒作证，你必死在我手下，大棒从此归属我。"忒修斯机灵地避开了巨人的第一次攻击，当巨人要发动第二次攻势时，忒修斯一剑刺去，深入巨人的心脏，那家伙当场倒地断气。

忒修斯解除了毙命倒地的敌人的武装，留下了大棒，以备将来之需。他又开始旅行，来到了科林斯的埃斯姆。在这里，有两件冒险的事儿等待着他。第一件，是与残酷的巨人辛尼斯有关的事。辛尼斯外号"扳松贼"，他平常做的事，就是扳弯巨大的松树，一直到树梢着地。此时若有过路人，他就叫别人伸出手来帮他抓着树梢，只需一会儿工夫。当天真的路人信以为真，满足他的请求，用手握着树梢，全无思想准备时，他突然松手，树梢脱离了他巨大的握力，树身伸直，向天空反弹。抓住树梢的无辜旅行人被抛向空中，从高处重重地摔下来。若遇石头，粉身碎骨；若掉在软泥处，就算不死也只剩半条命。

忒修斯已经听说过这位巨人的鬼把戏，便格外提防。他武艺高强，临危不惧，玩起剑来，寒光闪烁，叫人眼花缭乱，辛尼斯就死于这顷刻之间。恶人残酷虐待别人，终将得到报应。

善有善报，恶有恶报，不是不报，时候未到，时候一到，统统都报。多行不义必自毙。

　　辛尼斯的女儿吓坏了，急忙躲进茂密的森林。她祈求树神保佑，不被忒修斯发现，并发誓将来不再毁坏一树一木。忒修斯看见了，叫她出来，并声明不会伤害她。忒修斯有做帝王的明智，他不相信"龙生龙凤生凤、贼的儿子都是贼"的偏见。他不仅释放了天真的女孩，还给她找了一位夫君，就是国王欧律托斯的儿子得伊俄纽斯。他们的子孙后代，恪守承诺，热爱森林，不烧毁、不乱砍伐一树一木，常年生活在风调雨顺的绿色环境中。

　　在科林斯的埃斯姆，有一条羊肠小道通向山崖边。在这里有一个强盗，凡要通过者，必须替他洗脚。旅客就这样被阻拦在一起，纷纷跪在狭窄的道路上，一个接一个，按照他的吩咐去做。然而，他会突然抬起脚，将洗脚的人朝路边踢去，洗脚人就滚落进大海。海面有一只硕大的乌龟，张开大嘴，等待着吞噬落下的牺牲品。

　　忒修斯拔出了他的宝剑。说怪不怪，强盗真的被英雄的气势骇住了，连声喏喏，给他让出一条通道。忒修斯并不满足他这么一点点让步。他对强盗说："要我不杀你，办法有一个，就像你要许多人给你洗脚一样，你也给我扮演那样的角色，我就把剑收起来。"强盗不敢拒绝，心中害怕，全身发抖，老老实实为英雄洗脚。当他一心一意做着奴仆的工作时，忒修斯也是飞起一脚，将他踢下山崖，顿时粉身碎骨，命中注定他再不能糟蹋无辜的过路人。乌龟吞食他的骨肉，就像吞食其他的牺牲品一样，津津有味。

在处置了世界级的强盗摔跤能手克尔西翁后，忒修斯再与狠毒的巨人普洛克路斯忒斯面对面。这个巨人，外号叫作"伸缩者"，其行为近似成语"削足适履"。不过，这"伸缩"不是他个人的能力表现，也不是他自己勉强干什么，乃指他对无辜人的残害。在款待外来人的幌子下，他将旅行人骗进他的家门。他家里有一长一短两张床。长的不一般的长，短的不一般的短。如果旅行人个子较矮，就被放在长床上，普洛克路斯忒斯便说："好朋友，你的身材短了些，要睡得舒服，我替你拉长。"拉呀，拉呀，关节脱臼，身体变形，被拉成一条筋，这个人就气绝而死。反之，来人若是个高个头，就被领上了另一张短床："亲爱的客人，你人长，我床短，怎么睡？别着急，我自有办法。"他把客人伸出床头的脚和腿，像修剪多余的枝条那样，逐一砍掉。忒修斯对付他，也是如法炮制。先让他尝一尝睡长床的味道，再让他受一下砍肢断脚的痛苦，这就叫"以其人之道，还治其人之身"。为避免普洛克路斯忒斯再次作恶，忒修斯干脆结果了他邪恶的性命。英雄给百姓做好事，就是铲除邪恶。

忒修斯沿途不断地做好事，不多时日，到了雅典。这时候，他才发觉，他的名气已经非常之大。

第一条进入他耳朵的消息是，埃勾斯刚和一个迷人的女子美狄亚结了婚。虽然这消息一点不中听，但是，他却加快步伐，前往父亲的宫廷。他去报告自己的到来，满以为可以接受多年前国王许诺的热烈欢迎。美狄亚坐在埃勾斯的身边，她还没有看清楚近来的陌生人是谁，只看见年轻人在朝着国王走近。这下她明白，此人来意不善，是来索要王权的。怕他名声在外，怕他登基为王，这一切都是她未来子孙权势辉煌的障碍，她决心先发制人，杀人篡位。她在杯子里放上毒药，添进香醇的美酒，经过国王的手，送给陌生人。

独裁的国王正准备将这杯表达友好敬意的美酒给刚来的陌生人时，瞬息间，他瞥见忒修斯身边佩带的那柄宝剑。他马上认出那剑是他的。眼光迅速扫过年轻人的脸，他明白，他的儿子真的来了。他热切地伸出双臂，将儿子拥抱在胸前。这个意想不到的动作，打翻了盛着毒酒的杯子，毒液抛洒一地。国王脚下躺着一条狗舔了一点液体，还没有叫出声来就死去了。眼看自己的罪恶暴露，美狄亚慌忙逃出宫殿，快速登上她的龙车，逃命到了梅地亚，再也没回来过。

到了雅典一段时间后，一天，忒修斯听见满城悲哀和叹息声，出于好奇，他询问仆人，仆人的回答是，自打那次克里特人和雅典人的灾难深重的战争后，战败的雅典人每年必须进贡七个童男和七个童女，做怪兽米诺托的食品。再经查问，知道米诺托是国王米诺斯的个人财产，关闭在路径复杂的迷宫里。迷宫的设计者是著名建筑设计家代达罗斯。

迷宫的内部设计复杂极了，谁走进去，就是到死也找不到路出来。就连被囚禁在迷宫里的代达罗斯本人和他的儿子伊卡路斯，费了若干天的思考和实验，也没能走出来。替王者创造秘密，为保机密不外泄，王者必杀活口。制造迷宫的父与子，还算幸运，只是被囚禁在迷宫里而已，捡了一条活命。父亲想，与其被永远囚禁在这里，不如给自己和儿子各造一对翅膀，逃出这个不吉祥的地方。

如果装上了翅膀，他们飞翔在高高的天空，就像放风筝一样。不过，父亲警告孩子，不要飞得太高，那样太危险。要避开阳光的照射，因为它会融化固定翅膀的蜡胶。代达罗斯嘱咐他的儿子，捆上翅膀，紧跟着他，保持距离，飞往自由的国家。父亲对儿子这样说："我的伊卡路斯，我提醒你，你要沿着中间飞，不可太高，亦不可太低。如果低了，你的翅膀会撞到海面波涛；如果高了，太阳光的灼热会烧坏你的翅膀。"

这样的旅行方式，使伊卡路斯非常兴奋，他一路快速飞去。一点一点地，伊卡路斯忘记了危险，忘记了父亲的警告，不断地提升飞行高度，直到后来他不能承受灼热阳光的直接照射。开初，这阳光使他从飞行的寒冷中感到温暖。后来，渐渐地，离太阳更近了，热度加大，融化了他翅膀上的蜡胶。人工翅膀散了架，再也没有空气浮力支撑他了，他的身体直向下坠落，愈来愈快，结果掉进了大海，死于水中。

这些繁杂多变的细节，激起了忒修斯冒险的热情。权衡了自己的力量，他下定决心，加入悲伤的护送人群，到克里特岛去。面对可怕的米诺托，他要用自己的力量，杀死怪兽，解放自己的国家。

他父亲以眼泪和恳求，劝说他回心转意。出发的时刻到了，他义无反顾地上了装满供品的船。船上扬起了黑帆。父亲对儿子说："此去生死难断，战士固须勇猛，但是智慧也非常宝贵。切记不可莽撞行事。我为你祝福。去时船上张的黑帆。儿子，记住，你若活着归来，那是你的幸运，也是你的胜利，一定要将黑帆降下，换上雪白的风帆。"

顺风航行，海船迅速地到了克里特岛，人们沿着海岸航行，便于寻找避风的港湾。他们也遇到过青铜巨人塔洛斯的挑战。该巨人控制着小岛，一日三次巡视全岛，有谁无事上岛，他就用烧得红彤彤的身体伤害谁。听说张着黑色风帆的船只载着进贡的十四个童男童女，贡献给可怕的米诺托，塔洛斯不敢伤害，让它通行。贡品展示在国王米诺斯面前，他亲自检查每件物品，直到确认没有被雅典人欺骗时为止。

在独裁国王的身边，站着他花容月貌的女儿阿里阿德涅。这姑娘心肠好，当她看见脆弱的少男少女将死于令人恶心的方式时，她心里充满怜悯与同情。出身高贵的忒修斯，请求做第一个牺牲品，国王以嘲讽的微笑同意了，命令武士将他关进笼子。

大家都没有注意到，阿里阿德涅这时溜出了宫殿，在黑夜笼罩下，进入禁闭忒修斯的牢房。姑娘双手颤抖，递给他一个缠绕的线球和一把短剑，告诉他，将线头拴在迷宫的进门口，提着线球向里走，这样便留下了返回的记号。短剑可助他杀死可恶的米诺托。作为对姑娘及时帮助的酬谢，忒修斯庄严发誓，在他完成使命后，带她回雅典，娶她做自己的新娘。

第二天黎明，忒修斯到了迷宫的大门，停下来，等候米诺托的细细的鸣叫声。同众多英雄一样，忒修斯宁肯遭遇危险，也不愿没有行动。就这样，他满脑子装着阿里阿德涅的提示，把线头留在大门口，英勇无畏地深入到迷宫的内部。一路上，看见许多白骨，这告诉他从前进来的人的命运结局。

还没走多远，便遇上了米诺托。这家伙比想象中描绘的还凶恶。我们的英雄，必须用他的娴熟技艺和聪明才智，才不会成为怪兽的虏获物。凭着全身力量，经过无数回合的搏斗，忒修斯最后将怪物打翻在地，要了它的命。

杀死了米诺托，忒修斯顺着线球退出迷宫。英雄的胜利靠着勇气，勇气靠着智慧，智慧靠着帮助。群体的力量无穷尽。

他急急忙忙赶到他的帆船下锚的地方，与他的伙伴会合，阿里阿德涅和她的侍女也在此等候着。跳上甲板，水手们迅速起锚，借着风势，船只远离了克里特海岸，前面又遇见了塔洛斯。塔洛斯看出他主人的囚犯企图逃跑，于是，俯身向前，想要抓住船只的缆索。忒修斯见状，扑身向前，给了巨人狠狠一击，塔洛斯失去平衡，坠入大海淹死了。在他淹死的地方，直到今天，温泉流水仍是它烧红了的躯体发出热能的见证。

一路顺风，海面平静，船只不停地前进。一日，船靠那克索岛补充日常物品。小伙子和姑娘们登上美丽的小岛观光。阿里阿德涅离开了群体，躺在地上休息，她还没有意识到什么就已经睡着了。忒修斯的勇敢和正义，令人钦佩，但是，对待爱情却不能做到始终如一。故事中的英雄人物，大都有这样的弱点，忒修斯亦然。他已经厌倦了对阿里阿德涅的爱。他见她睡熟了，一下子召唤回他的同伴们，驾船离她而去，抛下她孤独一人在岛上。这时，酒神巴克科斯前来安慰她。因为她失去了不忠诚的爱人，内心正陷入极度的痛苦中。

忒修斯的行止，无论就天神看来，还是用人的道德尺度衡量，均是犯下了非常严重的罪行，必定要遭到公正的惩罚。忒修斯沉浸在思考中，全忘了父亲的吩咐，没有将黑色风帆换成白色的。此时，国王埃勾斯从阿提刻的海岸，看见远处出现的船只，挂的仍然是黑帆，立刻认定他的儿子死了。悲伤至极，纵身投入大海而死，自此，这海便以爱琴海的名字传于后世。

入城的忒修斯，听见父亲死亡的消息，并且知道父亲的死是因为自己的粗心大意造成的，他几乎被悲痛和懊悔所压倒。忒修斯泪水洗面，安葬了自己的父亲。

忒修斯做了雅典国王，他不仅英勇善战，而且治国有方。在他的统治下，雅典人过着安康的日子。在他执政之前，阿提刻人还分散居住在雅典城外，过着一种游牧的或小小农庄式的生活，彼此并无大的冲突，但是，一旦受到外来侵略，容易被一一击破。有鉴于此，他将大伙召集在一块，共商安全大计，以民主讨论方式，避免了火并厮杀、暴力流血，建立了一个统一的国家。他当政之初，社会上的贫富悬殊已经非常明显，他四处访问，听取人民的意见，说服有钱有权的人，并且制定出一套宪法。这部宪法，协调了穷人和富人的关系，淡化了矛盾冲突。这部宪法还明确限定国王的个人权力，并使国王接受贵族大会制约和人民舆论的监督。他坦然地向人民宣布："在战争年代，我是你们的统帅，带领大家浴血奋战，保家卫国；在和平时期，我是法律和公正的维护者，与你们权利平等。王子犯法，与庶民同罪。"他的主张当然受到保守势力的反对，但是，他们又惧怕他本人的魄力和他在老百姓中的威望，不愿意也得愿意，只好服从他的统治原则。

忒修斯将国民分为三等，一等是贵族，其权利和义务是服务国家，受到尊敬；二等是农民，生产耕耘，提供谷物；三等是手艺人，为大众提供生活服务，并参加国家建设。忒修斯为了使国家繁荣与巩固，他教育人民洁身自好，敬爱神灵。他建筑了雅典娜神殿，恢复了科任托斯峡谷的竞技赛会，正如赫丘利为朱庇特而举办的奥林匹克运动会一样。忒修斯忧国忧民，正像他用生命去冒险除掉米诺托一样，在他执政期间，他为人民做了许多好事，体现了他的聪明才干，老百姓公认他是一个英明的君主。然而，这一切成就去不掉他良心的自责，抵消不了他一手酿成的灾难。父亲的死，令他刻骨铭心。

最后，忒修斯放弃了王位，再次外出冒险。他到了阿玛宗国，在他之前赫丘利到过这里。这里的女人一点不害怕见到男子汉，反而热情款待来客，送上很多很多礼物。在送礼品的妇女中，忒修斯看中了美丽的姑娘西波吕特，邀请她上船，要将她带回雅典。西波吕特也爱上了这位大英雄，他们后来结了婚。此时的忒修斯，确实非常快乐，他的希望终于成为事实：

他的一个儿子出生了。他让儿子从母姓，叫作西波吕托斯。这幸福的日子并不长久，阿玛宗人借口要解救他们的王后，入侵雅典。在战斗中，西波吕特尊重她与忒修斯的结合并非是强迫的事实，勇敢地站在丈夫一边，协助丈夫反击入侵者，这是人们不想见到的。后来一支箭误伤了西波吕特，她倒在忒修斯的怀抱里死去。

忒修斯的下一步是率领雅典大军，攻打拉庇泰国王庇里拉俄斯。庇里拉俄斯是古代著名的骁勇战将，因为他想试验自己的武力，便去偷窃雅典国家的牛群，意在与忒修斯比试比试。所以，当忒修斯带着大军追来时，他不仅不惊恐，反而十分高兴；不仅不逃跑，反而回转身来迎战敌人。当两位气势汹汹的首脑人物面对面时，竟然同时都佩服对方的勇敢。一场流血的拼杀避免了，二人握手并紧紧拥抱在一起，仇恨变成了友谊。庇里拉俄斯执意要退还牛群，忒修斯说："我很满意又有了一位朋友。"两国结成盟国。

为了显示自己对新朋友的真诚，忒修斯同意陪同庇里拉俄斯前往阿耳戈斯国王阿德拉斯托斯的宫廷，参加庇里拉俄斯与国王的女儿希波达弥亚的婚礼。当然，王室的结婚喜庆，来恭贺的人除了社会上层，还会有不少外国宾客，这外国客人，除了忒修斯、赫丘利外，还有许许多多马人。

内外宾客欢快痛饮，举杯祝贺，酒洒满地，谁还在乎？一杯再一杯，马人喝得太高兴，不少人醉眼迷离，马人欧律提翁看着新娘，愈看愈心动，情不自禁地要抢走希波达弥亚。宫廷里顿时一片混乱，呼叫声，刀剑声四起，酒杯酒瓶碗碟都成了武器。有的人稀里糊涂参战，有的人措手不及忙着逃命。这时，庇里拉俄斯将长枪向一个进攻的马人投去，将他钉死在树上。忒修斯将另一个马人击倒，这家伙倒地时，啃了一嘴的泥。他再抓起一把铜壶，朝背着他的马人击去，那家伙应声倒地。在这次血的洗礼中，忒修斯和庇里拉俄斯的友谊进一步加深和巩固。这场"拉庇泰族和马人的战争"，成为后世艺术家们饶有兴趣的创作题材。

随着这场战争的结束，庇里拉俄斯和希波达弥亚的爱情也出现了裂痕。有时夫妻间的争吵非常厉害，新娘子过度烦恼，不久就离开了人世，去了阴曹地府。庇里拉俄斯也像忒修斯一样，成了一个忧郁的单身汉。为了避免今后这类事再次重演，他们二人前去求女神，愿与她们永远分享王位。在庇里拉俄斯的协助下，忒修斯抢走了朱庇特的女儿海伦。海伦由其母埃特拉单身一人抚育长大到她该婚配的时候，竟然被人抢走了。为了报答庇里拉俄斯真心诚意的帮忙，忒修斯又陪着庇里拉俄斯下地府，他们想从那里带走普洛塞耳皮那。

当他们二人奔忙于这些事情的时候，海伦的孪生兄弟卡斯托耳和波吕丢克斯来到雅典，将他们的姐姐从掳掠中解救了出来，成功地将她护送回家。至于忒修斯和庇里拉俄斯，普鲁托迅速查明了他们的叛逆意图，于是将他们分别捆绑。一个捆在赋予了魔力的山崖上，无人帮助，休想下得来；一个绑在伊克西翁不停旋转的车轮上。

赫丘利在地府寻找刻耳柏洛斯时，把忒修斯从尴尬的境地解脱出来，让他回到自己的家乡，平静地度过晚年。

这时候，忒修斯已经上了年纪，但是一直想着结婚，希望找个妻子充实他孤单的生活。他忽然记起，阿里阿德涅有个年幼的妹妹淮德拉，一定已经长成含苞待放的妙龄少女，便派出使臣前去代他求婚。使臣成功完成差事，将淮德拉带回雅典。然而，年轻貌美的公主不喜欢上了年纪的丈夫。她不爱丈夫，却爱上了丈夫的儿子西波吕托斯。儿子是一个具有良好品格的青年，为了拒绝她的提议，他立即逃之夭夭。她因自己的尊贵遭到藐视，气愤不已，去见忒修斯，怒斥西波吕托斯企图诱骗她。忒修斯听了，大发雷霆，他视儿子的行为是大逆不道，请求涅普顿惩治年轻人。此时，年轻人正驾着他的马车，靠近海岸行驶。因忒修斯的祈祷，大海顿时波涛汹涌，浪头翻滚，飞瀑而下，淹没了年轻的车手，尸体被大浪冲上了海岸，停留在淮德拉的脚边。王后看见她虚假的控诉所带来的恶果后，坦白招供了自己的罪恶，在悲伤和失望中，她上吊自杀了。

忒修斯被这些连续的不幸搞得情绪烦躁，心理变态，发展成为暴君。除了他自身的原因外，此时各地相继发生了叛乱，他刚恢复的政权是经不起风浪冲击的。在野的贵族，以墨涅斯透斯为首的自由集团，乘机闹事，诱惑市民，煽动贵族，说什么"不信任自己善良而严谨的贵族，却服从一个暴虐的个人独裁者，而且还是一个外国人，真是荒唐可笑"。贵族们对国王失去了敬畏，老百姓也敢拒绝服从命令，国内局势一片混乱。

忒修斯的刚愎自用使他脱离人民，与大众相处别扭，最后到了老百姓打心眼里仇恨他的地步。贵族们也就此闹事，把他放逐到一个叫斯库洛司的小岛。

在这个岛上，有忒修斯的父亲留下的一笔财富。忒修斯上岛后，去见国王吕科墨得斯，向他索要财富，并表示愿意永远留下来，居住在岛上。也许吕科墨得斯惧怕他的名声太大，也许不愿意奉还那笔财富，也许与墨涅斯透斯有政治交易，总之，国王吕科墨得斯杀害了忒修斯。

那天，吕科墨得斯带着忒修斯登上岛上的一个向海面伸出的悬空山崖。吕科墨得斯说着亲密的话语，希望忒修斯好好欣赏此地的山水风光，又说，这些全都是他父亲的财富。他们攀上山顶，忒修斯全神贯注地观看湖光山色，冷不防吕科墨得斯从背后一掌，将忒修斯从陡峭山岩的顶端推向大海。后来雅典人悔不该对忒修斯恩将仇报，是他给了他们宪法和自由，但是为时已晚。在缓慢形成的悲痛中，他们敬奉英雄为神，在卫城上给他立了一座神殿以示纪念。这座保存有许多古希腊文物。雅典人民视忒修斯为半人半神，受到虔诚祭拜。

伊阿宋

在忒萨利的伊沃儿库斯，一度由德行高尚的国王埃宋和他贤惠的妻子阿耳克墨德统治着。然而，他们的幸福安宁很快被国王的兄弟珀利阿斯打破，在盟军的帮助下，珀利阿斯以暴力篡夺了王位。埃宋和阿耳克墨德担心自己的生命安全受到威胁，带着他们的独生儿子伊阿宋秘密逃亡他乡。

国王和王后很快便找到了一处避难所，但是又担心藏身之地被发现，残酷的珀利阿斯会将他们满门斩尽杀绝，此乃政敌的惯用手法。于是，他们把孩子委托给马人抚育。他们对马人讲述了孩子的身份，请他将孩子养育成人，有朝一日替他们夫妇报仇雪恨。

马人忠于自己的职守，精心调教年轻的王子。时过数年，伊阿宋成了一位最聪明、技能最高超的学生。伊阿宋潜心于对知识的追求，对膂力的锻炼，对十八般武艺的精益求精，所以，岁月过得特别快。王子长大成人了，马人便将他身世以及他不幸的父母怎样遭受篡位者珀利阿斯的迫害，一一详细告之。

故事激起了青年王子的气愤，他庄严发誓要惩治他的叔叔。要不，就在战斗中死亡。马人鼓励他大干一场。在分别的时刻，马人告诉王子，牢记伤害你双亲的只是珀利阿斯，要处置的也只是他，对别的人你要宽容，他们的困难你要帮助。伊阿宋非常尊重老师的教导，佩上剑，穿上鞋，登程上路，直奔伊沃儿库斯。

时值早春，年轻人行路不远，来到一处溪流边。由于季节的缘故，积雪融化，溪流猛涨，要过河已是不可能。然而，湍急的流水吓不倒伊阿宋。当他正准备过河时，一眼瞥见不远处一位上了年纪的妇女也要过河，但无能为力，正在望洋兴叹。

天性善良乐于助人的伊阿宋，想起导师的临别赠言，提出护送老人过河，她伏在他背上，他借用了她的拐杖，作为过河时的支撑。老妇人愉快地接受了他的帮助，伊阿宋便背驮她与急流较量。费了九牛二虎之力，他们好不容易到了彼岸。伊阿宋将背驮的老人放下来，然后疲劳地躺在她的旁边，以无可奈何的眼光扫了一眼流水，因为他的一只鞋掉在水中了。他准备与这位老奶奶亲切告别，想不到，她突然变成了一位个子高大、风姿绰约、雍容华贵的妇女，身旁伴随着孔雀。伊阿宋立刻认出，她是天后朱诺。他向她躬身敬礼，乞求她的援助和保护，她慷慨应允，然后从他眼前消失了。

伊阿宋迈着急切的步子朝前赶路，一刻不敢停留，直到看见他故乡的城市。快进城了，他发现人们集会，其状非同平常，经打听，才知道是珀利阿斯为天神大搞祭祀活动。沿着陡峭的石阶而上，伊阿宋急忙冲向殿堂，站在一个有利地形，看清楚了他的敌人珀利阿斯。珀利阿斯还不知道复仇已在朝他靠近，继续在祭祀活动中供奉他的牺牲祭品。

祭祀典礼完毕，国王用傲慢的目光扫过集聚的人们。他的眼睛猛地瞥见了伊阿宋赤裸的足，顿时他脸色苍白。恐怖从他的记忆中迸发出来，在此之前，神谕告诉他，当心那出现在面前的只穿着一只鞋的男子。珀利阿斯吩咐卫兵，将那不邀自到的陌生人带上来。他的命令得以执行，伊阿宋被带了上来。伊阿宋毫无惧色地与叔叔面对面，声色严厉地叫他退出以不公正手段篡夺的权力。放弃权力和财富，回到贫穷和卑微。这对于已经在高位的人来说，简直是不可想象的。珀利阿斯巧妙地掩盖着自己内心的不愉快，装出一副不介意的样子，告诉他的侄儿，他会考虑这事。他说："我们能够达成共识，不过，先进餐，盛宴已经摆好，只待大家入席了。"酒宴过程中，诗人们高唱赞歌，歌颂古代英雄业绩。珀利阿斯用花言巧语鼓动伊阿宋走英雄的路。末了，由音乐家演唱阿塔玛斯和涅非勒的儿女佛里克索斯和赫勒的故事。内容是说，他们逃避继母伊诺的虐待，骑上涅普顿送给他们的长翅膀的金毛公羊，飞往科耳刻斯。

金毛公羊飞过陆地和海洋，但是，赫勒被她脚下的汹涌波涛吓坏了，忽然松开抓住金毛公羊的手，翻下公羊的背，落入海中。美丽的赫勒，在大海中，找到了自己的墓穴。至此，人们把这部分海域，叫作赫勒斯滂托海峡。它是分隔欧洲和亚洲的海域。

佛里克索斯比他的妹妹要幸运，平安到达科耳刻斯。感谢天神保佑，感谢天神派来金毛公羊救他的命，他杀死公羊祭奠神灵。他把金羊毛挂在一棵树上，按天神的说法，他的生命与这羊毛相关，毛在命在。于是，他在树的周围安置了一条龙，日夜守卫着金羊毛。诗人们继续说唱道："发光的战利品还在树梢头，等待着一只强有力的手，能杀死龙，把金羊毛带走。"

这令人心醉神迷的故事，激起了伊阿宋的热情，珀利阿斯看出了这一点，便借此诱惑伊阿宋上钩。他虚伪地说，自己老了，没有能力去取得金羊毛，而当今青年人又没有足够的勇气去盗取金羊毛，他们不愿意在这光荣而伟大的事业中冒一次险。篡位者狡黠的言语，产生了预期的效果。人们看到，伊阿宋倏地一下从座椅跳将起来，发誓一定要取回金羊毛。珀利阿斯心里明白，这鲁莽的青年必定会在完成任务时丧命，如此这般，就无后顾之忧了。国王更是显得兴致勃勃，内心喜悦露于言表，一味鼓动伊阿宋去实现他的目的。世间阴谋杀人者，一是用美丽的谎言掩饰罪恶，一是利用对手的天真与诚信，借刀杀人。

一夜长眠，清醒了的伊阿宋才发觉自己真蠢，怎么能发那样的誓言？羊毛没到手，小命早丢了。但是老师马人的教导，回旋在他的脑海里。言出必行，信誉甚于生命，他毅然下狠心，奔向科耳刻斯。为了要获得朱诺的帮助，他前去多多那神殿，向她祈祷，一株橡树代言神谕，神的慈爱之心保他全程平安。另一株橡树又代言神谕，让伊阿宋砍掉树的一段枝丫，雕刻成头像，放在风帆张起的快舰上。这快舰，是弥涅瓦按照朱诺的请求，专门为伊阿宋打造的，材料用的是从珀里翁山上砍伐下来的柏树。

伊阿宋雕出了头像，他听见这头像会说话，不时就前进的方向给予他指点。诸事完毕，伊阿宋给他的船取名阿耳戈（风帆快舰），到处招募像他一样勇敢的英雄豪杰。他们当中有赫丘利、波吕丢克斯、卡斯托耳、珀琉斯、阿德墨托斯、忒修斯和俄耳浦斯，大家都高兴地踏上了去陌生地探险的路程。为了加快行程，朱诺和埃俄罗斯言定，给英雄们顺风送行，一切别的风暴不得伤害他们。

英雄们若干次靠岸登陆，或添补物资，或休息调养。不过，总体来说，他们的耽搁带给他们许多不愉快。一次，赫丘利带领一个名字叫许拉斯的青年，登陆砍树，打算制作一支新的船桨。他让青年去临近的山泉处装一罐子水，用来解渴。青年迅速离去。但是，当青年俯身山泉时，被他的英俊吸引住了的仙女们，靠近了他，将他拖到了她们潮湿的住宅，扣留下来同她们做伴。等了老半天，不见许拉斯回来，赫丘利起身去寻找，却不见踪影。朋友的死亡，使他悲痛、沮丧，他再也不愿意继续远征了。他离开了阿耳戈的英雄同伴，一个人单独步行回了老家。

另一次，伊阿宋拜访德瑞斯的瞎子国王菲纽斯。菲纽斯因滥用阿波罗所赐予他的能知过去和未来的天才，遭到了惩罚，晚年双目失明。这位专制者眼前的日子过得很苦恼，罪恶的大鸟哈耳皮埃折磨得他时刻饥肠辘辘。哈耳皮埃身体的一半是女人，另一半是鸟，世称美人鸟。无论菲纽斯吃什么，她们便抢来吃掉，风卷残云一扫而光，或者将食物弄脏，拉屎屙尿，不让他安安静静地吃上一口。此时，他已经饿得皮包骨头了，双脚颤抖，身体摇晃。伊阿宋目睹他的状况，甚是惊愕。国王对伊阿宋说："高贵的英雄，救救我吧，复仇女神让我双目失明，又支使这些可恶的大鸟来抢夺我的食物。我不是外乡人，我是希腊人，是阿格诺耳的儿子菲纽斯。玻瑞阿斯是我的妻弟。"伊阿宋回船后，将这个故事讲给大伙听，玻瑞阿斯的两个儿子也在听众之中，他们请求准许前往除魔祛害。伊阿宋自然不会拒绝他们的要求。两个年轻人到了现场，只见美人鸟栖息在餐桌上，糟蹋食物，他们大声吆喝，驱赶她们，但没把她们吓跑。年轻人宝刀出鞘，将哈耳皮埃驱赶到了思特若发德司岛。这是听从了朱庇特特使的告诫：天神派来的美人鸟，不可以用刀剑杀死，英雄保留她们作为鸟类存在。

伊阿宋张帆进发，这次遭到了一帮长着青铜羽毛的大鸟袭击。它们坚硬的羽毛，像雨点般倾泻下来，砸伤了无数阿耳戈的英雄。伊阿宋眼看一般武器难以抵挡这帮家伙，于是叩问安置在船上的头像，然后照头像所言，用盾牌抵御金属羽毛。羽毛和盾牌发出的碰撞声吓坏了青铜鸟，它们迸发出惶恐的鸣叫声，四散逃命。

阿耳戈的英雄们继续前进，来到了世知的"撞岩"。这是两座山崖陡峭的小岛，在海洋中没有落底，只是漂浮在水面上。有时，海潮将它们聚拢，有时，海浪又把它们分开。阿耳戈英雄到来时，只听见雷鸣般的巨响，真像是山崩地裂，胆小者必然颓丧倒地。这声音，是"撞岩"在互相撞击时发出的轰隆声，混合了海峡两岸巨大的回声，再添进澎湃海浪的呼啸声，宇宙之声的交响乐，惊天地、泣鬼神。当它们合拢时，有什么从中穿过，必将被挤压得粉碎。伊阿宋明白，要么从"撞岩"间通过，要么放弃这次远征。他计算着，他的船行驶的速度等同于鸽子的飞行速度，于是，等两块岩石分开后，他放飞一只鸽子。鸽子在岩石中间安全飞行，当两个岩峰再次合拢时，仅夹住了鸽子一片羽毛。情况既是这样，伊阿宋吩咐水手们用力划船，趁"撞岩"分开时快速通过。"撞岩"分开，阿耳戈船舰如出弦的箭一般，急速穿过，当两岩再次聚拢时，它们只是咬住了船的尾舵。因为船无损伤地从它们中间通过，它们作恶的能力丧失，被天神用铁链锁住，禁闭在博斯普鲁斯海峡入口的深海处，从此一动不动。

阿耳戈英雄们经历的惊险数不胜数。有一日，他们抵达科耳刻斯海湾，径直面见国王埃厄忒斯，对国王开门见山讲明来意：获得金羊毛。埃厄忒斯不愿意与他的金色宝贝分开，便对伊阿宋说，要得到金羊毛，必须套住献给伏尔甘的两头能吐火的野公牛，再用这两头牛，耕耘属于马斯的一片神圣的山石之地。这两道工序做完了，再种下龙的牙齿，然后像卡德墨斯做过的那样，征服从种龙牙的土地中冒出来的巨人。最后，杀死守护的龙，要不然，就休想得到金羊毛。

别说这些任务要全部完成，就是其中任何一项，也会难倒许多勇敢青年，但是，伊阿宋不在此列，他属于大无畏勇士。他只是匆忙地回到船上，想询问头像下一步他该怎么办。在去海岸的路上，他碰见了国王的女儿美狄亚，一位美丽的女巫师。

当阿耳戈英雄在宫廷同国王对话的时候，美狄亚就对潇洒的伊阿宋产生了好感，她瞧着他的容颜，注视着他的每一个动作。在这瞬息之间，尚谈不到美狄亚对伊阿宋有什么特别的关照，但是，回到后宫的她，对他和他同伴们的命运却有了一种特别的担忧。

此时，在希腊人的船上，伊阿宋的同伴阿耳戈斯对他说："刚才你看见的女巫师，是我的小姨，她有办法帮助你取得金羊毛。"有了这门亲戚关系，经阿耳戈斯的母亲卡尔喀俄珀从中斡旋，美狄亚当然也就同意了。

美狄亚说服她的姐姐卡尔喀俄珀："我从小受到你的抚育，你是姐姐，又是母亲，你要我做的事，我不会不做。我愿意帮助他们，特别是那位英雄。好姐姐，那就这样，明天我和他在赫卡忒神殿会面，将制服火牛的魔药交给他。"

第二天，美狄亚打扮停当后，来到了神殿，随后，伊阿宋也到场。伊阿宋先开口说话："别看着我发愣，我不会欺负女孩子。无论你能不能帮助我们，我都感谢你。现在，只有我和你在一起，有什么问题就问，有什么话就说。只是有一点，神灵在上，我们不能说假话。我先问一句，你愿意帮助我们吗？"

美狄亚的心狂跳，脸上泛起红晕，她不是害怕，恰恰相反，是他的动人的话使她感到踏实，并相信自己的行为不是轻率的。她不是不愿说话，是一种潜在的情感堵塞了她的咽喉，有话说不出。她从怀里取出一个小盒子递给他。他伸手过来接，两人相视微笑，她的眼睛就像早晨的露珠，在太阳光下晶莹亮泽。

过了好久，她对他说："种植龙牙，你要沐浴在先，再杀一只羊祭祀赫卡忒。当你离开祭坛，无论听见什么声音都别回头，否则祭祀会无效的。你要在身上涂抹这方盒里的药膏，你的身体就可以刀枪不入，就是某些神也不能与你相比。龙牙种下后会长出巨人，面对巨人，你别惊慌，只要如此这般，就能将他们征服了。"

美狄亚最后说："到了你的故乡，别忘了我的名字，也别忘了我帮助过你。"

伊阿宋被姑娘深情的言语所打动，情不自禁地说道："如果你愿意，跟我走吧。你会是我的，让我们相爱，白头偕老，永不分离。"美狄亚相信了他的话。人世间，真诚的少女容易轻信自己爱着的男人，美狄亚也不例外。

回到船舱的伊阿宋，将他准备做的事告诉他的同伴们：美狄亚答应帮助我们，并教了他应该做什么，以及怎么做。大家十分高兴。

第二天，伊阿宋按照美狄亚的指点，在同伴的协助下驯服了野牛。他抓住它的角，将铁轭套在它的脖子上，再架起犁头，在石头般坚硬的土地上，犁出一道道深沟，在翻动着的土壤里种上了龙牙。龙牙种入泥土半天后，从中冒出巨人来。

要不是美狄亚事前对他有交代，看见那些从土里冒出的全副武装排成方阵的巨人，他可能被吓着。可是现在他心中有数。他站稳脚跟，当巨人的方阵接近他的时候，他抓起一把泥灰朝着巨人的脸上撒去。一个个巨人的眼里进了沙子，互相猜疑，以为是对方搞的鬼，便互相厮打起来。它们的打斗，像争夺骨头的狗，互不相让，要置对手于死地似的撕咬着。此时伊阿宋拔出剑来，回身杀入巨人的方阵，像砍白菜似的，无论是早冒出来的，或者是刚刚冒出来的巨人，都在劫难逃。

晚上，在美狄亚的陪伴下，伊阿宋来到龙守卫着的圣林。在树梢，金羊毛发出的光彩，如同朝霞一样。毒龙的呼叫回响在山谷中，仿佛树林在颤抖。美狄亚唱着一首歌，叫谁听了都会睡意矇眬，毒龙也睡着了。伊阿宋立即冲过去，从树梢上扯下金羊毛，拉着美狄亚迅速逃回船上。

他的伙伴们，已经做好迅速起航的准备，在各自的桨位上待命。当伊阿宋和美狄亚登上了船，阿耳戈号立刻起锚，离开了科耳刻斯海港。

黎明时，埃勾斯一觉醒来，就听说毒龙被杀了，金羊毛被盗了，他的女儿逃跑了，希腊船只早已不见踪影。悲哀有什么用，抓紧时间追才是大道理。用不了多少时间，船舰备好了，水手到齐了，埃勾斯立即登船，指挥追击逃亡者。这些逃亡者，不仅带走了他的珍贵财宝，而且将他唯一的儿子——王位继承人阿布许耳图斯也劫持了。虽说科耳刻斯人是老水手，用桨的技术高人一筹，但就是找不到阿耳戈号的影子，直追到多瑙河的出口，才看见希腊人的船就在前面。埃勾斯扯开他的嗓门，大声呼叫女儿的名字，要她回心转意回到父亲身边来："慌不择路的逃亡者，留步停下！我的女儿，你回来。天涯无际，逃向何方？你的朋友，还有疼爱你的父亲，在这里等着你啊！"

美狄亚没有回心转意，更不想离开伊阿宋，她不听从父亲的恳求，反而催促阿耳戈英雄加倍努力朝前划船。一点一点，两船的距离拉近了，科耳刻斯水手的能力超过了希腊人。见此情景，美狄亚知道，如果她不采取措施阻碍她的父亲，使他们的追赶速度减慢，她将会被抓住送回家乡。美狄亚的性格有泼辣的一面，说时迟，那时快，她手起刀落，杀死了跟随她的弟弟阿布许耳图斯，分尸几大块，然后一块一块抛入大海。埃勾斯目睹此暴行，却无能力去制止，只能悲伤地将儿子的尸骨从水中一块一块地打捞起来。停下来这样做，就不可能再去追踪，也失去了说服女儿的机会。这样，他悲戚地回到科耳刻斯，以隆重礼仪，埋葬了儿子的尸骨。

而此时，忒萨利的统治者珀利阿斯心满意足，确信伊阿宋休想再回来。当他听说阿耳戈号回来了，伊阿宋也回来了，而且成了金羊毛的骄傲主人的时候，非常懊恼与沮丧。在他还来不及采取措施维护自己非法篡夺的王权的时候，伊阿宋出现了，强迫他退位，把王权交给了合法的国王埃宋。

非常不幸的是，此时的老国王已是年迈体衰，王位对他也失去了诱惑力。然而，伊阿宋请求美狄亚以她的魔力，恢复老王的精力和青春。为了满足伊阿宋，美狄亚使出她所有魔法，完成一连串的神秘程序，国王埃宋回到了从前，充满青春活力。

很快，珀利阿斯的女儿们，听说了这样的变形奇迹，迫不及待地跑到美狄亚处，哀求她将药方给她们，那样她们也可以让父亲回到青春时代。女巫师告诉珀利阿斯的女儿们，将她们父亲砍成许多小块，装在鼎里，加进水和草药熬一熬。美狄亚说，如果她们一丝不苟地照这个办法去做，其结果一定是令人满意的。可是，这些莽撞的少女做完了这些事情却得到了另一个结果：她们杀害了亲爱的父亲。

日子一天天、一年年过去了，伊阿宋和美狄亚的生活幸福而平静。但是到后来，事情向着相反方向发展，随着岁月的过去，他们间的感情一天天退热，因为伊阿宋已和克瑞乌萨爱得如火如荼，并且准备结婚。嫉妒使美狄亚疯狂，她通过自己的两个孩子，送给新娘一件魔袍。新娘刚一穿上，就不停地大声狂笑，乐极生悲，最后在笑声中死去。美狄亚对伊阿宋一直怨恨在心。她知道如果此时复仇，自己不仅要付出代价，而且会连累到孩子。她想，与其让孩子死于仇敌的手，不如我一手了结他们为好。然而，母亲要杀死儿女，那是多么艰难啊。她的内心充满着矛盾和犹豫，她自言自语道："哎呀呀，我的心啊，快不要这样做，可怜的人呀，你放了孩子，饶了他们吧！让他们活着，对你也是安慰，何必非要杀了他们不可……不，不，一定要杀了他们，不能让他们落入仇敌的手，不能让仇敌侮辱我的孩子。无论如何，他们非死不可。既然要死，我生了他们，就可以把他们杀死。命运既然这样注定了，便无法逃避。"她终于下手杀了孩子。她要再给伊阿宋以精神打击，要叫伊阿宋得到的全部都丧失。她驾着龙车走了，给伊阿宋留下一句话："他将死于阿耳戈号帆船。"

伊阿宋悲伤和痛苦地过着心力交瘁的生活。每天，他漫无目的地游荡到海岸边，坐在船体的阴影下，他不知道船体正在腐烂。有一天，他正坐在这里回忆着他的青年时代的冒险，还有美狄亚奇怪的预言，瞬息之间，刮起了大风，被刮倒的桅杆砸在了他的头上，他颅骨粉碎即刻毙命。

阿耳戈英雄的远征，既有希腊人为了达到经济上目的的作用，也有道德力量的驱使，他们进行了第一次海上长距离航行，体现了他们大无畏的精神。伊阿宋从科耳刻斯带回来的金羊毛，象征西方人在东方发现了数不尽的财宝，窃为己有，运输回家。

卡吕冬狩猎

　　俄纽斯和阿尔泰亚，是地处埃托里亚的卡吕冬王国的国王和王后，近来添了一个宝贝儿子，夫妻俩感觉非常好。小孩的名字叫墨勒阿革洛斯，刚生下几天，他们就听见命运女神预言，只要烙铁在火炉上冒烟和发出噼啪声，孩子的生命就要结束。作为父母的他们一听这话，惊恐不已，呆若木鸡。还是母亲阿尔泰亚聪明，从火中抽出烧着的烙铁，投入装满清水的瓦罐中，退了火，小心翼翼地将它放置在一边，声称自己的愿望是要永远将它藏起来。

　　就这样，全靠母亲脑子转得快，墨勒阿革洛斯捡了一条命。青年时期的他，勇敢、漂亮，参加了阿耳戈英雄的远征。当他外出不在家时，父亲省略了每年要向戴安娜祭献的牺牲。对国王的做法，戴安娜很是生气，派了一只野猪前来吞噬他的臣民，捣毁他的国家。从外地返回的墨勒阿革洛斯召集全国的勇士，组建了一支庞大的狩猎大军，去捕获和杀死这只使人心烦的怪猪。

　　伊阿宋、涅斯托耳、珀琉斯、阿德墨托斯、庇里托俄斯、忒修斯，以及许多别的著名英雄，应他的召唤而至。但是，全体参战者的目光，都被卡斯托耳和波吕丢刻斯，特别是被阿耳卡狄亚国王亚修斯的女儿阿塔兰忒所吸引。这位公主过着充满冒险情趣的生活。当她还只是一个孩子的时候，她的父亲见她是个女儿身而不是盼望已久的小子，感到非常失望，将她抛弃在帕尔特山，听任野兽撕咬。不久后，有猎人打这儿经过，发现了一只母熊在奶孩子，小孩子一点也不惧怕。他们把孩子带回家，培养她，教育她，让她热爱狩猎。

庞大的卡吕冬狩猎大军，由墨勒阿革洛斯和阿塔兰忒率领。他们彼此喜欢对方，他们大胆地引导别人追捕野猪。从卡吕冬森林的这一处，追到森林的那一处，逃跑的野猪被捕猎者穷追不舍。到最后，阿塔兰忒把野猪逼到海湾，给了野猪以致命的打击。然而，野猪在做垂死挣扎时，一下扑倒了她，要不是墨勒阿革洛斯及时赶来将野猪击毙的话，她早就死在野猪坚硬的牙齿下了。

猎手们围聚在野猪的尸体旁边，墨勒阿革洛斯从野猪身上剥取战利品，慷慨地将它送给阿塔兰忒。阿尔泰亚的两个兄弟也加入了捕猎活动，他俩希望占有野猪的皮。在归家的路上，他们就一直严厉地责备他们的侄儿，不该把野猪皮给了陌生人。责备加上嘲笑，惹恼了墨勒阿革洛斯，一气之下，把他两个叔叔都杀了。当阿尔泰亚看见她的兄弟的尸体，又听说他们是被她的儿子杀的，就发誓要为死亡的兄弟报仇。她将仔细保留了多年的烙铁，从隐藏的地方取了出来，投进灶台上燃烧着的火焰中。当木材燃成了灰烬，烙铁在冒烟的时候，墨勒阿革洛斯就死了。看着已无生气的尸体，阿尔泰亚对儿子的全部感情又占据了她的心，不过，木已成舟悔之晚矣。在沮丧之中，她自杀而亡。

为自己的技巧和战利品而骄傲的阿塔兰忒，已经回到了父亲的宫廷，除她外，没别的继位人了，所以她受到热情接待。有许多倾慕者来向美丽的公主求婚。但是，他们当中的大多数人，听说了公主对求婚人强加的条件，都纷纷离去了。阿塔兰忒无心嫁人，她热切期望保留住自己的自由，正因为如此，所以她放出话来，凡有想同她结婚者，须依从一个条件：在竞跑中战胜她。如果他被战胜了，就要为此付出生命代价。

不顾这些苛刻的条件，也有少数青年壮着胆子试着同她较量。但是，他们都败下阵来，他们被砍下的头颅丢弃在跑道上，以吓唬别的求婚者。这些可怕的惨境，没有吓唬着希波墨涅斯，他来见阿塔兰忒，表示愿意同她在跑道上比个高低。这青年已在事前取得了维纳斯的保护，在他的袍子下面隐藏着维纳斯给予的礼物：三个金苹果。阿塔兰忒像往昔一样，做好赛前准备，也像往昔一样，超过了她的对手。但是，正当她得意时，希波墨涅斯隐藏的苹果落了一个下来，滚到她的脚边。她迟疑了一下，然后弯下腰将它拾了起来，再继续跑。她的对手趁机超越了她。不过，她又很快赶上了他。第二个落下的苹果再一次延误了她。跟往常一样，她拼力想第一个到达终点，可是，落下地的第三个金苹果，使她再次停留，希波墨涅斯的把戏真有效，使他在比赛中获了胜。

阿塔兰忒没有理由拒绝嫁人，她的婚礼迅速举行。希波墨涅斯感到很幸福，因为他赢得了出身高贵的姑娘做爱人。神界事，许愿必须还愿，否则就不灵验。沉浸在幸福中的希波墨涅斯忘记了向维纳斯道一声感谢。维纳斯生气了，不幸便落在他们夫妻二人的头上，天神将他们变成一对狮子，命令他们终身替库柏勒拉车。

孪生兄弟卡斯托耳和波吕丢刻斯因为勇敢地加入了卡吕冬狩猎，赢得了显赫名声，被封为小神，从事拳击、摔跤和马术训练。

孪生兄弟之一的卡斯托耳，是一个凡人，在一次与阿法路斯的儿子们的交战中被杀。波吕丢刻斯是一位不死的神，为此乞求朱庇特，也赐他一死，免得与自己的亲兄弟分开。万神之父被他们生死与共的兄弟情谊感动，同意让卡斯托耳复活。不过，有一个条件，波吕丢刻斯有一半的时间要在地府度过。

而后，朱庇特也觉得满意，因为他们的牺牲，相比于他们兄弟之爱，并不算太大。以后，兄弟俩荣升天堂，构成黄道十二宫，发出明亮的光辉。在艺术作品或人民的心目中，卡斯托耳和波吕丢刻斯年轻俊美，常年骑着如雪一般白的战马。

在某种情况下，他们的出现预示着战争的胜利，罗马人深信，在瑞捷鲁斯湖的大战中，他们前进在军团的最前面。有时他们会以流星的形态出现，按照海员的话说，这是一个肯定的预告，一个好天气，一次吉祥的航行的征兆。

纪念他们兄弟的活动，主要是在他们的出生地斯巴达举办世界有名的摔跤比赛。

俄狄浦斯

拉伊俄斯和伊俄卡斯忒，是地处波俄欧忒亚的忒拜城的国王和王后，他们小儿子的出世令他们快乐无比。在快乐之际，他们拜见阿波罗的祭司，要祭司预测他们未来的继承人将会创造的光辉业绩。不测便罢，这一测，反倒添了烦恼，把他们的快乐变成了悲伤，因为神谕告诉他们，儿子命定要杀父娶母，并且给他的城邦带来不幸。

一心想阻止这可怕预言的实现，拉伊俄斯吩咐一个仆人将新生儿带出城外，结束他幼小而脆弱的生命。但是，国王的命令只是部分地被服从与执行了。仆人没有杀害孩子，却将他用绳索拴住脚踝，倒挂在偏僻地方的一棵树上，意在让他饿死，或者被窜出来的野兽吃掉。

仆人回到宫廷，没有人问他被指派的任务完成得怎么样，倒是以为事情已经了结。人们以为咒语永远不会实现了，而放心地发出轻松的叹息。然而，王室的人怎么也不会想到，孩子没有死。一个牧羊人在寻找迷路羔羊的时候，听见了孩子的哭叫声，于是将他从苦难的状态中解脱出来，带着他去见科林斯国王波吕玻斯。因为国王无后嗣，见了孩子，波吕玻斯非常高兴，便收养了他。科林斯国的王后和她的女佣人给予孩子细心关照，为他清洗肿胀的脚踝，那是长时间绳索捆绑的后果。因为这，人们从此叫孩子俄狄浦斯，有"肿疼脚踝"之意。

许多年过去了，年轻的王子一天天长大。他却完全不知道他曾经经历过的窘迫状况，以及他是如何出现在这个宫廷的。有一天在一次与朋友们的宴会上，因酒冲昏了头脑，大家同他争吵起来，就他的出身，表示了极大的蔑视，并且公开了秘密：被他称作父母的人，与他毫无血缘关系。

这些话，再加上客人之间那种有话不明说的语气，引起了俄狄浦斯的疑惑，便去询问王后。王后心头非常害怕，害怕他一旦知道了实情，沮丧、失望、悲切就会一齐向他袭来，那样，他的心灵会受到极大伤害。为此，王后对他支吾搪塞，一再讲他是她的亲生儿子，以稳定他的情绪。

然而，她的言语方式和说话的口气，在俄狄浦斯的脑子里更是留下了疑虑。他决心去特尔斐的阿波罗神殿乞求神谕，他相信天神的话会揭示事实真相。他走向神龛，听神说些什么，跟平常一样，神谕的语意模棱两可，不过也听得出，天神警惕他，他命中注定要杀父娶母，给他的国家造成巨大灾难。俄狄浦斯也为此而哀伤和恐怖不已。

什么？杀死波吕玻斯，一位如此真情待我的父亲，还要娶王后，他的母亲，做自己的妻子？啊！不，不！与其去犯如此恐惧的罪恶，给他心爱的科林斯人民带来毁灭性灾难，不如浪游世界，永远不要见到这座城市，永远不要见到父母。他想："我要尽快离开科林斯，把神谕留在门外，趁着星光赶路，开始我说不清楚道不明白的旅行。"

其实，他的心在绞痛，他的心在流血。一路走来，既饥饿，又寒冷，又劳累，但他一刻也不停留脚步，也不诅咒命运将他赶出了家门。过了一些日子，他来到一处三岔路口，他站住脚，想一想该走哪一条路。这时，一辆马车，上面坐着一位上了年纪的老人，直奔他站着的地方而来。

车前的驭手，对着年轻人高声喊叫靠边站，为他的主人让出道来。但是，俄狄浦斯习惯了别人对他恭敬礼貌，讨厌命令的口气，于是就地站着，一动不动。驭手也被他的不恭敬的态度所激怒，出手打了年轻人。焉知这青年也不示弱，予以还击，一下就将袭击者摆平在脚下。

两个人的争吵和打架，引起了主人和其他仆人的注意。仆人们，包括车上老人在内，立刻攻击杀人者。想不到，不费多少时间，俄狄浦斯就杀死了所有仆人，外加车上的老人。当事人毫无意识地完成了神谕的第一个部分，因为车上的老人就是他的生父拉伊俄斯，他是从忒拜坐车去特尔斐求神谕而经过这里的。

俄狄浦斯又悠闲地开始了他的行程，来到了忒拜城的城门。在这里，他发现整个城市处在悲痛之中，人们说："国王死在路边，仆人被杀死在他的旁边，估计系剪径蟊贼所为，或者是遭到怪物暗算。国家的不幸，一个接一个。"

当然，俄狄浦斯认为，自己与杀害忒拜国王的土匪或盗贼无关，他只是处死了一个傲慢的老人而已。所以，他心情平静地询问，他们面对的第二个灾难又是什么呢？

人们放低了声音，好像怕被别人听见了似的。从老百姓的描述中，俄狄浦斯知道，在忒拜城外，定居下来一个怪物：女人头，鸟的翅膀和脚爪，狮子的躯体，名字叫作斯芬克司。它坐守在路边，不让人通过，除非能解说一个很难的谜语。倘若解说者回答迟疑，或者答案不正确，那么，凶恶的斯芬克司就将他吞食下肚。对这个怪物，谁也不敢动它，也动不了它。

听着这些述说，俄狄浦斯看见一个使臣穿街而过，大声宣读公告：有谁敢去杀死斯芬克司，将人民从恐怖的现状中解放出来，给他的奖赏是王位和王后。

俄狄浦斯想了一想，既然神谕已经表明他的生存除了破坏，就没别的特殊价值，何不试一试呢？他决定出力诛杀可怕的怪物。抱着这个想法，他手握宝剑，慢慢地向着斯芬克司藏身的路边走去。他迅速发现了怪物，大老远的地方，怪物就向他发出一道谜语，同时警告他，若答非所问，或答案不正确，他将丢掉性命。谜语是这样的：

> 告诉我，什么动物，
> 早晨四只脚，
> 中午两只脚，
> 晚上三只脚。

俄狄浦斯并不缺乏智慧，经过一番思考之后很快得出结论：这动物就是人。人在婴儿时代，体力孱弱不能站立，只能靠双手和两膝爬行，他们用的是四只"脚"；婴儿长大成人，可以直立行走，用的是两只脚；到了老年，步履蹒跚，用一只拐杖来支撑身体，形同三只"脚"。

显然，俄狄浦斯的回答完全正确。伴随着一声失望的号叫，斯芬克司认可了他的回答，在狂怒中欲转身飞去。但是，在它转身之前，俄狄浦斯阻止了它，用剑将它逼上了附近一处峭壁边沿，杀死了它。回到城里，俄狄浦斯受到人民的热烈欢迎，登上马车，加冕忒拜城的国王，娶他母亲伊俄卡斯忒为王后，于不知不觉中完成了预言的第二部分。

幸福的、温馨的、平静的若干年过去了，俄狄浦斯已是两个成年儿子厄忒俄克勒斯和波吕尼刻斯、两个女儿伊斯墨涅和安提戈涅的父亲。但是，对他来说，总是好运不长久。

正当沉浸在幸福中的他期待着有一个和平安宁的晚年生活的时候，一个可怕的灾祸降临了忒拜城，造成了不少臣民死亡，人们惶恐万分。老百姓对他说："国王啊，你看，干旱和炎热枯死了庄稼和林木，人人遭瘟疫侵害，眼泪和哀痛充满了这个城市。主人啊，你可要为大家做主啊。"人民盼望他出面，祈求他的帮助，就像从前解除斯芬克司的威胁一样。俄狄浦斯专程派出大臣前去特尔斐听取神谕。神说，只要找到杀死前国王的凶手，并让凶手受到相应惩罚，杀死或者放逐他，瘟疫便会消除。

　　大臣被派往四处，收集一切可以收集到的、与多年以前凶手犯案有关的信息。不久，他们带回来了不可辩驳的证据，人们怎么也不敢相信，俄狄浦斯就是罪犯。但是，谁敢说呢？俄狄浦斯看出了大臣们的顾忌，便对他们说："无论是谁，只要知道杀害老国王的凶手，尽管来报告，必有感谢和奖赏。凶犯一定要受到惩罚，即使他隐藏在宫廷里。"俄狄浦斯还不清楚，对他不利的消息愈来愈多。当年那个受命丢掉孩子的仆人也找到了，据他招供，他没有杀死孩子，只是将他遗弃在山上，后来听说，有人从那里把孩子带到科林斯，做国王的养子去了。

　　一连串的证据清楚明白，现在，俄狄浦斯也发现，他并非故意犯下了三桩罪过。应该说，他知道会有这一天，然而，就是为了避免这一天的犯罪，他逃出科林斯。天神的权力无边，命定的事情人是难以摆脱的。在古代，谁也不敢妄想人定胜天。俄狄浦斯犯的罪，很快传到了伊俄卡斯忒的耳里，她认为，自己是他的妻子，成了犯罪者的帮凶，有何面目在世呢？于是她自杀身亡。

　　俄狄浦斯对她的心思早有觉察，但当他冲进她的寝宫时，她已是生命垂危。这情景，远非一个独裁者能够承受的，在沮丧之中，他用身上的装饰别针，刺瞎了自己的眼睛。他的两个儿子和新国王克瑞翁商定将他放逐。俄狄浦斯刺瞎了自己的眼睛，却打开了一扇美丽的心灵之窗。

　　腰无分文，双目失明，赤裸双脚的俄狄浦斯，离开了他犯下可怕罪行的地方，由他的女儿安提戈涅陪伴着。安提戈涅是唯一的在他无意犯罪后仍然爱着他的人，也是他的带路人，时刻准备带着他到他想去的地方去。几天的路途劳顿后，父女二人来到了科罗诺斯。这里遍山森林覆盖，是复仇女神的圣林。

俄狄浦斯表示，他愿意长留在这里，并向他的女儿道了别，便独自一人摸索着走进森林深处。突然狂风起，雷电轰鸣，一阵暴风雨过后，一队人马前来搜寻俄狄浦斯，结果没有发现任何蛛丝马迹。古人相信，愤怒女神把他拖下了地府，让他接受对他所犯罪过的惩罚。

不幸的父亲，不再需要女儿的帮助，安提戈涅只得回到了忒拜城。她发现瘟疫已经停止了，但是，她的两个哥哥却就王位的继承问题发生了争吵。他们推翻了克瑞翁，但是，由谁来掌管国家大事呢？毕竟是弟兄，有话好好说，最后达成协议：轮流坐庄。事情一经决定，就得照此执行。大儿子厄忒俄克勒斯先执政一年，到了年末，权力移交给兄弟波吕尼刻斯，他的统治期亦是一年。就这样，两兄弟轮流玩弄王室权威。这样的安排，满足了厄忒俄克勒斯的野心。在第一年的岁末，波吕尼刻斯从国外旅行回来，是哥哥应该移交王权时候了，厄忒俄克勒斯竟然破坏协议，拒绝让位，并且使用武力，将弟弟斥逐出门。

按照波吕尼刻斯的天性，不可能容忍这样的屈辱，他直奔阿耳戈斯。在这里他与英雄堤丢斯发生误会，在王宫外面打了起来。惊动了国王阿德拉斯托斯，国王看见两位英雄一个的盾牌上画着猪，一个的盾牌上画着狮子。这一看，解除了神谕使他产生的困惑。神谕说，他的两个女儿，一个要嫁给猪，一个要嫁给狮子。他把大女儿阿耳癸亚嫁给波吕尼刻斯，二女儿得伊皮勒许配给堤丢斯。做了老丈人的阿德拉斯托斯，十分满意自己的女婿，答应帮助波吕尼刻斯夺回王位继承权。说话算话，阿德拉斯托斯很快装备了一个军团，分别由七个意志坚定、名声远播的将领统帅着。这就有了有名的七雄攻打忒拜城的故事。

在出征前夕，他们杀死了一条蟒蛇，预言家说这是主凶，但是，热心于打仗的人认为，它是一种胜利的象征。他们在战斗中横下一条心，要么成功，要么完蛋。

兵临忒拜城下，英雄们身先士卒，以投石、射箭、掷长矛开战，受到忒拜军民的联合抵抗。在战斗中，进攻者的骁勇并不起多大作用，因为忒拜城固若金汤。打了七年仗，离实际目标的距离还长着呢，开初怎样，现在还是那样。奋战的将领们宣称，他们兄弟间的争斗应该由他们自己通过决斗解决，我们再插手毫无意义。

忒拜城的贵族为他们的国王做了准备，阿耳戈斯人也为流亡的波吕尼刻斯披上盔甲。两兄弟面对面，用各自坚定的目光打量着对方。阿耳戈斯人喊着："波吕尼刻斯，朱庇特保佑你！"忒拜人高呼："厄忒俄克勒斯，为你的王位而战！"两位战将各自对神祈祷。一声号角，格斗开始。兄弟俩狠命扑向对方，就像裂牙的野猪，双方下手狠毒，不是刺眼，就是刺脸，波吕尼刻斯刺中了厄忒俄克勒斯的脚踝，趁波吕尼刻斯高兴之时厄忒俄克勒斯一剑杀穿了波吕尼刻斯的肚子，让他倒地爬不起来。胜利者厄忒俄克勒斯俯身去取武器，波吕尼刻斯跃起一剑，正刺中他的胸脯。结果两败俱伤。

遵从伊俄卡斯忒的父亲克瑞翁的命令，厄忒俄克勒斯的骨骸安葬依循希腊丧葬礼仪。而波吕尼刻斯的躯体，则被丢弃在原野，任凭猪拉狗扯，或者飞鸟啄食。

另外还有一纸公告明确告之，若有谁胆敢埋葬波吕尼刻斯的尸体，必遭受活埋的刑法。无视通告恐吓，也不管妹妹伊斯墨涅怎样祈祷保全自己的性命，安提戈涅为她兄弟挖了一个坟墓，没有别人的帮助，完成了丧葬仪式。安葬事宜快完结的时候，她被卫士发现了，他们将她拖到克瑞翁跟前。对克瑞翁来说，她是他的亲属，也是他儿子海蒙的未婚妻，但是，他仍然判了她死刑。

海蒙满怀深情地哀求父亲饶她一命，但是遭到狠心的拒绝。他对父亲说："全体国民都在为安提戈涅的遭遇鸣不平。人们尊重她的行为，哪一个做妹妹的能容许野狗吃掉她哥哥的骨肉？爸爸，我要告诉你，老百姓议论纷纷，已经口出怨言。只是由于你的心肠太狠，他们不敢当面对你说罢了。没有人反对未必是好事。所以我说，爸爸，听听民间议论吧，防民之口，甚于防川，你要三思啊。"他的请求是白费口舌。海蒙跑到囚禁安提戈涅的地方，撞进她狭窄的囚笼，紧紧地拥抱着她，坚决不同她分开。他们被关在一起。安提戈涅的悲惨遭遇以她的窒息死亡而结束。海蒙目睹她的消失，他完全心灰意冷，生有何益？他拔出短剑，刺向自己心窝，以死徇情。一对可怜的恋人，生不同寝，死后同穴，只能在坟墓里举行他们的婚礼了。

伊斯墨涅，俄狄浦斯家族的最后一员，也因过度悲伤而死亡。这样，天神的预言全部兑现。忒拜城的战争还没有完全结束，虽然兄弟俩倒下了，但是，两方的军队还在相互攻击。七雄攻打忒拜城，显示了他们的勇气，其中六个英雄都在战争中牺牲了，只有一个英雄回到阿耳戈斯。这位幸存者耐心地等待着。直到已死英雄的后代长大成人，可以肩负武器了，通晓战略战术了，熟悉行军布阵了，他才向他们建议出兵攻击忒拜城，为他们的父辈报仇雪恨。

厄庇戈诺伊，还有其他后来者集聚在一起，接受了他的建议。忒拜城再度被围困，并迅速落入希腊人手中，城市遭到前所未有的劫掠、燃烧、破坏，跟几年前特尔斐神谕所言一样。

柏勒洛丰

柏勒洛丰，一位勇敢的年轻王子，科林斯国王西绪福斯的孙子。西绪福斯是一个奸诈的人，因他犯了许多罪行，被阎王捉拿到地府，惩罚他向山坡上推一块大石头。眼看要推到顶了，因力气不足，或别的什么因素，石头又哗啦啦滚落下来。长年累月，他就这样周而复始地推着。不知道是不是株连，祖辈的罪恶祸及子孙，柏勒洛丰也遭遇了极大不幸，在林中捕猎时，杀死了自己的兄弟。这事给他带来的悲痛是无法缓解的，因为每当走到事发地点时，他就恐惧倍增。他害怕因自己非自愿的犯罪而受到法律惩罚，他被迫逃离家园，去投奔阿耳戈斯。到达之后，乞求他的亲属，国王普洛托斯，给他避难庇护。

他在这里待的时间不长，在王后安忒亚爱上他之前便离开了。虽然她的丈夫普洛托斯待她不薄，恩爱有加，但是，她仍然决心抛弃丈夫，萌生了引诱柏勒洛丰同她私奔的念头。柏勒洛丰的忠诚使他不愿意背叛一个待他如朋友的好人，年轻王子拒绝了王后的提议。然而，他为这样的一个拒绝所付出的代价太大了。因为，当安忒亚明白青年绝不会屈从于她的愿望时，她就变得异常的狂怒。她去见丈夫，大模大样、振振有词地谴责年轻人，说什么柏勒洛丰对她犯下了她做梦都想不到的罪过。她恶人先告状，反咬好人一口，对国王说："他向我求爱，要我做他的妻子，还想好了私奔的计划。"

普洛托斯对他尊敬的客人的叛逆行为感到非常气愤，但他觉得，叛逆者还不值得让他亲手处置。于是心生一计，假惺惺地派柏勒洛丰去见利西亚国王伊俄巴忒斯，表达他的问候，并递交一封密封了的信件。柏勒洛丰不知道正是这封信通知国王处死送信人。全然不明白此公差真正目的的柏勒洛丰，快活地出发了，最后见到了伊俄巴忒斯。国王热情而有礼貌地接待了他，没有问他的名字，也没有打听他的使命，连续数日设盛宴款待他。过了若干时日，柏勒洛丰忽然想起交付给他的密封信件，便拿出来交给伊俄巴忒斯。

读着信函的国王面颊发白，明显地表露出一种惶恐和惊诧，并陷入沉思当中。他不想夺取陌生人的性命，但又不能拒绝普洛托斯迫切的请求。反复考虑后，他决定派遣柏勒洛丰前去攻击喀迈拉，一个由狮头、羊身、龙尾组成的，鼻子冒烟、嘴巴吐火的怪物。

国王选择这样一个困难的任务交给柏勒洛丰，其主要动机是，既然许多勇士被派遣攻击这怪物，无一人生还，均死于搏杀之中，料想这位年轻人也不会例外。

虽然柏勒洛丰浑身是胆，但当他被告知他将要完成的是什么样的一个任务时，他的心里还是免不了有些害怕。他非常悲哀地离开了伊俄巴忒斯的宫殿，他打心眼里爱着国王的女儿费罗诺俄，担心会再也见不到她了。

突然，柏勒洛丰一眼瞥见雍容华贵的弥涅瓦出现在他面前，听见她用温柔的音调询问他如此沮丧的原因。当她知道，他被指派的任务是那么困难，就立即向他表示愿意给予援助。她离开之前，给了他一副金子打造的辔头，叫他用来控制将会对他有用的柏枷索斯。

柏勒洛丰思索着她话语的含义，渐渐地回忆起曾经听人说过，柏枷索斯是一匹奇特的长着翅膀的飞马，是由被砍掉的墨杜萨的头流出来的血滴在海水里变成的。这马白如雪，被天神赋予了不死的生命，还有令人难以置信的速度。它是阿波罗和缪斯的宠物，他们喜欢骑在它宽阔的背上在天空中飞行。柏勒洛丰知道，它不时降临地球，到希波克瑞涅畅饮甘美的泉水。这泉水是它的蹄子第一次接触地球时踏出来的。有时，它也拜访在科林斯附近的、同样清澈见底的庇瑞涅山泉。

于是，柏勒洛丰就去了庇瑞涅山泉。有好几天，他在这里徘徊，希望抓住飞马，或者瞥一眼这个长翅膀的家伙，结果是一场空。好久之后的一天，他终于看见了柏枷索斯，它在空中绕了个大圈，然后俯冲下来，像一只捕食的鸟。柏勒洛丰隐藏在附近的丛林中，等待行动的机会。当飞马在吃草的时候，他猛地跃上了马背。

在这之前从来没有凡人骑过柏枷索斯，它前蹦后跳，一跃而起，叫骑它的人头晕目眩。但所有的挣扎都失败了，它怎么也摔不下坐在背上的骑手，柏勒洛丰瞄准恰当的机会，把弥涅瓦的金辔头套上了它的嘴巴。一经套上，它就变得温驯了。骑上他无可匹敌的永恒的飞马，柏勒洛丰去寻觅长翅膀的怪物喀迈拉。这怪物生下了勒米安狮子和喜欢谜语的斯芬克司。

柏勒洛丰骑着柏枷索斯，从天空陡然俯冲下来，出其不意地攻击可怕的喀迈拉。袭击如此突然，喀迈拉口中喷火，使出全身力量都不顶用。经过激烈的战斗，喀迈拉一命呜呼，直直地躺在浸透鲜血的土地上。柏勒洛丰和柏枷索斯胜利了。柏勒洛丰完成了需要勇气和力量才能完成的任务，准备回去见伊俄巴忒斯，报告他的胜利。听说消灭了怪物喀迈拉，国王确实打心眼里高兴，但又忧虑柏勒洛丰还健康地活着。于是，就又去想用别的办法将这个年轻人干掉。

他又派遣柏勒洛丰去战胜阿玛宗人。有天神的保佑，柏勒洛丰又击败了这些好战的女人。柏勒洛丰胜利归来，想不到还有危机等待着他。他机智敏捷，躲过了埋伏在树林中的国王卫队对他的谋杀，以胜利者的姿态出现在宫廷。

这些连续的死里逃生的故事，使伊俄巴忒斯相信，这青年受到天神的特殊保护。于是，国王不仅不想再伤害他，而且对他恩宠有加，让女儿与这位年轻的英雄结婚。

柏勒洛丰已经应该感到满足了，应该居住下来，过平静的生活了。但是，他满脑子装的是对光荣过去的回顾，坐在柏枷索斯背上的横空飞行，使他昏昏然；朝臣们的谄媚的颂扬，更使他飘飘然。自以为是不死的神，竟然幻想在神的天国，找个自己的位子。

他再次召唤来柏枷索斯，骑上飞马，向着蓝天飞去，升高再升高，几乎达到了奥林匹斯山的高度。要不是朱庇特使了一招，这凡人也就撞进天国了。朱庇特放出一只牛虻，残忍地刺了柏枷索斯一下，它歇斯底里地号叫一声，狂妄的柏勒洛丰摔下了马背，重重地落回地面上。

毫无疑问，从高高的天空坠落地面，除了神仙，任何人都得粉身碎骨，但是，柏勒洛丰却没有死，只是眼睛受了伤。瞎了眼睛的英雄，只能磕磕绊绊地摸索着行路，脑子里还回想着在高空飞行时的愉快。

柏勒洛丰驾驭着柏枷索斯在天空飞翔，或者是与喀迈拉的战斗，经常都是古代艺术家们雕塑、绘画的题材与主题。在世界的许多博物馆里，都可以看到。

各路小神

　　按照古人的信念，每一座山，每一处峡谷，每一块平原，每一个湖泊，每一条河流，每一片园林和每一方海洋，都有一个小神。他们的使命，都是由奥林匹斯山的天神确定的。比如，那伊阿德斯，美丽的水域仙女，生活在清澈的泉水下面，被认为是诗歌的主使神。

　　俄瑞阿得斯，山林仙女，被认为在森林的僻静处巡视，引导那些疲惫的迷路人走出迷津。她们"告诉你如何去攀越阻碍，教会你走出山林迷宫"。

　　那沛艾，他们乐意在峡谷穿梭，因为他们的精心照料，这里草木葱葱果品丰富。他们的本事，仅次于蔬菜仙女得津阿得斯。

　　树林里和马路两边的每一棵树，都受到一位叫作哈玛得律阿得斯的仙女的特殊保护，据说她与委托给她的树同生同死。诗人说："当死亡的命运之神逐渐靠近，地上的树首先枯萎，树皮破裂，枝条断折，仙女的灵魂，随着阳光飘逸而去。"

　　有一个凄婉动人的神话，讲一个凡人变成一个哈玛得律阿得斯的故事。一位年轻的姑娘，名字叫做得律欧佩，是国王巴乌希斯的女儿。漂亮的公主是那样的光彩照人、乖巧聪明、讨人喜欢。她到了该结婚的年龄，求婚的人便排起了长长的队伍，谁都想讨到这位漂亮又聪明的姑娘做妻子。人们赞叹："就是仙女也不敢与她比试美貌。"

她非常清楚做出一次聪明选择的重要意义，最后决定嫁给安德雷蒙，一位年轻王子，他的计算能力取得了姑娘的芳心。当这对年轻人成了可爱宝贝的爸爸和妈妈的时候，这人间幸福显得更有价值。

得律欧佩每天抱着孩子，沿着小湖的岸边散步。小湖在宫廷附近，湖中盛开着使人赏心悦目的鲜花。在一片青翠欲滴的枝叶丛中，她放慢脚步，闻着花香。

有一天，跟往常一样，她在这儿散步，由她妹妹陪同。她看见一朵盛开的莲花，就指给她的孩子看。孩子一眼看见花朵，便伸出小手要摘。为使孩子高兴，兴趣盎然的母亲，便摘下一朵给孩子。

她刚这样做了，便看见从断裂的花茎处流出一滴滴血。她默默无言，疑惑地站在那里。突然，她听见了一个声音在责备她摘了一朵莲花，杀死了一位仙女。这位仙女因为逃避阴影大神普里阿普斯的追逐而变成了那朵被摘下的莲花。

她从无言的惊恐中醒来，转身想跑，失去血色的嘴唇发出哀怜的呼叫声。然而，使她惊诧不已的是，无论她怎样使力，就是挪不动身子，好像她的脚在地上生了根似的。她朝下瞧是什么东西绊住了她的脚，这才发现，粗糙的树皮正以惊人的速度将她包裹起来。

树皮向上包裹，高一点，又高一点，从她的膝盖到腰部，一直在向上覆盖。尽管她发疯似的要将它从身上撕掉，但这阻碍不了树皮的猛长。在无望之中，她向苍天高举颤抖的双手，乞求帮助。她的话还没有出口，她的双臂已经变成了延伸的枝干，她的手臂长满了树叶。

可怜的得律欧佩，除了她甜蜜蜜的、泪痕斑斑的脸，其余部分都消失了。趁她的脸尚未被包裹起来之前，她跟父亲、姊妹、丈夫、孩子告别。他们听见她的惊叫声，就朝她这边冲过来，想尽力帮她一把。她最后一句话刚说出口，树皮已包裹到她的唇边，最后她可爱的形体从人们的视线里消逝了。

得律欧佩最后的要求是，让她的孩子经常在她的树荫下嬉戏。每当微风穿过她的枝叶，发出沙沙声时，人们说："那是得律欧佩在哄孩子睡觉。"

森林的男性神数不胜数，其中，萨提罗斯名声很大。他们的形态真有点怪：人的躯体，却长着山羊的脚、毛发和头角。他们十分喜好音乐和欢乐，而且在任何时间、任何地点，他们都沉醉在跳舞的欢乐之中。萨提罗斯中名声最大者是西勒诺斯，巴克科斯的教师；潘，或者叫康圣提斯，牧羊神。后者的名望是因为他是墨丘利和迷人的年轻仙女珀涅罗珀的儿子。他的母亲第一眼看见他时，被吓了一跳，因为他是她曾经见过的最平常而又最不平常的小家伙。他的浑身长着羊毛，长着羊脚和羊耳朵。

墨丘利对这个小神颇感兴趣，将他带到奥林匹斯山，诸神见了他，觉得奇怪而可笑。在古代，潘受到广泛崇拜，古人不仅在他的神坛前供奉鲜花，而且给他唱赞美歌，为他的荣誉举办节庆活动。

> "他是伟大，他是公正，
> 他是善良，他是荣耀。
> 水仙花，玫瑰花，
> 石竹花，可爱的百合花，
> 让我们舞蹈，让我们歌唱，
> 永远圣洁！永远圣洁！
> 永远荣耀！永远年轻！
> 伟大的潘永远在歌唱！"

潘，献身音乐，献身舞蹈，也献身美丽的仙女。他见到仙女绪任克斯，便一往情深。然而很不幸，他一出现，就将她吓住了，她返身就逃。她对他长久的回避使他非常生气。有一次，潘在追逐她时，一心要将她弄到手。她乞求地母该亚保护她。祈祷尚未完毕，她就发现自己已经变成了芦苇草。潘以为是她，上前拥抱，哪知道她早已遁去，怀中是一捆芦苇。

哄骗和失望使潘气恼不已，他长长地叹了一口气，这气透过沙沙作响的芦苇，发出了清晰的曲调。潘明白绪任克斯一去不复返了，他切下了七根长短不一的芦苇管子，将它们捆绑在一起，造成一种乐器，并以仙女的名字命名，称呼它叫"笙"。

据说潘喜欢偷偷地超过旅行者，突然出现在他们的眼前，吓得旅行者大呼小叫，于是，在西方语言中，就由"潘"的音派生出"惶恐"一词。就他的形象而言，人们总看见他手里拿着笙和牧人的鞭子，他那不成型的头总是用用松树枝条缠绕着。

罗马人敬奉的另外三位自然神是西尔瓦诺斯、法乌诺斯和佛纳。佛纳的妻子管树和草。阴影神普里阿普斯，本是城乡神，但是对他的供奉，只在赫勒斯滂海峡沿岸盛行。

众小神中最娇媚的，毫无疑义要数花神福罗拉，她与温柔的西风神仄费洛斯结婚。夫妻二人幸福地漫游天下，从一个地方去另一个地方，慷慨大方的福罗拉将她的芳香飘洒大地。她的主要崇拜者是年轻的女孩子，在她的祭坛上，常见的祭品是水果和用鲜花编制的花篮。每年的五月是她的节日，世称福罗拉节，或鲜花节。诗人赞美道："一群仙女，年轻快乐，声音柔似水，话语甜如蜜。"她们用谷穗、玫瑰、松枝和紫罗兰编织花篮，在五月里，装点花神福罗拉的神龛。

维耳图诺斯和波莫那是专司花园和园林的神。他们的形象和砍刀、大剪子、修剪工具，还有水果与鲜花分不开。波莫那实在是由于羞涩害臊，一点没有结婚的愿望。维耳图诺斯对她的娇艳妩媚着了迷，于是尽他所能去说服她改变初衷。然而，对于他的游说，她一点也不动心。

到了最后，求爱者采取战略战术，装扮成一位上了年纪的老婆婆，进了波莫那的花园，并装着疑惑不解的样子询问她："怎么可能呢？一个如此讨人喜欢的姑娘，竟然这么长的时间不结婚。"她的回答是一阵嘲讽，他开始同她争论起来。在争吵的过程中，通过她的辩白，他知道了，在众多的追求者中，只有一个人值得得到她的爱情，那个人就是维耳图诺斯。维耳图诺斯抓住这个千载难逢的机会，暴露了自己，将她拥抱在怀里。波莫那懊悔莫及，是自己背叛了自己，但已无法再拒绝结婚。他和她一起劳作，在秋日的阳光下，帮助她催熟甘美香甜的水果。

海里的小神，在数量上几乎等同于陆地上的神。包括俄刻阿尼得斯、涅瑞伊得斯等再加上他们的男性伙伴特里同，组成了涅普顿王者的卫队。

海中小神之一格劳科斯，曾经是个悲惨的渔翁。他每日卖掉网来的鱼，才能挣得一日的面包。有一次，他撒了一网，将打捞上来的鱼儿放在一种草上。拍打着鳍和尾的鱼儿，用力咬破网，好像获得了非凡力量，蹦回水中，成群结队游荡而去。

面对发生的事，诧异不已的格劳科斯摘取这种草的叶片咀嚼起来，陡然间，便感觉到一种想跳进大海里去的疯狂欲望。而且，愈来愈强烈，他简直无法抗拒，于是纵身入海。一旦与大海的咸水接触，便改变了他的天性，他在水中怡然自得，完全像生活在家里一样，他便朝着大海的深处游去。

渔夫和船员，对格劳科斯特别恭敬。有了格劳科斯的保护，水手们的船舶不受恶风黑浪的冲击；有了格劳科斯的参与，打捞起来的鱼，满满的挤破渔网。

特洛伊战争

朱庇特，众神之父，曾经深深地爱上一位海中仙女，涅柔斯和多里斯的女儿忒提斯。

他急不可待地要和她结婚，但是，在采取这重要的一步之前，为慎重起见，先征询了命运女神的意见。只有她才能说出这样的结合于他是幸福还是不幸福。他这样做，确实给他带来了好处，因为，命运三女神告诉他说，忒提斯命中注定要做一个孩子的母亲，这孩子在能力和声誉上，将远远超过他的父亲。

朱庇特就这一回答，做了仔细认真的考虑，结论是，与其冒险将权力交给比他更伟大的人，不如放弃这门婚事。他宣布，让忒提斯和福提亚的国王珀琉斯结婚，因为，珀琉斯忠实地爱着忒提斯，并且追求她很长时间而不得。

然而，珀琉斯并不急于接受与一个受神宠爱的凡间女子的婚事，因为涅普顿也追求过她，那是不可贸然行事的，也是不可拿命拼着干的，人与神争夺心爱物，行么？所以，他犹豫不决。直到朱庇特出面许诺，他本人和诸神都将参加他们的婚礼时，这事才算定了。天神赐予的荣耀，也平息了少女内心的抱怨。婚礼是在滔滔波浪之中，在她父亲涅柔斯的珊瑚洞中进行的。

到了这一天，朱庇特脑子里没有忘记他的承诺，伴随奥林匹斯天神，还有他的王后，离开了灿烂辉煌的宫廷，从天上下来参加婚庆典礼。

客人们各就各位，高举斟满酒的酒杯，向新郎新娘祝福。这酒，是酒神巴克科斯专为忒提斯酿造的。全场充满了欢乐和愉快。突然，一个不速之客出现在宴会大厅。在场者立刻认出，来者非等闲之辈，乃不睦女神厄里斯。她那像蛇一样缠绕着的头发，扭曲的容貌，暴烈的脾气，使其被排除在受邀请客人名单之外。

这使她异常气恼。一气之下，她决定将她的不满发泄在宴会上，让客人不欢而散。她在佳肴美味的席桌边停留了一会儿，向桌上扔下三个金苹果，然后对着人群呼出她的有毒的气息后，消失了。客人的注意力集中在了金苹果上，苹果上面的字迹清晰可见："给最美丽的女人。"

在场的全体女性都想得到这样的奖赏。但是，慢慢都退下来，只剩下了朱诺、弥涅瓦和维纳斯激烈地争执着，谁都想拥有金苹果。朱诺宣称，她是天后，凭她的威严和权力，理所当然应该拥有它。弥涅瓦说，智慧和知识的美，远远超过外表的妩媚。维纳斯莞尔一笑，狡诈地要求客人们告诉她，谁是比美神更有资格得到它的人？

辩论愈来愈火爆，激动的三个女神请求客人将奖品给予最具资格者。但是，客人们都不敢裁决。道理很简单，金苹果只能给予三人中的一个，其他两人必生怨恨。谁敢充当裁判人？宠幸一个人的美艳，而忽视另外两个的娇丽，两个落选者，必定施加报复。吵来吵去，最后的裁决权落在了帕里斯身上。帕里斯现在的职务虽然是微不足道的牧羊倌，但他出身高贵，是特洛伊国王普里阿摩斯和王后赫卡柏的儿子。

　　帕里斯刚出世时，被遗弃在荒山野岭，生死听天由命，因为神谕告知，他将酿成全家人死亡、城邦遭毁灭的恶果。虽说遭遗弃很残酷，但他命不该绝，他被一个牧羊人收养。长大后也干上了他养父的行当，做了牧羊人。

　　帕里斯步入青年时代，样儿长得非常漂亮，很有魅力。他得到了美丽仙女俄诺涅的爱情，并且同她秘密结婚。但是，他们的好日子不长，因为命运女神传言，帕里斯对美丽的俄诺涅的爱情将快速死亡。这是天神的旨意。

　　过去，帕里斯跟随在仙女的左右，而今他独自一人攀上山顶。在这里，遇上了三个争吵的女神，她们请他对谁该得到金苹果做出判决。弥涅瓦，身着闪烁光泽的盔甲，第一个出现在他的眼前，贿赂他说，如果他将苹果给了她，她会让他更加有智慧。

　　天后朱诺，随后出现，穿着华丽的袍子，戴着荣誉的徽章，悄悄对他说，如果将金苹果奖励给她，他会拥有巨大的财富和无限的权力。

但是，弥涅瓦的贿赂和朱诺的许愿，很快就被帕里斯忘到了九霄云外。因为，当维纳斯系着魔力腰带出现在他面前请他做出裁判时，他的心就不由自主了。维纳斯的美艳，岂是一朝一夕之事？有诗赞曰：

　　　　　成年精心调养
　　　　　风姿绰约诱人

　　略显颤抖的维纳斯，为了避免自己的努力劳而无功，将轻柔的身子挪近青年，再轻声细语地许诺，作为回报，她给他找一个像她一样美丽的新娘。

　　或者是她超人的美貌赢得了男子的喜悦，或者是因为她诱人的贿赂，总之，帕里斯再也没有犹豫，就把金苹果放置在她的手掌上。

　　这就为一场旷日持久的战争埋下了祸根。

　　这偏心的行为，当然惹出了朱诺和弥涅瓦对帕里斯的愤怒和仇恨。她们想找一个适当的机会，予以报复。胜利了的维纳斯，急于兑现她的许诺，指引帕里斯回到特洛伊，让他的父母承认他这个儿子。女神告诉他，他的父母一定会热情欢迎他，然后，从他们那里要一只船，张帆驶向希腊。

　　听从了这些指令，帕里斯寡情绝义地抛弃了漂亮忠诚的俄诺涅，加入到了一帮富于青春活力的牧羊人的队伍，前往特洛伊，借口是去观看庄严的庆典活动。在庆典活动上，他参加了竞技比赛，获得了胜利，名声大振，因而引起了他的妹妹卡珊德拉的注意。这位公主以她的美貌著名。据说，阿波罗也追求过她，为讨好她，得到她的宠爱，赋予了她一种能知过去、未来的本领。由于一些原因，天神的求爱没有向前发展。给了她的预测术取不回来了，阿波罗便运用魔力使预测术失效。这样，听者就不再相信她的预言了。

卡珊德拉说，这个帕里斯与她的另一位早年失去的哥哥有不同寻常的相似。这立刻引起了她父母的留意。然后，她讲述了她的预言，说，这个人会给他们的城市带来毁灭。普里阿摩斯和赫卡柏对她的预言不屑一顾，快乐地接受了失散多年的儿子。他们说服儿子就住在王宫里，要对他过去受到忽视一事给予补偿，满足他的一切要求和愿望。

一直被维纳斯怂恿的帕里斯，急忙向父母表示，希望航行去希腊。他的借口是营救父亲的姊妹赫西俄涅。她是在特洛伊被包围后，由赫丘利拐走的。国王和王后迅速提供给帕里斯若干艘海船。帕里斯在海上航行时间不长，就到了斯巴达王墨涅拉俄斯的宫廷。国王的妻子海伦是个绝代美人。

勒达是朱庇特将自己变形为一只白天鹅后弄到手的，他们的女儿海伦有众多的热情思恋者。思恋者们均在大显身手，各施手段，想讨得海伦的芳心。高贵者、勇敢者，都前来向她求爱。但是，希望越大失望也越大，姑娘拒绝会见他们，也不明白表示她的选择，大家只得悻然而归。

海伦的继父廷达瑞俄斯担忧被淘汰了的求婚者，有可能从她选定了的丈夫手中将她抢走，于是建议，所有的候选人，要想获得她的爱，都应该庄严宣誓，保证他们尊重优胜者的婚姻权利，倘若一旦有人胆敢冒天下之大不韪，将新娘绑架掳掠而去，大家有义务共同作战，帮助新郎将妻子夺回来。抢掠者的城市和家园，必将遭到毁灭。

大家一致同意这一建议，并且庄严宣誓。海伦对自己的婚事也不能迟迟不决，于是，她将自己的手递给了斯巴达王墨涅拉俄斯。

帕里斯到达斯巴达的拉西达摩尼亚，受到墨涅拉俄斯和海伦的盛情而有礼貌的接待。没几天，国王因事外出。离家远走的国王将款待和照顾尊贵客人的事交给了妻子海伦。在国王离家期间，维纳斯怂恿帕里斯对海伦极尽讨好卖乖之能事，这动了海伦的芳心，最后同意与帕里斯私奔去特洛伊。

从克里特归来的墨涅拉俄斯，发现了客人对他的背叛。他发誓，不抢回逃跑的妻子，不惩罚诱拐者，他绝对不可能心安理得地安稳休息。信使被派往四面八方，召集当年海伦的求婚者，实践他们的诺言。他们在奥里斯集结，加入墨涅拉俄斯联军。听到召唤，全体当年的求婚者迅速赶到，除了伊达卡国王尤利西斯。他在遭到海伦对他求婚的拒绝后，为了补偿自己受到的心灵伤害，同他的表妹珀涅罗珀结了婚。现在的他，想的就是日夜伴随妻子，逗玩他的儿子忒勒玛科斯，享受天伦之乐，别的就全无兴味了。面对信使帕拉墨得斯，尤利西斯装疯卖傻，意在逃避特洛伊之旅。但是，这位信使并不那么容易被愚弄，决定以谋略揭露事实真相。一天，尤利西斯在海岸边，将一头牛和一匹马套在一起，用犁头耕耘土地，把盐撒种在其间。此时，帕拉墨得斯将他的宝贝儿子忒勒玛科斯，放在犁沟中间，直端端对着犁头。只见尤利西斯身手敏捷地改变了犁头前进的方向，为的是不伤了孩子——他的国土和王位的继承人。这一动作，足以证明国王的头脑清晰，有完全的意识自控能力，于是，帕拉墨得斯逼着尤利西斯，响应墨涅拉俄斯的号召。

在奥里斯集聚的盟军，一致同意选举阿伽门农，墨涅拉俄斯的兄弟，为远征军的最高统帅。在余下的将领中，涅斯托耳以军机战略顾问的智慧著名，埃阿斯是力量和勇气的巨人，狄俄墨得斯是有名的勇士。

部队已经到位，船舰已经装载完毕。在他们离岸之前，最好讨个神谕，听听神对他们的远征一事，持什么看法。天神的回答遮遮掩掩、模棱两可。人们经过一番琢磨后，领悟出的意思是：没有阿喀琉斯的帮助，特洛伊城将不会被攻破。阿喀琉斯是珀琉斯和忒提斯的儿子，命运女神早已断言他将比他的父亲更伟大。

忒提斯非常疼爱她的独生儿子，当儿子还在襁褓之中时，她就把他带到阴阳河边去洗澡。阴阳河的水有奇特的魔力，人身上凡经它浸泡过的地方，就刀剑不入。母亲为了儿子将来成为一个伟大的勇士，承受了极大的危险，她将孩子的身体全都浸进水中，除了她用手捏住的脚踝。

而后的一个日子里，神谕告知，阿喀琉斯会死在特洛伊的城楼下，因为他的脚踝未经阴阳河水浸泡过，那是他全身最易被伤害的部分。成语"阿喀琉斯的脚踝"就指最虚弱的环节。忒提斯不知流了多少眼泪，她发誓，她的儿子绝不可能离开她一步，她不想让儿子遭遇如此厄运。她将孩子的教育、关照之事委托给马人喀戎。在希腊，不计其数的最伟大的英雄们，都经过喀戎的训练和培训。从师喀戎，阿喀琉斯懂得了战争、摔跤，还懂得了诗歌、音乐和歌唱多门艺术，成为一个优秀的希腊勇士。阿喀琉斯完成学业，回到他父亲的宫廷。他的出现，乐坏了他的母亲。

　　忒提斯的快乐很快变成了忧愁，因为，有关希腊与特洛伊要开战的传言，进入了她的耳朵。她知道，不久她的儿子将被召唤。为了制止儿子前往，她立刻送他去了吕科墨得斯的宫廷。在那里，找出一些借口，说服他男扮女装，混迹于国王的女儿们和女仆们中间。

　　一个接一个信使，前来召唤阿喀琉斯去奥里斯集中上船。然而，一个又一个信使，连人都没有见上一面，也不知道他躲藏在何处，只好空手回去汇报。希腊人急于出发，但是没有他，又不敢开船。他们处在懊丧当中。直到后来，足智多谋、狡猾诡诈的尤利西斯想出一个主意，并且身体力行。

　　尤利西斯穿着街头小贩的便袍，肩头扛了一个包袱进入吕科墨得斯的宫殿。他狡黠地判断出，这是阿喀琉斯隐藏的地方，他高声兜售他的日用品。少女们选购针头线脑，唯有一个女子，戴着面纱挤进来，抓住一把夹杂在装饰小件中的武器，挥舞起来，技艺是那么熟练，尤利西斯透过伪装认出了他就是阿喀琉斯。假象既被捅破，自己也现身说法，道出来的目的，凭尤利西斯三寸不烂之舌，说服了年轻的阿喀琉斯与他一道去了奥里斯。

希腊人已经做好登船准备，但是，一直遇不上顺风涨满风帆。一天接一天，死气沉沉，他们的船帆没有一点动静。战士们说："我们只能静坐以待，开船的时间听从老天安排。"

卡尔卡斯，远征战事的占卜家，再求神谕，看看希腊人怎样才能最好地获得神的喜爱。得到的回答是，若要有顺风，除非将阿伽门农的女儿伊菲革涅亚作为祭祀牺牲，平息天神持久的愤怒。

许多别的平息神怒的办法都试过了，正如他们已经做过的那样，均无效果。在同僚的催促下，阿伽门农派人去接他的女儿，也给他的妻子捎了一封信，佯称他希望在希腊大军出发前，完成女儿同阿喀琉斯的婚礼。

伊菲革涅亚来到她的父亲跟前，心中暗自高兴父亲选中这样一位英雄做她的新郎。然而，她没有被送进婚姻的殿堂，却被拖上了牺牲的祭坛。高举屠刀的祭司，正准备结束她的生命，戴安娜突然现身，一手将她抓进云霄。在她原来站立的地方，戴安娜放置了一只麋鹿。麋鹿成了真正的牺牲品。伊菲革涅亚被平安地送到托利斯，在这里，她成为一处女神神殿里的修女。

现在，天神息怒了，风慢慢地起来了，涨满了待命船舶的风帆，快速地、平稳地将船队送往特洛伊海岸。海岸上，特洛伊人已驻扎了军队，竭力阻止希腊军队登陆。入侵者又一心想上岸，与阻拦者刀剑相向，希腊人要叫特洛伊人感受一下他们的战斗力量。特洛伊人退却了，然而，希腊人又顾虑重重，迟迟不离船登岸，因为神谕告诫他们，第一个企图上岸的勇士，必然第一个死亡。

普洛忒西拉俄斯，一个勇敢的希腊将领，目睹他的同僚们的犹豫不决，大胆地跃上了岸。当他的脚刚点着特洛伊的泥土，就被敌人暗箭杀害。他阵亡的噩耗，传到他留守在忒萨利的妻子拉俄达弥亚耳里时，她的心碎了。在沮丧之中，她求神也让她一死了之，或者让她再见到她心爱的丈夫，哪怕只是短暂的一会儿。她的呼吁是如此动人心弦，天神不可能不听她的祈祷。果然，天神派遣墨丘利，将她丈夫的影子带回地面，让他们夫妻相见。逗留时间不得超过三个时辰。

伴随着一声发自肺腑的惊叫，拉俄达弥亚再次看见她的心上人的容颜，从他的嘴里，她了解了他死的细节。在温情脉脉的恩爱中，三个时辰很快就过去了。当墨丘利再次出现，要带普洛忒西拉俄斯回到地狱时，爱得那么痴情的妻子，不能忍受第二次离别的痛苦，也悲愤而死。

这夫妻二人安葬在同一个墓穴，善心的仙女在他俩坟墓周围种植了不少的榆树。这些树直向上长，长到站在上面，可以看到特洛伊为止。旧的枝叶枯萎，新的枝叶又冒了出来。

战争双方的敌意在增加，战争的勇士以死相拼，刀光剑影，势均力敌。持续九年的一直没停歇过的战争定不了输赢，希腊人想进入特洛伊的努力，劳而无功；特洛伊人也没将希腊人赶下海。这一场拼个网破鱼死、令人难忘的持久战，成为后世许多诗人歌颂的题材。最古老的也是最著名的荷马史诗《伊利亚特》（又译《伊里昂纪》），描写的是战争的第十年，也是最后一年的事件。

　　在一次小规模战斗中，希腊部队抓了不少俘虏，其中有两个美丽的少女，一个叫克律塞伊斯，是阿波罗的祭司克律塞斯的女儿；另一个叫布里塞伊斯。跟往常一样，俘虏都分配给各个将领，对阿伽门农勇敢的奖赏品是祭司的女儿克律塞伊斯。阿喀琉斯领回帐篷的，是同样漂亮的布里塞伊斯。

　　阿波罗的祭司克律塞斯，听说女儿落入敌人之手，急急忙忙跑到阿伽门农的帐篷，提出以丰厚的赎金赎回自己女儿的请求。但是，上了年纪的父亲的乞求没人愿意听，无情的嘲笑把他驱走。阿伽门农怒斥老人："立刻从我眼前消失，别怪我对你不客气。别想用钱买走你的女儿，我要带她回希腊，替我干活，与我同床。你现在就滚蛋吧!"残酷的詈骂，激怒了祭司，他走进旷野，双手举向苍天，请求阿波罗为他受到的侮辱报仇："银弓之神，求你看在我尽力为你修建圣殿的精神上，成全我的心愿吧，用你的神力，降瘟疫于希腊人吧。"祈祷一出，神即应允，太阳神降下可怕的瘟疫，大规模伤害希腊人。

　　恐怖中的希腊人，祈求神谕，想知道为什么灾难会落在他们的头上，以及他们怎样才能制止疾病的蔓延。因为可怕的疾病削弱了他们队伍的战斗力。

阿喀琉斯询问占卜师卡尔卡斯，但占卜师欲言又忍，几经催促，才对阿喀琉斯说："你会用你的能力保护我吗？我要说到的是一个了不得的人物。他的个人权力在我们当中是至高无上的，他说的话就是法律。我得罪不起他。"

阿喀琉斯对他安抚说："只要我活着，没有人敢碰你。哪怕是阿伽门农也不行。"

有了靠山的卡尔卡斯说出实话，灾难不会自己停止，只有阿伽门农放弃了他的女奴，平息阿波罗的愤怒才行。而这愤怒，就是他残酷地拒绝了老祭司的哀求而引起的。

在场的阿伽门农一听此说，气得火冒三丈，将占卜师痛骂一顿。骂完了，做出一副求公正的样子，仿佛为了公众利益他愿意做出牺牲，不过，要用另一个战利品与他交换。

这就惹恼了阿喀琉斯，他斥责阿伽门农的不义与贪婪。阿伽门农的态度是，若是送走了克律塞伊斯，他就要带走阿喀琉斯的女奴布里塞伊斯作补偿。

阿喀琉斯知道阿伽门农的自私和贪婪。往昔，在分配战利品时，凡属身外之物，阿喀琉斯一概谦让，可是，这一回却不同了，阿伽门农夺取的不是物而是人。对阿喀琉斯来说，布里塞伊斯不再是一般意义上的女奴，用他自己的话来说，他早已视她为自己的"合法的未婚妻"了。而今，阿伽门农却要拿她做妻。阿伽门农权高一等，阿喀琉斯也将他奈何不得，于是说："待在这儿简直没意思，为你卖命，还受你侮辱，不如回家去算了。"

阿伽门农对阿喀琉斯说："你滚吧，别以为离了你战争就打不下去了。你除了作乱、暴力、不忠之外，还有什么？就算你是英雄，可是你得明白，我的权力大于你。跟我斗，你会有好结果？"

阿喀琉斯愤怒了，很想一刀了结了这个狂人，利剑已经拔出鞘来，只是突然到来的女神雅典娜制止了这场流血的悲剧。

阿喀琉斯想到，阿伽门农这人真够卑鄙的。英雄们来参战，全是为了他阿伽门农兄弟的事，就自己个人而言，跟特洛伊人毫无利害冲突。于是，他对阿伽门农讲道："特洛伊人既未偷盗过我的牛马，也没有侵占过我的土地，我这次参加远征，就因为你们家族的海伦被劫持。英雄们在为你浴血奋战，他们得到的是什么呢？你唯利是图置他们的生死于不顾，你还指望别人会替你卖命？"

阿喀琉斯指责阿伽门农丧尽天良，并非一时冲动。每次战斗，他像拼命三郎，出力最多，而在分配掳掠物时，他只获得一点点，阿伽门农得到的战利品最多。尤其是眼前，阿伽门农为了一个女子，竟然不怜惜在瘟疫中挣扎的盟友，更是让阿喀琉斯怒不可遏。

阿伽门农也大玩他手中的权术："阿喀琉斯，你别忘了，我的权力大于你。我要拿你的女人作交换，既是对你的自以为是的惩处，也可以通过这事教育别人：别跟上司顶嘴，更不要和你的头头做对头。"

正如生活中到处有和事佬一样，长者涅斯托耳出面调停："我主阿伽门农，你不可仗恃你的王者特权，抢夺你部下的女子，那是他应该得到的。至于你阿喀琉斯，要学会尊重你的上司，他既然被赋予了一种权力，你就应该懂得服从。虽然你是海的女儿忒提斯的儿子，是力量的化身，但是王者的统治，需要你付出超常的敬畏。阿伽门农王，你就原谅了年轻逞强的阿喀琉斯吧，在战场上，他是统帅三军的猛将。"

阿喀琉斯再次揭露阿伽门农："你是一个胆小鬼，你没有战斗的勇气，战斗开始，你就躲进了帐篷，以牺牲将士来发达自己。你玩耍权术如鱼得水，再加上你部下的怯懦，你的王位才巩固了下来。要不然，你早就成了别人的刀下鬼！我不怕你，也不服从你。"

希腊盟军由两个首脑引起的内讧，就这样开始了。

阿伽门农不得已送走了克律塞伊斯，然后片刻不停，便吩咐他的部下前往阿喀琉斯的帐篷，将布里塞伊斯带了回来。

部下实在不想走这一步，但是军令在身，不去不行，虽然他们觉得有一种助纣为虐的羞愧，也得慢慢地靠近阿喀琉斯的帐篷。见了帐篷的主人，也不好启齿说明来意。倒是阿喀琉斯爽快，对他们说道："欢迎你们，我的朋友。我和阿伽门农的争吵，不关你们的事，我和他自有了断。我不会为难你们，军人就得服从命令。"这时，阿喀琉斯叫他的好友帕特洛克罗斯，将布里塞伊斯交给来人。来人便乘船回去复命了。

其实，阿喀琉斯的内心充满了痛苦。男儿有泪不轻弹，何况英雄？但是，英雄阿喀琉斯也落泪了。他在旷野对着他的母亲，海的女儿忒提斯哀诉道："我蒙受了阿伽门农的侮辱，他抢走了我得到的女人。"

母亲明白，自己的儿子出生之日不吉利，寿缘不会长久。为了短命的儿子，她要上奥林匹斯山寻求朱庇特对她儿子的帮助：让特洛伊人重创希腊军队。

阿喀琉斯一直保留着他的愤怒。希腊人的一切活动与他无关。他心头渴望的是特洛伊人打出城来。

在奥林匹斯山天庭，忒提斯向着朱庇特哀求："我父朱庇特，请看在我为你效力的功劳上，给我可怜的儿子以恩惠吧！他的女人被阿伽门农占为己有，这是对我儿极大的侮辱。奥林匹斯的仲裁者，你要替他报仇，在战场上让特洛伊人占上风，直到希腊人，特别是阿伽门农本人，知道给我儿子应有的尊敬和足够的赔偿为止。"

朱庇特拿这事也颇为难。他怕朱诺骂他帮助特洛亚，因为她一直对特洛亚的帕里斯怀恨在心。他又经不住忒提斯的纠缠，只好点头应允。他这一点首，奥林匹斯为之震动起来。

回到宫廷的朱庇特，被妻子朱诺问及他和忒提斯在商量什么阴谋诡计时，大动肝火，毫不客气地将朱诺骂了一顿："你虽是我妻，可是你无权过问我的决定。众神的意见我都可以不考虑，你问我，我会回答吗？"

当朱诺猜出他将允许特洛亚人在船边屠杀希腊人时，朱庇特对她吼叫道："你别问了！我决定了的事，谁也改变不了。"

夫妻俩闹成这样的僵局，儿子铁匠神伏尔甘出面斡旋："母亲，忍耐点吧，这奥林匹斯的主神是得罪不得的。他在天神中是最有力量的，他要动起怒来，我们的位子就坐不稳了。你忍气吞声吧，让天父宽容我们。"

担心损失既得利益的朱诺，立刻转怒容为笑颜。这一晚，朱庇特入睡后，朱诺便躺在他的身边。

当晚，在睡梦中的阿伽门农，梦见神使告诉他，攻占特洛亚城的时机已到。天亮后，他本应召集人马投入战斗，但他却对将士们声称："我们多年的攻城略地的努力都失败了，船舶的木料腐烂了，索具也坏了，再说，家里的人也在挂念我们。既然毫无成就，不如大家趁早回家去。"

他说的是实情，大家也都相信，于是动手拖船下海。女神雅典娜连忙叫尤利西斯出面制止希腊军人的大撤退。尤利西斯和一些参加了阿伽门农密会的上层将领，知道阿伽门农此举的本意是检验军心，所以，他对一部分人说："君主是神圣的，我们应该学会尊重他们。"对另外一些人，如像敢于批评阿伽门农的士兵忒耳西忒斯，就是棍棒相加，不许他在军中制造混乱。

紧接着，尤利西斯和老将涅斯托耳对阿伽门农说，十年战事，人心疲劳，不过，既然天神预言战机在眼前，我们就应该乘机挺进。尤利西斯说："已经在外征战了这么多年，空着手回去，简直是奇耻大辱啊。"涅斯托耳威胁说："有谁急于回去，只要上了船，一定比别人死得早。"然后，他心平气和告诉人们："大家不要忙着回家，在大家和特洛伊人的妻子睡过觉之后，又带回去了海伦，我们的物质和精神才算得到了双重补偿。"

希腊人的心绪平静了下来。阿伽门农将部队按照部落和氏族重新编制，准备和特洛伊人再决雌雄。

第二天，两军在特洛伊城下对垒，经过双方在战场上协议，希腊人的墨涅拉俄斯和特洛伊人的帕里斯，为海伦和海伦的财产单挑对战。赢家就是胜利者，可以带走海伦和财产，双方从此和平共处。

此时，举世无双的美人海伦身着白色闪光及地长袍，由侍女陪着，登上城楼观战。正在讨论战局的特洛伊的老者们，一下子被惊呆了，过了半响，他们喃喃地说道："啊，简直是一位不死的女神，难怪特洛伊这么多人为她丢失了生命。真是美极了，不过，还是赶快放她回去吧，免得我们也犯错误，还害了我们未来的子孙。"

帕里斯是个银样镴枪头，样儿漂亮却是个窝囊废，听说要一对一，他就吓得躲进人群。赫克托耳将他痛骂了一顿："你既然敢夺人妻，伤人丈夫的脸面，怎么就不敢与人家的丈夫拼个死活？特洛伊人太宽容你了，要不然，你做出了这样的丑事，早该用石头将你砸死。"

帕里斯和墨涅拉俄斯均走到阵前，到了划定的地点，相距不远，各自站定，就恶狠狠地挥舞起兵器来。帕里斯首先投出长枪，打在墨涅拉俄斯的盾牌上，因为盾牌坚硬而被反弹回来。这时，墨涅拉俄斯运足底气，长枪掷向帕里斯，穿透了他的盾牌，直插他的紧身铠甲。他躲闪及时，逃过一死。墨涅拉俄斯拔出短剑，朝着帕里斯的头盔砍去，因用力过猛，剑叶断裂，帕里斯又逃过一死。墨涅拉俄斯猛扑上去，一把揪住帕里斯的头盔马鬃，使他差点窒息而死。维纳斯及时赶到，割断了头盔下的牛皮绳，再救了他一命，并将他抢回宫廷。维纳斯又将海伦从城楼隐遁回来与帕里斯相见。这个好色的帕里斯，在生死抉择的紧要关头，还念念不忘夫妻生活，他招呼海伦："来吧，我们上床快乐快乐吧。从前的拥抱，也不及此刻快乐，我对你炽热渴求，这样地急于求欢。"

俗话说，神仙打仗，凡人遭殃。特洛伊战争，就是奥林匹斯诸神的意见分歧在人间的表现和反映。既然帕里斯战败，双方应该缔结和平，朱庇特的意思也是就此结束战争，但是，朱诺不依不饶。一贯惧妻的朱庇特，只好做出实质性的让步，于是，吩咐雅典娜去到人间，想一想用什么办法让特洛伊人破坏协议，重燃战火。

雅典娜找到了特洛伊健壮的王子潘达洛斯，对他说了一番恭维的话："如果你能向墨涅拉俄斯放一箭，既表现了你的勇敢，也表明你的武艺高人一等。救特洛伊人于涂炭，解帕里斯于困境，他们该如何感激你啊！"这傻子真的张弓搭箭，射中了没有防范的墨涅拉俄斯。有了雅典娜的庇护，箭头只伤及皮肤表层。流出的红血，依然激怒了阿伽门农："为停战，我作过神圣的宣誓。誓言是不可亵渎的，我相信，奥林匹斯的天神会同他们算清这笔背信弃义的血债的。我心知，特洛伊要毁灭，特洛伊的老百姓统统要毁灭。"

　　统帅的激励，使希腊人振奋起来，特洛伊人也不示弱，两军再次兵刃相见。盾牌在撞击，刀剑在交锋，被杀的人在尖叫，遍地血流成河。双方战将纷纷出战，战马在嘶鸣，旌旗在挥动，战车在奔驰，刀刃发出寒光，像苍蝇一样的铜头矛子，一阵子飞过去，一阵子又飞过来。这恐怖的战争场景，让胆小者勇敢起来，让勇敢者挥洒自如，杀人如切瓜。

　　墨涅拉俄斯生擒了从战车上摔下来的特洛伊战将阿德瑞斯托斯，阿德瑞斯托斯愿付出重金求一活命。墨涅拉俄斯正吩咐人将俘虏带走时，阿伽门农走过来，说道："不要舍不得人的性命。当初你对帕里斯好，他对你好吗？不，我们不能让他们留下一个活人，就连还未出娘肚子的孩子也不让活。他们的民族必须被消灭干净。"说着，阿伽门农一枪刺进了阿德瑞斯托斯的胸膛，了结了他的性命。

　　这形势不利于特洛伊人，他们退守城内。特洛伊王子赫克托耳组织妇女们去神殿向雅典娜女神祈祷后，便回到父王普里阿摩斯的宫廷，见到了帕里斯。赫克托耳对他谴责道："这祸是你惹起的，城外杀声连天，你却在这里逃避死亡，真是可耻可鄙！"

　　这时，海伦说话了："大哥，都怨我这个可憎可恨的闯祸人。想不到他本性难移，总有一天要自作自受的。今天，特洛伊人遭受这么多祸殃，是因我的无耻和帕里斯的邪恶造成。我真是后悔不已。大哥，你太劳累了，进来歇一歇吧。"赫克托耳感谢她的美意，但身系军机大事，不得耽误，便告辞走了。

听说特洛伊人败进城来，人们都向着城楼跑去，赫克托耳的夫人安德洛玛克和孩子也在其中。使女将这一信息告诉了赫克托耳，他三步并作两步，穿街走巷，朝着城墙处赶去。

在城头，赫克托耳见到了他的儿子和妻子安德洛玛克。妻子眼里噙着眼泪走到丈夫身边，半爱半憎地说道："你疯了吗？你的勇敢会送了你的命，难道你就不想一想你的儿子和妻子对你的挂牵？万一你有不测，被希腊人杀死，孩子就是孤儿，我就是寡妇。你死了，我活着还有什么意思呢？"

在安德洛玛克的讲述中，我们知道，她的父母双亡，父亲是被阿喀琉斯杀死的。不过，她赞赏阿喀琉斯的豪爽与侠气，没有分割她父亲的尸体。她担心阿喀琉斯再伤着赫克托耳。

她说："亲爱的赫克托耳，你对我太重要了。你不仅是我的丈夫，也是我的父母，是我的兄弟，你就待在这城楼吧。我求你了。失去了你，我和孩子也只有死路一条。"

头盔闪亮的赫克托耳说话了："亲爱的贤妻，对你的关爱，我除了内心的感谢，无话可说。但是，作为城市的保卫者，我不能不出战，要不然，我就成了懦夫，又有何面目见你和特洛伊的乡亲父老？我是军人，我是军人的将领，我不身先士卒，何以服众？再说，我也知道自己有那么一天，但是，为保卫城邦而死，死得其所。我最痛心的是，你和孩子成了希腊人的俘虏，吃苦自不待说，要被他们冷嘲热讽，那才叫人受不了啊！"

说完，赫克托耳伸出手去抱他的儿子，也许是威严的面孔，也许是他晃动着马鬃的头盔，将孩子吓哭了。赫克托耳和安德洛玛克都会意地笑了。赫克托耳赶忙脱下头盔，再同儿子亲热一番，抚爱一番。他暗中向天神祈祷："请保佑我儿，让他像我一样勇敢刚强，成为一国君主，征战凯旋，带回沾有敌人血污的铠甲，也叫他的母亲高兴、人民赞美，他比他的父亲还强大。"

赫克托耳将孩子送到母亲的怀里。接过孩子的母亲，眼睛里滚动着泪水，这使丈夫非常感动。他用手抚摩着她，安抚道："别哭了，过分伤心会伤了身子的。生死皆天命，凡是从娘肚子出来的，英雄也罢，胆小鬼也罢，谁也回避不了，躲藏不了。不过，你可以放心，还没有人能轻松地让我进地狱。这一仗非打不可，特洛伊人要打，我也得打。回家干活，等着胜利的消息吧。"

出了城的赫克托耳，来到两军无人地带，对希腊人说道："你们中间出来一名战将跟我交手。相信天神朱庇特，输赢自有公论。"出来应战的是忒拉蒙的儿子、骁勇善战的埃阿斯。几个回合下来，赫克托耳颈部受了创伤，又被埃阿斯掷来的一块石头打翻在地。最后靠阿波罗救了他一命，匆匆回城。

城里的特洛伊人，在老王普里阿摩斯主持下，召开会议商讨对策。有人建议，送回海伦和同时抢夺来的财产，以求休战。帕里斯生气了，痛骂建议人，最后，他只同意送还财产，不退还海伦。希腊人断然拒绝。

天神朱庇特早就想结束这场战争："你们这些神啊，我要你们留心听着，这场灾难必须迅速结束。我要限制你们，你们不可再插手其间，如有被我看见或抓住者，不是受到羞辱，就将被扔进塔耳塔洛斯地牢。"但是他的老婆朱诺和女儿雅典娜，始终不听招呼，明里暗里帮助希腊人。朱庇特虽然为此龙颜大怒，但又因为他本人的犹豫不决，不愿下狠手加以制止，所以双方之间的战事反而愈演愈烈。

其实，朱庇特对战斗双方也不是完全中立的，比如今天这一仗，他就明显地袒护特洛伊人。他发出的雷声和闪电，重振了特洛伊人的精神，赫克托耳意气风发，身先士卒，带着人马朝着希腊人扑杀过去。希腊人节节败退，损失惨重，死伤巨大。特洛伊人穷追不舍，将他们逼到船边，要不是因为天色已晚，只要赫克托耳一声令下，立即就会烧了他们的船舰。雅典娜和朱诺很生朱庇特的气，一直不同他说话。但是，朱庇特说："你们气也罢，不气也罢，这是天意，不到阿喀琉斯出战，事情不得了结。"

特洛伊人来势汹汹，希腊人已经感到招架不住了，唯一的结局就是投身大海。阿伽门农哭了，他宣布，趁还有一线退路，撤军回老家。

对阿伽门农的无所作为，老人涅斯托耳当着众将领的面，公开炮轰最高领袖："亲爱的君主，你要忠告别人，首先自己就要学会听从别人的忠告。别人怕对你讲真话，我却有向你讲真话的权力。我对你的忠告，不好听，而且有点伤你体面，但是，却是一服良药。"

阿伽门农和众将领平心静气地听着。

涅斯托耳继续说道："陛下，你要懂得，你是人间王，天神赋予你权杖和制定法律的权力，无论他人出于什么动机，只要是办好了的事情，英明正确的荣誉都是归于你的。对你和阿喀琉斯的冲突，我从一开始，就坚持我的看法：你错了。你千错万错，错在不该从别人的屋里抢走别人的女人。我一直是这么认为的。我明确地反对你的行为。可是，你被你的骄傲和刚愎自用制服了。你为了自己的私利，抢了阿喀琉斯的女人，他是神也看中的英雄，你却跟他闹翻了脸。虽然时间过去好几天了，但是亡羊补牢，为时晚矣。我们应该去跟他讲和，还他女人，赔偿损失，让他重新参战。"

被私心蒙住了眼睛的阿伽门农，诚恳地检讨起自己来了："老王爷，你的话，没有一句不对头，我都全接受了。我确实犯下了鲁莽的错误。是我的冲动得罪了这位举世无双的英雄。是我个人的愚蠢，带给了希腊军人不应有的痛苦。我要对阿喀琉斯给予补偿，我要痛改前非。我给他的礼品有：七个三角鼎，二十个闪亮的黄铜锅，十二匹强壮的骏马，七个擅长技艺的女子，并且退还我抢过来的女子布里塞伊斯。"说到这里，阿伽门农特别强调："我可以向着天神发誓，我只是抢了他的女子，一直禁闭着她，没有同她上过床，没有犯下男女关系。"他知道，戴绿帽子，是事关个人尊严的问题。

阿伽门农跟一切有地位有名望的人一样，错了之后，还要死保自己的面子。于是，阿伽门农说出了这样的话："他必须对我心悦诚服。我要制服他，是因为他太强硬，不会通融，不会变通。他应该听从于我，无论从年龄、从地位上讲，他都不应该与我平起平坐。"

足智多谋的尤利西斯，奉命前往说服阿喀琉斯。见到了尤利西斯，阿喀琉斯热情接待，对这位有声望的使者直言自己的观点："阿伽门农抢夺我的布里塞伊斯，好像抢的是财产，不是拿她做自己的妻子。事实上不是这样，他是拿她做了妻子，而且由他亲自挑中的。好啦好啦，别说了，让他高兴吧，让他心满意足吧！"

尤利西斯向他表明阿伽门农的忏悔，以及阿伽门农提出的赔偿，特别强调阿伽门农有意选他做女婿。

阿喀琉斯对尤利西斯说道："大人，谁不爱自己的妻子？请问，希腊人为什么要不远千里，兴师动众来特洛伊打仗？还不是为了墨涅拉俄斯美丽的妻子海伦被别人抢了？难道天底下只有他们一家人才懂得爱自己的妻子？我说，天底下凡是有教养的、有理性的、有道德的人，都是知道保护自己妻子的，就如同我爱那个女子一样。"阿喀琉斯的意识已经跨进了文明的门槛。事实上，大家都明白，绿帽子是胜利者对失败者的慷慨赐予。

阿喀琉斯再对尤利西斯说："好大人，阿伽门农很会骗人，他会找到许多理由来证明他的正确。请你告诉他，别再对我搞什么阴谋诡计了。我不稀罕他的礼品，也不稀罕他的女儿。"

尤利西斯告诉了阿喀琉斯当前希腊军队的困难处境，并说，虽然大家拼死抵抗，疯狂的赫克托耳也是非常可怕的。他对阿喀琉斯说："敌人已经将我们的人马驱赶到海边，要放火烧掉我们的船舰。"

阿喀琉斯说："尤利西斯大人，要使船舶不被烧掉，只有仰仗你和各位王爷了。其实，我不在的时候，你们的努力已经创造了许多奇迹了。不瞒大人说，我的阳寿不长，与其为欺我者死，不如留着命多活上几天。"

尤利西斯回到军营，将阿喀琉斯的话和盘托出，在场的希腊将领们都被惊得目瞪口呆。

第二天黎明之时，朱庇特派出战斗女神，站在希腊人的船头，发出大声呐喊，激起了希腊人的战斗意志，再也不想弃船而去。阿伽门农冲锋在前，凭着他的骁勇，左右砍杀，势如破竹。当赫克托耳率军冲向希腊人时，奥林匹斯山的朱庇特坐不住了，他忙吩咐传令官去向赫克托耳传达他的口信："只要阿伽门农身中一箭，或乘坐战车逃命，我就给赫克托耳以力气，让他去欢心厮杀，一直反攻到希腊人的船边。"

朱庇特一言九鼎，他的话马上得到了应验：特洛伊军中魁梧的伊菲达马斯，一枪刺中了阿伽门农的胸甲但未伤及皮肉，科翁补上的一枪，刺入了前臂。后来，这二人均死在赫克托耳的刀下。受伤的阿伽门农，伤口愈来愈痛，便上车退出了战场。一扬鞭子，马便朝着船舰奔去。

赫克托耳看见阿伽门农退出战斗，情绪为之一振，大声叫唤特洛伊人和盟军将士，奋力攻打希腊人的船舰。得到了天神朱庇特批准，无法挽救的灾难降临到了希腊人的头上，仿佛希腊人只有在船边等死。只要天不灭人，人就有重整旗鼓的希望。希腊人中还有尤利西斯和他的战友们在以死抵抗。尤利西斯在与赫克托耳对战中，一枪掷出，差点要了对方的命。

　　奥林匹斯山上的朱庇特以自己的能力稳定着人间的战局，观看希腊人和特洛伊人互相杀戮。彼此伤亡都很惨重，但是，谁也无意退却。很明显，一时间，谁也不能战胜谁。

　　此时，老将涅斯托耳见到了阿喀琉斯的朋友帕特洛克罗斯。老将对朋友说道："你现在去劝说阿喀琉斯也许还来得及。我们希望他出来改变当前的局势。也许他心里明白，这一战，他都看见了，你作为朋友，对他提出忠告，总会有效的。如果他坚持不出来，就让他把他那套闪亮的铠甲借给你，你穿着它走上战场，特洛伊人会将你误认为他，就不敢再恋战。我们就争取到了一个喘息的时间。要知道，就这么一个时间的间歇，我们的战士就能恢复元气，以利再战。"

　　当然，特洛伊人还不能攻破希腊人阵地的另一个原因是希腊人在靠近船舶的海岸边筑起了一道深深的壕沟。这壕沟，不是一跳就可以过去的，岸边是陡峭悬崖，还有成排的尖头木钉，构成了一道天然屏障。

　　人算不如天算，有了天神朱庇特的许可，一道雷鸣闪电，给特洛伊人鼓足了勇气。在赫克托耳的号召下，人们冒险前进，越过了壕沟，打破了壁垒。恐慌的希腊人乱成一团，纷纷躲进船舰。

紧接着的船边战斗是一场恶战。朱庇特将赫克托耳的人马领到了船边，就撒手离去，让双方不顾死活地鏖战。海神涅普顿为此愤愤不平。他走到希腊人当中，大声地说道："你们还犹豫什么？赫克托耳已经砸碎了你们的壁垒，他的呐喊声已经在船边了，在此危急关头，你们的不作为将给你们带来骂名。"

他的话，激励了正产生听天由命情绪的希腊人，使他们再次振作起来，重新布起了阵势，连天神们也叹服不已。这是一支精锐部队，盾牌靠着盾牌，头盔靠着头盔，人靠着人，连成了一道难以突破的屏障。

赫克托耳率领部队冲杀过来，他高声断言，哪怕希腊人用石头筑起的高墙，也休想将他阻拦。然而，他得到的却是希腊人射出的利箭和抛来的石头。开始时，赫克托耳势不可挡，好像会很容易把希腊人赶进大海，但是，碰上了这样的壁垒，他便难以再进一步了。尽管如此，特洛伊人的喊杀之声，震得山也动来地也摇。希腊人承受的压力实在不小。

墨涅拉俄斯见此情景，暗自伤心。他挥动锋利的长矛，带领着队伍，朝着特洛伊人拼杀过去。在他手中，特洛伊方面相继丧失两员战将：赫勒诺斯和珀珊得诺斯。得手的墨涅拉俄斯大骂特洛伊人不是正常的人类，他们是恋战的贪心鬼。他狠狠地对珀珊得诺斯说道："你们抢夺了我的妻子，你们公开羞辱了我。你们将宾主关系的律令也破坏了，那是朱庇特制定的。

你们的丑行和恶德，将带来你们国家的毁灭。"

人间战事之不停息，全因受了天神们的干预。朱庇特的态度暧昧，遇事想要自己做主，但是，又每每执拗不过老婆和儿女。众神各有偏袒，你赞成的我反对，我赞成的你反对，这就致使人间形成了拉锯战。天神们也搞钩心斗角，也玩阴谋诡计。为了解救困境中的希腊人，天后朱诺对朱庇特来了个调虎离山计。朱诺利用朱庇特对她情欲亢奋，同意跟他睡觉，暗地里差遣梦神去鼓动希腊人奋起战斗。

受到神的鼓舞和煽动，希腊人斗志倍增，摆开阵势，埃阿斯与赫克托耳对战，几个回合，赫克托耳就被打倒在地，咯血不止，只得退回到特洛伊队伍中去了。当朱庇特看见受了伤的赫克托耳时，将朱诺严厉训斥了一顿："一定是你干的，一定是你使了可恶的诡计，才造成赫克托耳不能战斗，让他的人也跟着溃逃。我恨不得一个霹雳叫你吃吃苦头呢！"

有了朱庇特的保护，赫克托耳再次出战，他向着希腊人的船舶直奔而去，朱庇特的巨手推动着他，又唆使他的人马跟着上去。特洛伊人手里拿着火把，准备放火烧船。

当船边战斗正在激烈进行的时候，帕特洛克罗斯便到阿喀琉斯那里去了。

帕特洛克罗斯是阿喀琉斯的亲密朋友，他来到英雄身边，将盟军溃退的情况报告给阿喀琉斯，恳请他再次出战，救希腊战士于危难之中。他对阿喀琉斯说："我们所有的将领都受了伤，或是箭伤，或是枪伤，正躺在船边呻吟。英勇的狄俄墨得斯中了箭，聪明的尤利西斯也受了伤，阿伽门农和欧律皮罗斯被箭伤着了腿。当此时刻，希腊人特别需要你，你如果不出面拯救他们，他们的后代子孙将会怎样的怨恨你。"

阿喀琉斯仍然是怨气不消："战场上的掳掠物，我不计较，但是，那女人是我用胜利赢得的，阿伽门农从我的怀里夺走了她，我竟被人家看做了乌龟王八！"阿喀琉斯态度极其傲慢，一点也不让步。不过，他对帕特洛克罗斯说："我听见赫克托耳凶恶的叫喊，他在平原上杀戮我们的弟兄。帕特洛克罗斯，你赶快去救一救那些船舶，不要让他们放火。"突然，帕特洛克罗斯记起了这样的事实：只要阿喀琉斯闪亮的铠甲一露面，特洛伊人就必然吓得屁滚尿流。

他对阿喀琉斯说："请把你身上的盔甲借给我，让特洛伊人将我当成是你而被吓得来魂不附体，各自逃命去吧。我们的战士将会获得休息，哪怕是只能够喘口气，战局也会发生转机。特洛伊人已经是精力衰竭了，我们的精神将会大受鼓舞，重新奋发战斗，就可以把特洛伊人赶回城里去。"

虽然阿喀琉斯已经发誓不再参加希腊部队的战斗，但是却非常乐意将人马和铠甲之类的东西借出来，如果人们确实需要的话。这样，帕特洛克罗斯向阿喀琉斯借来了铠甲，穿在身上，闪亮发光。招呼上密耳弥冬，带着一队人马，向敌人宣战去了。

特洛伊人在迷糊中停留下来。阿喀琉斯来了，而且要大干一场，特洛伊人嚷开了，胆怯者都想退缩回去了。特洛伊人的阵脚乱了，四处充满了他们溃逃时的喧闹。他们不要命地向城里逃去，帕特洛克罗斯朝着他们大吼一声，他们就纷纷从车上滚到了车底。在船舶、河流和壁垒之间的一片地面上，帕特洛克罗斯猛冲猛杀，为希腊的阵亡者报仇。

突然，特洛伊人发现，来者是假冒阿喀琉斯，于是精神又上来了。他们重整旗鼓，向希腊人反扑过去。许多英雄在这一场遭遇战中负伤倒地啃泥巴去了。这时，萨耳珀冬，朱庇特和欧罗巴的儿子，站在普里阿摩斯的儿子、特洛伊将士的统帅赫克托耳前面，挑战帕特洛克罗斯一对一拼杀。不用说，这两个将领说到做到，一时间，刀光剑影、寒气逼人，两人势均力敌，杀得难分难解。数个回合后，帕特洛克罗斯用矛射杀了萨耳珀冬。由孪生的两个小神，睡眠神和死亡神，将萨耳珀冬的灵魂接走。而帕特洛克罗斯由于先前用力过度，此时已觉得体力不支。

在同欧福耳波斯的厮杀中，帕特洛克罗斯受了伤。这时，赫克托耳冲上来，一枪刺破了他的肚子，铜头一直穿透了身体。帕特洛克罗斯砰的一声倒在地上，就像一匹野猪为食物与一匹狮子拼斗，力大的狮子制服了精疲力竭的野猪，野猪颓然倒地一样。赫克托耳以征服者的语气对他说道："帕特洛克罗斯，你以为你可以攻破我的城，拿我们特洛伊的女子行乐吗？我，赫克托耳，特洛伊最优秀的射手，在这里保护她们。你的主人阿喀琉斯是堆狗屎，他躲在后面，让你来替他死。"

帕特洛克罗斯向赫克托耳说："赫克托耳，你听着，你也没几天好活命了。你将死在我的至尊的朋友阿喀琉斯的手下。"

赫克托耳反唇相讥："废话，说不定阿喀琉斯先死在我的枪头下呢。"

死亡中断了帕特洛克罗斯的话，使他身边的希腊人惊慌失色。神背弃了他，他英勇死去。英雄倒地，铠甲发出铿锵的金属声。全体希腊人为他的牺牲悲切哀鸣。

伴随着胜利的呼叫，赫克托耳从死者的身上剥落了铠甲。这时，希腊人在墨涅拉俄斯和墨里俄涅斯的带领下，冲进战场，发誓要从敌人的手中将帕特洛克罗斯的尸体抢回来。他们说："让特洛伊人将尸体拖进城，不如让这黑色的土地把我们吞掉。"特洛伊人迅速后撤一步，摆开抗拒阵势，一副耀武扬威的样儿。他们互相鼓励说："就算我们注定死在这尸体旁边，一个也不能再后退。"经过一场恶战，希腊人终于抢回了尸体。

在希腊将士中间，帕特洛克罗斯阵亡的消息传递着，传到了阿喀琉斯的耳里，他哭得像泪人儿一般。他为死者而哭，因为他俩是朋友，更因为几分钟前，朋友还那么精力充沛，精神抖擞，现在却是一去不复回了。他大声号啕，朋友的死叫他伤心透顶。在静谧的深海里的忒提斯。听见了儿子阿喀琉斯的号哭，迅速来到他身边，劝慰他、鼓励他。

面对母亲的同情，他倾诉出自己失去朋友的悲伤。他说："母亲，我亲爱的朋友帕特洛克罗斯死了，他是我最看重的人，我爱他如同爱我的生命。"母亲竭力转移他的注意力，想把他从悲惨的事件中解脱出来。母亲避开战争的话题，谈了一些别的事情。

她的全部努力没有产生效果，因为阿喀琉斯脑子里想的是复仇。他发誓一定要去惩罚杀害他朋友的凶手："我不想再活下去，我也不再眷恋人间，除非赫克托耳死在我的长枪下，偿还他那笔血债。"

海的女儿忒提斯同意儿子为朋友复仇，并且拯救被围困的希腊人。尽管她明白，赫克托耳一死，她的儿子阿喀琉斯也必死。她只是对他说："你的盔甲已经落入赫克托耳手里。你等着，我去铁匠神伏尔甘那里，给你带一套辉煌的新铠甲回来。"

朱诺和雅典娜用神光笼罩着阿喀琉斯，护送他走出战船，到壁垒外边，站在壕沟上露一露脸，给特洛伊人一点精神压力。果然，特洛伊人被吓得魂不附体，昏了头，阿喀琉斯一声怒吼，他们的心便被融化成了水。

母亲忒提斯给儿子阿喀琉斯带回来的盔甲真是"此物只应天上有，人间那能几回得"的瑰宝。阿喀琉斯抚摩着它、打量着、赞美着它。他对母亲说："我要穿着它出战。"

母亲对儿子说："你把希腊军队召集起来开会，与你的总司令阿伽门农重归于好吧。穿上它去打仗，把你的力量全部使出来，消灭希腊的敌人。"

参加会议的人特别踊跃，阿伽门农也来了。

等人到齐了，阿喀琉斯首先讲话。他说："我的总司令，我们不要再闹了。为了一个女子，不顾一切地结仇成恨到这个地步，我明白了，它对你对我都没有什么好处。总之，我是不再记仇了。"

希腊的战士们听见侠肝义胆的阿喀琉斯放弃了仇恨，都情不自禁地欢呼起来。

阿伽门农当着全军将士的面对天发誓："我请至高至善的天神朱庇特，大地和太阳，以及下界的惩治伪誓者的复仇女神作证：我的手，从来没有碰过布里塞伊斯这个女人，无论是为了拉她上床，或是为了其他什么目的。她在我帐篷里待的这几天，是丝毫不受伤害的。若有虚言，雷劈火烧。"

阿喀琉斯也再次发言："如果不是受了天父朱庇特的蒙蔽，如果不是朱庇特存心要希腊人遭受一场大屠杀，无论如何，我主阿伽门农不会与我结下如此深的仇恨的。"

重新回到阿喀琉斯身边的布里塞伊斯，目睹被铜枪打得体无完肤的帕特洛克罗斯的尸体时，一头扑在尸体身上，失声恸哭起来。她悲哀地哭诉道："从我成俘虏那天起，你一直对我十分关照。你说，你要让我做阿喀琉斯王子的合法妻子，在他的家乡给我举行婚礼。你的恩德我怎么能忘记啊！"

第二天，阿喀琉斯穿上铁匠神新制的盔甲，跨马执枪，雄赳赳地带着浩浩荡荡的希腊将士奋力反攻，直逼特洛伊城门。特洛伊人大批逃进了城，真是命运作祟，他们竟将赫克托耳留了城门前。赫克托耳决心完成一个爱国者的职责，所以，他连父亲普里阿摩斯和母亲的劝告也听不进了。

阿喀琉斯和赫克托耳会战特洛伊城楼下。见到阿喀琉斯，赫克托耳的心是虚的，他的双脚发抖，他不敢再站在那里，便逃跑开去。敏捷的阿喀琉斯紧追其后。赫克托耳本想靠近城墙，好让城上的弩弓手将他的追赶者射杀开去，但是，去城边的道路始终被阿喀琉斯抢占着。赫克托耳已经渐渐不是阿喀琉斯的对手，他绕城三圈，仍不能摆脱阿喀琉斯的追杀。

赫克托耳对他说："我不再逃跑了，我和你决个死活，不是我杀了你，就是你杀了我。不过，我保证，杀死你后，决不羞辱你的尸体，并且把它还给你的同僚们，只是剥下你的铠甲属于我就行了。"

阿喀琉斯愤怒地吼道："赫克托耳，别再装傻了，你凭什么跟我谈条件？狮子不跟人讲条件，狼也不跟绵羊平起平坐，它们始终是仇敌，我和你也一样。现在什么东西都救不了你的命。你用长枪结束了我朋友的命，使我伤透了心，这一刻我要叫你偿还清楚。"

阿喀琉斯的话音刚落，手中的长枪便向赫克托耳投掷过去。不过，赫克托耳早有防备，他见那长枪的来势，身子朝着地下一蹲，长枪飞过他的头顶，直端端插进地里。

他们兵器的翻打、砍杀，就像冰雹一样落将下来，两个人的身影，被尘埃紧紧地包裹住了。啥也看不见，只听到互相打击时，沉闷的砰砰声和刀剑撞击的金属声。

阿喀琉斯看见赫克托耳穿着从帕特洛克罗斯身上剥下的盔甲，全身保护得严严实实的，但在锁骨处留下一个孔隙，那是薄弱点，最易置人于死地。阿喀琉斯趁赫克托耳冲刺过来时，将矛头直端端刺进了赫克托耳的颈部。就这样，赫克托耳一命归天，灵魂离躯体而去。

尘埃中突然传来一阵大声叫喊，然后又归于静寂。灰尘散去，城楼上的特洛伊人正期待着战斗结果，此时却看见阿喀琉斯从对手的身上剥掉铠甲，剥开他的足筋，把尸首拴在战车后边，围着特洛伊城墙转了九圈。赫克托耳高贵的头颅被拖在泥土中翻滚。普里阿摩斯、赫卡柏和赫克托耳年轻漂亮的妻子安德洛玛克，泪眼汪汪地目睹了这种野蛮的处置。后来，阿喀琉斯将赫克托耳的尸体拉到了等着焚烧帕特洛克罗斯的干柴堆旁边。

阿喀琉斯回到帐篷，很长时间都在感伤他朋友的死亡，听不进任何安抚的话语。

天神从天国目睹了这场叫人心惊肉跳的追杀。此刻，朱庇特派遣伊里斯去向忒提斯打招呼，别把事情做过分了。吩咐她赶快下凡人间，叫阿喀琉斯住手，将赫克托耳的尸体送到他家人。然后，朱庇特再吩咐墨丘利，把普里阿摩斯带到阿喀琉斯的帐篷，让老人请求把赫克托耳的尸体归还。忒提斯也对在帐篷里的阿喀琉斯传达了朱庇特的意见，她说："孩子，你在悲伤中损耗了自己，不食不饮要到何时呢？你也活不了多久了，死神的阴影已在朝你靠近，难道我作为你的母亲，还不能平息你内心的怒火吗？你听着，我是从朱庇特那里来的，天神对你不高兴了。朱庇特很是生气，因为你残酷地侮辱了赫克托耳的尸体。现在听我说，收下赎金，把赫克托耳的身体归还特洛伊人吧。"

墨丘利遵命照办，指引普里阿摩斯穿过希腊人的营盘，来到阿喀琉斯的帐篷，白发老人跪在英雄的脚下，谦卑地要求英雄放了他的孩子，并以一笔可观的赎金作交换。

阿喀琉斯再也不能拒绝这样的恳求，老人的白发、老人的眼泪打动了他的心，他将赫克托耳的尸体归还给他的老父亲，并且承诺休战十四天，双方可在自己的营地为死者举行神圣庄严的安葬仪式。

休战结束，双方战争再起。阿玛宗人，在女王彭特希利雅的率领下，精选了一大队女勇士前来增援特洛伊人。女王给特洛伊人只带来了短暂的轻松，与阿喀琉斯的第一次交手，女王就被杀身亡。

而阿喀琉斯也注定要死在"美丽和青春的花丛中"，命运女神已经织完了他的生命线。在早前一次小规模追逐特洛伊人的战斗中，忒提斯的儿子一眼瞥见普里阿摩斯的女儿波吕克塞娜，便被她青春妙龄的妩媚深深地吸引住了。现在他主张，两个纷争的民族永不再战，他希望在战争结束后，能够与姑娘结为伉俪。

他为和平的努力失败了，但是，他最后说服了普里阿摩斯，同意他和波吕克塞娜的婚事。不过约定的婚礼要在战争结束之前尽快举行。婚礼是在城外进行的，当阿喀琉斯打算离开婚礼现场时，背信弃义的帕里斯，偷偷地从后面靠近阿喀琉斯，将一支毒箭射进了阿喀琉斯容易受伤害的脚踝。就这样，一世英雄豪杰、创造了辉煌战果的阿喀琉斯，死于阴险的歹人之手。

他的盔甲，伏尔甘打造的稀世之宝，被尤利西斯和埃阿斯争夺不休。前者得到了令人垂涎的武器，埃阿斯却因与盔甲失之交臂而痛心疾首，最后精神失常，在一阵狂怒中杀死了自己。波吕克塞娜也因为情人的死亡，难以劝慰，最后在特洛伊平原，安葬情人的豪华壮观的墓穴前，自杀身亡。

沉默了这么久的神谕，此时告示世人，除了赫丘利的毒箭，特洛伊城不会失手于他人。毒箭眼下在菲罗克忒忒斯手里。这位英雄开始他的远征后，因为脚受了伤，被留在勒罗斯岛。他这个人脾气暴烈，进攻性强，水手们也不大喜欢他在船上。

自那以后，光阴荏苒，十年晃眼过去。虽然有一些希腊人出发去寻找过他，但是都不抱有能活着见到他的希望。他们沿着老路去到山洞，当年他就被安顿在里面。结果完全出乎他们的意料，他还活着。脚上的伤还没愈合，他靠杀死接近他身边的野物过活。

一想起希腊人对他的无情无义，菲罗克忒忒斯便怒不可遏，他断然拒绝随信使前往特洛伊。他说，只有赫丘利在他的梦中出现，吩咐他去，他才会去。那样，他才能找到埃斯科拉庇俄斯的儿子马喀翁，只有马喀翁才能治好他的伤。

赫丘利果真在他梦中出现了。这下，菲罗克忒忒斯重新加入了盟军，他的毒箭在敌人的队伍里制造了极大的麻烦。他的一支致命毒箭射着了帕里斯，毒液渗入了血液。帕里斯记得，他的第一个恋人俄诺涅，会制药剂，并善于应用。她曾经告诉他，若有创伤，派人叫她就行了。这样，帕里斯派了人去，但是，不凑巧，她正处在被爱人忽视的失恋的痛苦中，拒绝去治病，要让他在折磨中死去。他真的死了，她却又后悔不已。帕里斯葬礼用的木柴已经堆成了山，她问道："那上面火化的是谁？"老者直言相告："一个没有得到医治的可怜人。"当焚烧遗体的火焰高高升起的时候，她知道了烧的是谁。她凄厉的呼叫了一声"我的爱人"，便纵身跳入火中，与他拥抱，同葬火海。

普里阿摩斯的两个儿子已经死了，然而，特洛伊城仍然没有落入希腊人手中。又一个神谕告诉他们，如果从天庭掉下来的、落在特洛伊城内的弥涅瓦的圣像在城内存在一天，城邦就不会落入敌人之手。既然是这样，尤利西斯和狄俄墨得斯，在一个晚上，乔装打扮入了城，盗得圣像，几经困难重重的逃避，又成功地返回了营地。

无休止的、没有结果的战争已经使将士们失去了耐心，圣像取回来了，这一下大家欢呼雀跃了起来。尤利西斯提出智取特洛伊城，于是，他们开始打造一条巨大的木马，马肚里是空的，可以容纳一些勇士隐匿其间。战士们假装一副战斗疲乏的样子，纷纷上船，大有要扬帆而去的味道。他们将木马留在海岸，像是给海神涅普顿的献礼。一个叫西依的狡猾奴隶，其实他是希腊人的奸细，竭力鼓吹特洛伊人将木马牵进城门，作为一件胜利的纪念品。

久困城内的特洛伊人，放心地欢乐着。而此时的希腊舰队，也扬帆远去，不过，他们在登涅多司岛将船隐蔽起来，以麻痹敌人的警惕。快乐的特洛伊人冲出城外，去参观木马，西侬也装出对希腊人怨恨不已的样子。在回答参观者提问时，西侬劝说特洛伊人，获取希腊人对海神涅普顿的最后祭献。

特洛伊人兴致高昂，欢呼他的了不起的建议。但是，涅普顿的祭司拉奥孔，恳求人们别动这匹木马，免得它将可怕的灾难降落在他们头上。拉奥孔向他的同胞呼吁："可悲的乡亲们，是什么邪恶的疯狂蒙蔽了你们的眼睛？也许，它是希腊人布下的陷阱，也许，他们埋藏在什么地方，陡然间像天兵一样从天而降。伪装的潜伏，相信不得呀，相信不得呀，特洛伊的乡亲们！"

但他们都对拉奥孔的警告和恳求充耳不闻，拼着气力将木马拖到城市的中心，为了让木马通过，他们拆了一处城墙。这时，拉奥孔跑到海岸，向天神祭献牺牲。他站在祭坛上，他的儿子们分站两边，做他的助手，只见两条蟒蛇从海浪中蹿跃出来，先是缠着他的儿子，用毒牙啮食他们的肢体。他们呼唤来了父亲的帮助，巨大的蛇又把他缠住，拉奥孔拼死挣扎，然而他已经浑身是血。面对冷漠的苍天，他爆发出激愤的号叫。他和他的儿子活活地被巨蟒咬死。

对这可怕事件的发生，人们解释说，天神生了拉奥孔的气，因为他介入了木马事件。他那只多事的手，胆敢用长枪敲打木马，以证明它不是空的，可能容纳武装人员，这也为他招来了灾祸。从此以后，拉奥孔和儿子的故事，成了诗人和艺术家喜爱的创作题材。

希腊人一直隐蔽在登涅多司岛，当夜幕降临，他们又回到十年来安营扎寨的地方。由西侬领进城，并将木马打开，放出隐蔽的武士。虽然袭击来得突然，但是特洛伊卫士仍然拼命抵抗，想将希腊人打退回去。一切努力都晚了，希腊人已经攻进了民房和宫殿。一路上，他们杀戮、抢劫、放火，无恶不作。后世有诗人写道："忧郁的年代，可悲的忧郁年代，恐怖半夜来，街头火光冲天，宫殿在毁坏中倒塌。无声的军旅从城门涌入，面对手无寸铁的人们，砍钝他们的刀刃。"

王室成员，在大屠杀中，也无一幸免，上了年纪的普里阿摩斯在看到他的儿子死后，自己也在死亡中得到解脱。

实现了目的的希腊人，迅速扬帆回家，他们的船舶满载掠夺的物品和奴隶。但是，回家的路并不是想象得那么充满欢乐。许多人没有死在战斗中，却死在海浪中，有的人就死在夜晚的篝火旁。

墨涅拉俄斯和他十年不衰、仍然十分漂亮的妻子海伦，被逆风吹送到埃及。这是天神对他们的惩罚，因为他们忽略了对天神的祭献。墨涅拉俄斯便向普洛透斯咨询，普洛透斯告诉他如何消除天神对他的愤怒，如何能求得一路顺风，将他们吹送回家。

希腊统帅阿伽门农的结局是这样的，他回到阿耳戈斯的家，就死在他的妻子克吕泰涅斯特拉和她的情人埃葵斯托斯的手中。这一点，阿伽门农是心知肚明的，不过，对于背后的阴谋，你是怎么也逃脱不了。世有心术不正者在，就有阴谋产生。

有杀人者，就有复仇人。埃葵斯托斯害怕阿伽门农的儿子俄瑞斯忒斯替父亲报仇，他也想阴谋杀死俄瑞斯忒斯。阿伽门农的女儿厄勒克特拉发现了埃葵斯托斯的意图，帮助自己的兄弟逃命，将他置于腓尼基国王斯特洛菲俄斯的保护下，国王的儿子皮拉得斯成了他难分难舍的朋友。

厄勒克特拉一直没有忘记父亲被谋杀的事，虽然离事件发生的时间已经过去很久了。俄瑞斯忒斯长大成人了，她将他叫到跟前，告诉他去惩罚那些犯下罪恶的人。俄瑞斯忒斯杀死了埃葵斯托斯和克吕泰涅斯特拉。诗人荷马写道："埃葵斯托斯霸占了别人的妻子，又杀了阿伽门农，违反公正，他的死是罪有应得。任何人做出这样的坏事，都该遭到毁灭。"不过，俄瑞斯忒斯却被自己的所作所为骇住了，弃家外出逃命。天神派遣复仇女神涅墨西斯来惩罚他。

到达特尔斐，俄瑞斯忒斯请求神谕，他知道了，假使他能将在托利斯的戴安娜神像带回希腊的话，他的罪过可以得到赦免。年轻的王子，在永恒真诚的、从不离开他半步的朋友皮拉得斯的陪同下，来到托利斯的一处神殿，见到了他失散多年的姊妹伊菲革涅亚。在她的帮助下，他找到了神像，并把它带回到了故乡。涅墨西斯也停止了追踪。

尤利西斯的历险

正如我们知道的，希腊将领和士兵，在从特洛伊返回希腊的旅途中，或多或少地遭遇到天神因愤怒而降临给他们的灾难，但是，他们当中没有人比尤利西斯经历了更多更大的灾难。尤利西斯是伊达卡国王，是享有世界声誉的、古希腊诗人荷马史诗《奥德修纪》中的英雄。在十年的时间里，尤利西斯在海上飘荡，眼看要到家了，可是一股逆风，又将他们的船只吹得远远的。离开了家乡，驾着船，从一个地方到另一个地方，尤利西斯的船只破损了，伙伴也失去了。到最后，天神同意他返回家乡。十年之间，他惊人的冒险经历和犯下的过失，构成了史诗《奥德修纪》题材。

尤利西斯满载士兵和掳掠物的船舶，离开在战火中毁灭了的特洛伊城，一路顺风，很快就看到了伊斯玛诺斯岛，这里是富有而健康的喀孔涅斯人的家园。为了给回家的船只增添财富，尤利西斯提议，队伍登陆，洗劫城市。这一提议，得到了全体将士的热烈欢呼，大家立刻就动起手来。

当满载而归的将士们，已经集聚在船舶旁边的时候，他们不是遵照尤利西斯的命令上船，而是开怀畅饮美酒、烤全牛，沉浸在狂欢之中。就在他们欢天喜地、放弃警惕时，喀孔涅斯同他们的盟军，神不知鬼不觉地出现在他们的眼前，一下子就砍杀了许多人。

从惊愕中清醒过来的希腊人，奋力反击，但是，时间不待，太阳落山了。他们只得上船，离开了险些丢命的喀孔涅斯海岸。

暴风骤雨来临。飘浮的乌云，遮住了星光。桅杆折断，风帆撕破。船只被冲击远离航道，十天之后，抵达食莲人居住的岛屿。食莲人的唯一食品就是莲子和莲花。

尤利西斯派出三个人上岸侦察。他们行走不远，便遇上了岛上居民坐在树荫下享用香甜美味的食品。当地人热情接待陌生人，请陌生人共品莲花佳肴。莲花进了陌生人的口，什么等待着他们的伙伴、远处的家乡，统统被抛在了九霄云外，一种昏昏欲睡的、梦呓般的感觉渗透了他们全身。他们流连忘返，终日筵饮。

尤利西斯耐心地期待着他们的归来，却一直不见他们的踪影。他担心不祥的事落在他们的头上，于是，带着几名武装人员外出寻找。问题不像他想象的那样恐惧，尤利西斯以为他们是被怪物用链子锁着，其实，他们被发现时，正在食莲人的餐桌上饱口福。他们眼睛丧失了光泽，痴呆地、梦呓般望着他。这引起了尤利西斯的怀疑。同时，几个食莲人疾步过来，邀请尤利西斯和他的战友加入宴会。

尤利西斯断然制止他的人尝试奇怪食物，命令抓住并捆起不愿意离去的同伴，强制带回船。上了船的同伴，莲子的魔力就消失了，大伙儿将船平稳地向着西方划去，一直到了西西里岛。岛上居住着库克罗普斯人，一个野蛮的独眼巨人种族。他们的眼睛，生长在眉心，他们叫作库克罗，就因为额头上那颗圆心。他们集力量和耕耘技艺于一身。

　　船舰的主力，停靠在另一个离此不远的岛上。尤利西斯和他的十二个伙伴登陆寻找食物。前景是喜人的，因为在平地上、山坡上，到处是啮食嫩草的羊群。尤利西斯和他的同伴来到一个山洞，里面储藏着丰富的牛奶和奶酪，这是涅普顿的儿子波吕斐摩斯的住宅。波吕斐摩斯是独眼族人中块头最大、最凶残的巨人。希腊人本想饱餐一顿，这里没有人会对他们说"不"。但是回头一想，还是等待主人归家时，有礼貌地求他援助。他们将船隐蔽在一片山岩伸出的地方。大家不想被人发现。在这里停靠，万一有不测，逃命的路不会被卡断。

　　他们在最丑的巨人波吕斐摩斯的洞穴中等待着。波吕斐摩斯曾经见过漂亮的海中仙女该拉忒亚，当时，她是坐在她的由海豚拖拉的贝壳车里。她的非凡的美貌，给他留下了难以磨灭的印象，他一下子便坠入了爱河。他无心照看羊群，避开他的同伴，将他的时间在海滩消磨，欣赏着水中的她。他暗暗诅咒自己的命运，是命运阻碍了他在水中去认识她。天神诅咒过库克罗普斯人，使他们天生对水有强烈的厌恶情绪。表达爱情，应该有切实的行动，所以，波吕斐摩斯以新鲜水果和玫瑰花表示心迹，但是，灼热的感情却毫无结果。黄昏，他让羊群自己回家，留下他自己在海岸空空等待。东升的太阳会看见，他孤独一人徘徊在海边。

波吕斐摩斯不停顿地发出言过其实的许诺，想要引诱该拉忒亚离开咸味的海水。在白色的沙滩上依傍着他，仙女只是笑话他的行为，当他睡熟了以后，她才蠕动上岸。虽然她愚弄波吕斐摩斯的爱，然而对于阿西斯，一个俊俏迷人的年轻牧羊人向她表示的追求，她并不拒绝。只要阿西斯一声呼唤，她就出现在他的身边，在岩石的阴影下，肩并肩坐着，聆听他温柔的甜蜜言语。

波吕斐摩斯在一个偶然的机会，看见他们这样恩恩爱爱在一起，而他们却不知道他的靠近。他瞧了他们好一会儿，然后抓住一块巨大岩石，从上面掷向下面毫无戒备的恋人头上。他发过誓言，他得不到的爱，阿西斯也休想活着得到。该拉忒亚是不死之神，躲过了伤害，但是，可怜的阿西斯，她心爱的人儿，被砸得粉身碎骨。他身上流出的血，被天神变成一道道清清的小溪，流进大海，与该拉忒亚朝夕相伴。

在洞中等待的尤利西斯和他的伙伴们，警觉地感到他们脚下的地面在震动，同时，看见一群羊进了洞，蹲在它们习惯的地方。在它们的后面，是波吕斐摩斯恐怖的魔影。他拾起一块大岩石，放在洞口，挡住一切擅自撞入者。尤利西斯的伙伴们，吓得朝洞的黑暗角落里钻。他们看见巨人喝罐中的奶液，端出奶酪，享受他的晚餐。然而，光亮暴露了入侵者。波吕斐摩斯警觉地问："你们是谁？从何处来？在这儿寻找什么？"

尤利西斯回答说，他的名字叫"无人"，他和伙伴是破船上的水手，希望得到巨人的热情接待。听了这席话，独眼巨人伸出他巨大的手，一把捏着两个船员，将他们充当食品吞下肚。这顿叫人心惊胆战的晚饭结束了，巨人倒在草荐上睡着了，发出的鼾声就像雷声滚过山洞。

尤利西斯无声无息地爬到巨人的身边，他宝剑在握，准备一剑了结巨人。可是，他突然想起，无论他或他的伙伴，都移动不了封洞的岩石，那样，他们就永远无法逃命。机灵的他只得另想别的巧妙方法。

天亮了，巨人起身了。他喝羊奶，吃奶烙，放下杯盘时又出其不意地抓起两个希腊人，一口吞下了肚。他那有力的巨手，推开岩石，站在洞门口，一只眼睛监视着出门的羊群，羊出了洞，他又用岩石封住洞口，为的是不让洞里的人逃跑了。然后，他随羊群去到远处的草场。

待他一走，尤利西斯和他的伙伴们设计了一个逃命的方案。他们开始准备，以保万无一失，他们在洞里找到一根大的松树棍子，将它的头子打磨尖，再在火里烧一烧，放在一边待用。

夜幕降临时，波吕斐摩斯又将石头移开，让羊群进门，他对希腊人保持着高度警惕。羊群进了洞，他又将石头放在洞口。完成他晚间的常规任务后，又吞噬了尤利西斯的两个水手。

巨人用完晚餐，尤利西斯靠近他的身体，向他献上一袋烈性酒。巨人一口吞下，一点也不怀疑。眨眼工夫，他就醉得昏昏入睡。尤利西斯和他的伙伴们，将松树棍子的尖头，在火中加热，直刺他的独眼，他声嘶力竭地嚎叫，满地暴跳，最后他的眼珠被掏了出来。他的吼叫声惊动了其他独眼巨人。

他们拥挤在洞外，吵吵闹闹地问他，谁在伤害他。"无人！"独眼人回答说，又号叫一声"无人！"这样的回答，无疑向他的救援者表明，他不需要帮助。他们也这样想："既然无人对他施加暴力，他又只是单独一个人住在洞里，想来他是得了病，那是朱庇特送上门的。"于是，独眼巨人们散去了。

遭他的同胞遗弃，波吕斐摩斯在气愤中度过了一夜。天色渐亮时，羊群叫声将他唤醒，他摸索着给羊群挤奶，又像平常一样，放它们出去，自寻食物。为了不让希腊人趁机逃走，他只将洞门开了一点，让羊儿一只一只地通过，并仔细地用手在羊背上摸索，以确定有无他的犯人骑在羊背上。

独眼巨人的动作，尤利西斯看在眼里，想在心头。他心生一计，他将伙伴们捆在公羊的肚子下面，留下一只羊，备他自用。他观察着他们，一个也没有被检查出来，顺利地出了山洞。他也从下面紧紧抱住公羊肚子，慢慢地向洞口移去。波吕斐摩斯跟公羊亲热，问它怎么走在最后。他说："亲爱的公羊，你为什么最后一个走出山洞，你以往并不走在羊群的后面，是你最早去到鲜花盛开的草地，是你第一个跨着大步到达清清河边，又是你第一个在黄昏时刻转回羊圈。但是，现在，你却是最后一个，你是在为你的主人悲伤，他失去了他的独眼？这是一个歹人和他的帮凶干的。"

逃出山洞的尤利西斯，站立起来，给自己的伙伴松开了绳索，大家一起奔向海滩，并将一些满意的动物带上船。当船行了一段路程时，尤利西斯提高嗓门，嘲笑波吕斐摩斯，同时，报出自己的真实身份。尤利西斯说："哈，独眼巨人，你在你的洞穴，将我的伙伴残酷地吃掉，他们在战争中逃过了死亡，你这个可恶的家伙，居然敢在你的家里吃掉你的客人，你的罪恶终于到了头，朱庇特和他的群神，让你尝到了偿还血债的苦头。"意犹未尽，尤利西斯再次奚落这个坏蛋："独眼巨人，如果有人问起你，是谁弄瞎了你的眼睛让你蒙受耻辱，你就告诉他，是拉厄耳忒斯的儿子，特洛亚的毁灭者，尤利西斯干的，他的家在伊达卡。"

波吕斐摩斯愤怒的大吼一声，冲下海岸，抓起一块岩石，朝着传来嘲讽话语的方向投去。他的愤怒，差点毁了希腊人，因为有一块碎片，几乎砸着船舷。他们奋力划呀划，加倍努力划，离得远远的，免得石头将船砸烂。

希腊人的船只继续航行，不几日，到了埃俄里岛。岛上居住着风的父亲，国王埃俄罗斯。他早已听说尤利西斯的勇气，并亲切地接待了客人。分别时，又送了客人一个皮口袋，装有不同方向的风。就这样，尤利西斯可以自由使用囚在袋中的风神，直到平安返家。

夜以继日，尤利西斯的方舟，颠簸在蓝色的波涛上。在第九天的黄昏时候，船上人的锐利眼睛已经看到了伊达卡的影子，大家都在做准备，明天一早就上岸。离开埃俄里后，尤利西斯还是头一次睡得这么香甜。正当他睡得稀里糊涂时，他的水手们打开了皮袋子，想偷看一眼他们主人的这部分财宝。他们以为，埃俄罗斯给了他许多黄金。

口袋一开，那些在里面呆得十分不舒服的风神们，胡乱冲了出来，又是蹦来又是吼。瞬息间，凶猛的风暴顿起，扯断了船锚，将船舰快速地刮向远处的大海。

在难以言状的遭遇之后，希腊人再次登陆埃俄里岛，尤利西斯去见国王，请他再给他一次帮助。但是这一次，国王很冷淡。国王开门见山要他们立刻离开，理由是，尤利西斯残酷对待波吕斐摩斯，激怒了天神，他说："原来是你，活着的人中最邪恶的人，马上离开我们的岛屿。我不能款待和帮助一个使天神气愤的人。就是你惹怒了老天，赶快滚！"

希腊人伤心地上了船。他们的运气真不好，行船遇上了逆风，只好拼足气力，顶着风浪前进。若干天后，来到了莱斯特律戈涅斯岛，新的灾难在这里等待着他们。这儿的人都是食人者，凡有来访的陌生人，一个不留地被吃掉，以满足他们的胃口。他们看见有船只进港，便从山崖的高处，向下抛扔巨石，击沉不少船只，抓住船员，活的杀死，死的吃掉。

谨慎的尤利西斯在港湾外面逡巡。从远处，他观察到了伙伴们的可怕结局。他吩咐水手，调转船头，与险浪恶流抗争，迅速逃命。

继续前进的希腊人，漂到了埃埃厄岛，这里住着埃厄忒斯的妹妹，美狄亚的姑姑，金发女妖喀耳刻。尤利西斯将他的船员分为两个组，一个组由欧律罗库斯率领，勘察小岛；另一组由尤利西斯自己带队，留下守卫船舰。岛上森林茂密，野兽出没。人居其间，人兽和睦相处。欧律罗库斯领着他的队伍，径直来到喀耳刻的宫殿。在远处就能听见喀耳刻甜蜜的歌声。她一边唱歌，一边纺织美丽的网，做她的装饰用品。他们跨步前进，进了宫廷大厅。只有欧律罗库斯留守在门廊口，他害怕其中有诈。

　　喀耳刻优雅大方地接待了来访者，安排他们在蒙了套子的椅子上坐，吩咐她的使女们给客人献上各式美味佳肴。这命令迅速地得到了执行。客人们贪婪地享受着，因为有好几天他们没进食了。贪食者哪里知道，酒饭中已经下了迷幻药。突然，她向他们的头挥舞棍子，命令他们变成了猪，他们尚有人类的意识，但是，被赶进了猪圈。

　　欧律罗库斯空等他们的归来，只好一人回船，报告所发生的一切。听这么一说，尤利西斯手提宝剑，前去营救他的同伴。尚未走出多远，遇见一位青年，那是墨丘利装扮的。墨丘利警告他说，不要离喀耳刻太近。

　　尤利西斯似乎不大听得进劝说，墨丘利又给了他一些具有魔力的黑根白花野草。这是一些草药，可以避免受到喀耳刻魔力的困惑和控制。

　　尤利西斯来到了宫廷，进入宴会厅，畅饮喀耳刻调制的酒类。其实，他早已暗中将草药放在其中，使酒毒丧失了效力。当她在他的头上舞动魔棍，叫他也加入同伴行列时，他拔出宝剑，直端端朝她刺过去。他向她发出最后通牒，马上将他的同伴恢复人形，并保证不再伤害他们，否则，就要取她的性命。

威胁吓坏了喀耳刻，她同意满足他的所有要求。转眼工夫，他的同伴回到了他的身边，并表示对他救援的感谢之情。喀耳刻再摆出第二道酒宴，款待得十分周到。这样，尤利西斯和他的同伴们在这里整整逗留了一年的时间。喀耳刻天天如此，用好酒好肉相待。

一年的时间很快过去了，尤利西斯的同伴们开始思念他们的家乡。他们催促他离开漂亮的女妖。起初，她口头表示让他们走，心里并不乐意。后来一看，要他们留下的希望成为泡影。他们一心想走，她又改口，要他们去塞美里安海岸，找预言家提瑞西阿斯占卜未来。这地方是冥王普鲁托的阴间与阳界的交界点，死者的灵魂被判定暂时停留在这里，然后获准许再进入地府。

尤利西斯上了船，依照喀耳刻的指向，听任他的船只顺流漂去。最后搁浅在礁石上，他就从这里上了岸。他径直朝前走，来到一处地方，这地方可以听见两条阴河，福勒吉松燃烧的河和阿刻戎忧愁的河汇合时发出的咆哮声。在这里，他用剑戳了一道槽沟。

槽沟挖掘完毕，他杀了两条由喀耳刻提供的黑色牺牲品，让它们的血流进槽沟。不久，众多的灵魂团团围住他，急切地希望喝口鲜血。但是，尤利西斯抽出剑来，逼迫他们退回去，直到最后，瞎子预言家提瑞西阿斯才到来。

预言家被允许弯下腰喝一口血，血一进口，他便恢复了人的语言能力。他告诫尤利西斯，许多考验还在后面等待着。他说："天神要让你的归程很艰苦，他对你怀恨在心，因为你把他的爱子的眼睛弄瞎了。"待了一会儿，他又对尤利西斯说道："就是你回到家，也还有灾难。那里的狂妄无礼的人消耗你的家产，给你的高贵妻子送礼求婚。"他一说完，就回到地府去了。尤利西斯在这里看见了他已死去的母亲，问她怎么来到这里的。他让她多滞留了一会儿，让她喝了一些血。然后向他解释了为什么来到这灵魂的世界。母亲告诉他："你的妻子面对那些无赖的求婚者，态度非常端正。我和你父亲渴望你回家。我并没有感染什么疾病，也没有经历什么痛苦的折磨。我是由于想念你，渴望再得到你的抚爱而丧失了生命。"

别的一些死人的灵魂，也围拢来与他谈话，但他不得不走了。

他又回到了埃埃厄岛，去完成对他的已死朋友厄尔珀诺耳的丧葬仪式。这个年轻人稀里糊涂地从宫殿的顶端摔下来，人们发现时他已经死了。人们在就近的海滩处堆砌起焚化尸体的木柴，人人心情沉重，大家都流了眼泪。将尸体焚烧后，垒了一座坟，立上一块石碑，在坟的顶上，插上他用过的长桨。

葬礼完后，希腊人借着一阵顺风，离开了喀耳刻岛，继续前进，来到了塞壬鸟在峭壁上的居所。这些鸟经常栖息在岩石上，唱着迷人的歌，引诱水手们脱离正确的航向，使船在岩石上撞得粉碎。

尤利西斯是船队的指挥官，是中心掌舵人。遵照喀耳刻的劝告，尤利西斯吩咐他的同伴们将自己牢牢地捆绑在桅杆上，不管她怎么叫唤和怎么命令，船队保持航向不变，一直到离开了危险的岩石时止。在他们开始执行任务前，他用熔化了的蜡丸塞住大家的耳朵，这样就听不见声音，只有他听得见塞壬鸟的歌唱。那也只是冒险欣赏鸟的歌唱。

同伴们将他的脚和手捆绑在桅杆上，回到桨位，用力地划船。不一会儿，尤利西斯听见了塞壬鸟的歌声，虽然他命令和恳求同伴们放他自由，改变船队的航向，但他们充耳不闻，保持着船的航向和速度。直到再也听不见那迷人的歌声，他们才给自己的首领松了绑。

虽说这些困难都被成功的克服了。但是，尤利西斯仍然孤独忧愁。因为他知道，很快他就要在两个凶恶的魔怪，卡律布狄斯和斯库拉之间，保持航向的稳定。两个家伙所处水域狭窄，又靠得那么拢，船过时，可能轻易地成为另一个虏获物。

卡律布狄斯的老巢在岩石下边，浓密的无花果树隐蔽着她。她要猛烈地喝水，在附近行驶的船舶，即使是庞大的舰艇，也被她喝进嘴里。事实上，她是水中的漩涡。她是杀得死的妖怪，却是永远不会消失的祸害。

斯库拉住在岩洞里，到时她的六个丑恶的脑袋伸出来，周边的什么猎物就都被她虏获吞噬了。没有水手敢吹牛，说穿过斯库拉的水域，一个人也不会受到伤害。她把水手从甲板上抓起来，一个活生生的人就这样被她的嘴叼了去，永不归来了。

就是这个斯库拉，曾经是一位少女，赢得过海之神格劳科斯的心。但是，她卖弄风情使他苦不堪言。有一天，他乞求喀耳刻给他一些爱情药剂，其浓烈的强度足以抗拒她的爱情。

喀耳刻的心里早就酝酿着对格劳科斯的秘密感情，一方面生他的气，另一方面又嫉妒她的情敌。因为这个原因，她给他的不是爱情药剂，而是一种令人讨厌的草药。她叫他将这药泼进斯库拉经常洗澡的水中。格劳科斯原原本本地照她的指令做了。当斯库拉跳进水中，她的身体，不是她的感情，变成了一个令人厌恶的怪物，这对天神和人类都是祸害。

见到无花果树，身穿盔甲的尤利西斯指挥将船头调转方向攻击斯库拉，引她来抓他的水手。卡律布狄斯漩涡的哗哗咆哮声，使船上的水手们心惊胆战。聪明的尤利西斯明白，遭遇卡律布狄斯，定然全军覆没，所以，他指导舵手将船靠近斯库拉的巢穴航行。

随着一阵尖利的喊叫声，魔怪抓食了六个人。在此期间，其余的人平安通过。从此以后，人们面对危险的选择，多了一句习惯用语：“让落入卡律布狄斯的落入斯库拉。”意即牺牲少许换取保存多多。留得一片青山，何愁没有阴凉？人活着就有希望。

只要逃得脱，希腊人不吝惜任何代价，不过，绝非慷慨地抛弃生命。他们又来到了特里那喀亚太阳岛，这里是太阳神牧放牛羊的圣地。希腊人想登陆休息，不过，尤利西斯提醒他们，瞎眼预言家提瑞西阿斯曾经告诫他们避开这个岛，免得误杀神的牛羊遭天罚。

然而，连续几天的航行，已使他们疲惫不堪，大家真心实意地求他允许大家上岸休息。他们发誓，只吃自己携带的干粮，不宰杀岛上的任何一个动物。尤利西斯勉强答应了他们的要求，大伙上了岸。

休息过后，因风向不利，大家还是留在岛上。日子一长，随身携带的粮食吃完了，岛上不多的飞鸟和水中的鱼虾，也经不起他们的捕食。他们饥肠辘辘。

欧律罗库斯手下的几个人趁尤利西斯不在场的一个日子，宰杀了太阳神的牛。伴随烤肉架上发出的香味和吱吱声，丢弃的牛皮在蠕动，仿佛活着的一样。所有这些声音和景象，虽然引起了一阵小小的骚动和惊慌，但他们仍然控制不住嘴巴。七天的饥饿，换来今日的美餐。这一切，就发生在尤利西斯率领他们离开特里那喀亚海岸的前夕。

此刻，阿波罗已经知道，尤利西斯的人犯下了杀牛罪。气冲冲的他出现在群神聚集的地点，要求赔偿，并威胁说，如果他的要求得不到满足，他将撤走阳光到地狱去，永不照耀人间。朱庇特平息他的火暴脾气，立刻答应他，冒犯者必死。不过，朱庇特对他说："继续照耀吧，太阳神，在天神和凡人中间，照耀五谷丰登的土地吧。我将用霹雳劈断他们在墨黑色的海浪中的船。"

说话之时，大家和船舶一道纷纷沉入海底，但除了尤利西斯外，因为只有他没有参与吃圣牛的行动。船沉没后，他抓住了一只船舵，就凭它，他熬过了长达九天的漂流生活。多亏了海风和海浪，把他冲上了海岸，他来到俄古葵亚岛。海的仙女卡吕普索将他迎进府邸。

在这里，他受到了好心和善意的招待，一住就长达八年。他不能走，既无船又无水手，想走也不行。再说，仙女卡吕普索深深地爱上了他。她要他留在她的住宅，过着长生不老的生活。她自夸，她的身材和容貌是凡间女子无法比拟的。她虽然爱他，但他并不情愿。他对她说："美丽的仙女，请别为我的话生气。我知道，我的妻子珀涅罗珀在身材和容貌上远不及你，她是个凡人，你是位仙女，她的容颜会衰老，你却永远如花似玉。可是，我仍然爱着她。我想回家。"

天神知道尤利西斯归家心切，便派赫耳墨斯去通知卡吕普索放人。命运注定，尤利西斯要回到家乡，与他的妻子和儿子团聚。

卡吕普索对天神的命令，颇有自己的看法。她对赫耳墨斯说："你们天神真是残酷无情，你们生来嫉妒，不喜欢仙女和凡人相爱，更反对他们成亲。黎明女神爱上了奥瑞翁，你们派出女神阿特密暗箭将他射杀；华发女神爱上了耶西翁，他们在田野睡觉时，朱庇特用掌上霹雳打死了他。你们嫉恨我，因为我又和一个凡人在一起。"但是，卡吕普索还是尽自己的力，给尤利西斯建造了一只大木筏，帮助他平安回家。

一切都好像顺顺当当。涅普顿突然知道他的老对手，波吕斐摩斯的折磨者，要从他的控制之下逃走。他用他的三叉戟搅动海浪，引得风高浪险，海神的愤怒无可抗御，尤利西斯的木筏破碎了，漂浮在海浪上。女神琉科忒亚看见了他的苦境，协助他到了腓尼基海岸。

尤利西斯太疲惫了，除了休息，他什么也不去想。他拖着沉重的身躯，进了附近树林，躺在干燥的树叶上睡着了。当他在这里休息时，弥涅瓦托梦瑙西卡，腓尼基国王阿尔喀诺俄斯的女儿，要她去海边，清洗她的亚麻袍子，女神向她表示，她的婚期即将到来。瑙西卡听从神谕，带领她的使女去海岸。她们劳动完毕，便玩起了打水球的游戏，像往常一样，伴随着叫声和笑声。她们的叫声惊醒了尤利西斯，他来到现场。他来得正是时候，从水浪中抓住了她们的球。面对瑙西卡表示的感谢，尤利西斯只要求她帮助他。

她慷慨地表示，他可以跟着她去她父亲的宫廷里。他见到了阿尔喀诺俄斯和阿瑞忒，他们向他表示欢迎，邀请他加入游戏活动。他加入了他们的游戏。他表现出的力量和技艺暴露了他的身份。国王承诺，送他平安归家。乘坐腓尼基的船，安全到了伊达卡。不过这时，他已经沉沉睡去。

涅普顿发现腓尼基人骗了自己，顿时生气，一个巴掌打去，让返程船变成了一面岩石，深深地扎根海底，封住了港口，这样结束了他们的海上远行。

在弥涅瓦慈爱的关照下，尤利西斯装扮成乞丐，找到了他当年的猪倌欧迈俄斯，知道了他想知道的关于他妻子和儿子的一切情况。他听说，他的妻子珀涅罗珀被一大批风流的求婚者包围，正在他的宫廷里宴饮和欢娱。除非她在他们中选出第二个丈夫，否则他们不会离去。他的儿子忒勒玛科斯已是一个青年，他非常愤慨求婚者的行为。在他的私人教师门托耳的指导和陪伴下，曾经外出寻找他的父亲，他不相信父亲已经死了。

门托耳是弥涅瓦装扮成的，曾引导年轻人去见涅斯托耳和墨涅拉俄斯，然后又在梦中告诉他，返回伊达卡，在那里可能见到他正在寻找的父亲。年轻王子听从了，躲避开了求婚者在家门口的设伏，来到猪倌欧迈俄斯的草棚。

此时，弥涅瓦允许了父亲和儿子相识，他们一起商量如何有效地惩治求婚者。他们一致同意，忒勒玛科斯应该回到宫廷，不要提及父亲已经回来。尤利西斯继续装扮成乞丐进入他的家，乞讨主人的施舍。

一切按照他们的计划进行。谁也没有认出这可怜的老乞丐就是大家长久盼望的英雄，只有他的老保姆欧律克勒亚和他那条忠实的老狗认出了他。狗因长期不见他，异常高兴，快乐得死在了主人的脚边。

珀涅罗珀听说有一个陌生人进了她的家门，立刻邀请他见面。并向他打听自己丈夫的消息。她竟然一点也没有看出丈夫的伪装，懒洋洋地做着一件编织活。这件活儿是她用来对付求婚者的聪明办法。有一次，有人逼她嫁人，她回答说，只要编织品完成了，她便结婚。

她一副勤奋干活儿的样子，求婚者期待着她工程完毕后的决定。他们全然不知，她白天织，晚上拆，就这么干了三年，假象麻痹了求婚者。

终于，这样的假象被识破了，不幸的珀涅罗珀被迫完成她的工作。在她的工作即将完成时，一个新的点子帮助她延迟了选丈夫的事。她将尤利西斯的弓箭拿了出来，宣称谁能够拉开弓，一箭穿过十二把铁斧上的铁环，她就嫁给谁。

她对求婚者说："既然你们想争夺我，就试试看吧。这强硬的弓，是伟大的尤利西斯用过的。在你们当中，有谁的手能够拉开这张弓，搭上箭，一箭穿过十二把铁斧的环心，我就随他而去，离开这个我度过了青春年华的豪宅。"

要想拉开这张强硬的弓，求婚者个个是枉费力气。第二天，伪装的尤利西斯一把抓起了弓箭，引来年轻人们的大声嘲笑，只是忒勒玛科斯劝他们让老年人试试他的力气。尤利西斯要让这些嘴上没毛的年轻人长点见识，他很轻松地张弓搭箭，转过身来，目标对准求婚者中最潇洒而又最无德行的安忒诺斯，一箭穿心。

尤利西斯、忒勒玛科斯、欧迈扼斯和装扮成门托耳的弥涅瓦，杀死了全部求婚者。毫不知情的珀涅罗珀还在她的房间里睡觉。欧律克勒亚轻轻地唤醒了她，告诉她，失去多年的丈夫回来了。

"醒来吧，珀涅罗珀，我的亲爱的孩子，用你自己的眼睛，看看你长年期待的尤利西斯回来了，你的夫君就在这里。虽说是晚到的宽慰，但总算杀死那些傲慢的求婚者。他们羞辱你的家，耗费你的家产，胆敢侮辱你的孩子，他们罪有应得。"

珀涅罗珀很早就听说丈夫死了，所以对这条惊人的消息难以置信。只是在尤利西斯向她显示了身份的确凿证明，并对她讲述了只有他和她分享的隐情故事后，她才相信了并接受了他。

在二十年的战争和冒险生涯后，尤利西斯头一次享受他家庭生活的安静与和平。过了一段时间，这种平淡安然的日子使他感到厌烦，他决定重新开始他的漫游生活。他准备了一支船队，向西航行，就再也没有回来。希腊人断言，他去寻找快乐岛，并且与和他一样勇敢和知名的英雄们过着一种完全和平的美好生活。

为此，诗人写道："来吧，我的朋友，寻找一个新世界，为时还不晚。身子坐好，开船啦，准备着与海浪搏斗。我的目的是，航向太阳坠落的地方，它沐浴在西部群星的灿烂中，直到我死亡的那一天。也许汹涌的波涛将我们吞没，也许我们能够达到幸福的岛国。我们会苍老，体力会衰竭，尚不能扭转天地，但是，意志要坚强，拼搏、寻找、发现，不要屈服。"

埃涅阿斯的历险

你已经听说过，在那个可怕的夜晚希腊人如何攻破特洛伊城的事。他们杀戮无辜的居民，烧毁漂亮的宫殿，那是国王的骄傲和体面啊。现在，你将听到特洛伊的人民怎样从大难中逃命，并且建立罗马王国的故事。

埃涅阿斯，维纳斯和安喀塞斯的儿子，不知即将到来的危险，在宫廷里沉沉入睡。天神没有命定他死亡，便派出赫克托耳的亡灵，提醒他迅速起来，离开城市，逃往遥远的地方。

赫克托耳说道："哎，女神的儿子，起来逃跑吧，逃离这凶猛的大火。城邦已经被敌人占领，令人骄傲的特洛伊城堡也已坍塌。这个城市的主神，交给你来照应。接受他吧，与他肝胆相照，为他建造一座巍峨辉煌的圣堂。天神定会帮助你，在大海的彼岸，重建它的城墙。"

室外的嚷闹声把埃涅阿斯吵醒。他抓起武器，跨步出外，后面跟着一大帮市民，他们同他一起去查明引起一片惊恐的原因。一会儿工夫，他便知道，希腊人的军队已进城，正在杀人、掳掠、放火，一点没有人性。男人们被杀光了，漂亮的女人被卖到希腊当奴隶。在这批女奴当中，埃涅阿斯看见了在阿伽门农士兵手中的普里阿摩斯不幸的女儿卡珊德拉。她不为常人所见，天神赋予她占卜的能力。

从情况判断，埃涅阿斯明白，挽救破坏了的城市已经无望。他迅速穿上他从希腊人尸体上剥下来的盔甲，冲出宫殿去营救他的父亲。年迈的父亲在第一声警报响起时，便已握着他的武器，准备战死疆场。

国王的妻子赫卡柏紧紧拖住他，恳求他留下。这时，他们的儿子帕里斯冲到他们的面前，后面紧跟着皮洛斯和阿喀琉斯的儿子涅俄普托勒摩斯，是他一剑刺透了青年的心，又杀死了普里阿摩斯。

就这样，普里阿摩斯结束了他的生命。他一生的了结，就像特洛伊城一夜之间的了结。那是敌人的力量，使特洛伊城大火熊熊，房屋倒塌化为灰烬。曾几何时，他位居高座，亚洲人向他俯首称臣。而今他却死在海岸。

埃涅阿斯来得太迟了，他没有能制止住这可怕灾难的发生。他突然想起，同样的命运在等待着他年迈的父亲安喀塞斯、他的妻子克瑞乌萨和小儿子尤路斯。儿子在家里，身边没有任何人保护。于是，英雄埃涅阿斯从敌人围困中杀出一条血路，穿过被敌人夷为平地的王宫，那地方已经看不出它曾经有过的辉煌。

在一个被放弃了的大厅，他看见海伦——这场战争流血、死亡的祸根。在帕里斯死后，她已经和帕里斯的哥哥得伊福玻斯结婚。犹豫一阵，他下决心要争取她的性命，但是，还未出手，母亲维纳斯制止了他，要他牢记，在此前，不死的天神算定城市将遭到毁灭。海伦的事只是为敌人付诸武力提供了口实。

为了进一步使他信服于她所说，她让他看见凡人所不能看见的事物，即涅普顿、弥涅瓦、朱诺，甚至朱庇特，也在用力捣毁城墙。她热切地恳求儿子离开这个杀戮的场地，带着他的家人和仆人逃跑到城外安全的地方去。从那里扬帆远航，寻找一片乐土。最后她说服了儿子。

埃涅阿斯跑回家，告诉父亲准备离开特洛伊。但是，安喀塞斯固执地拒绝离开他的立足之地，除非看见他孙儿头上冒出火光。他的解释是，这是他的族人应该忍辱负重的预兆。说着说着，小尤路斯的头上真的冒出了火光。他不再坚持了。因为太虚弱而不能步行，埃涅阿斯叫父亲扶着拉瑞斯和珀那忒斯，然后将父亲背在自己背上，一只手牵着小儿子，后面跟着克瑞乌萨，匆匆逃出门去。

埃涅阿斯是这样对父亲讲的："来吧，爬上我的背，亲爱的大人，这么一点点负荷，决不会使我感到劳累。不管命运是对我们微笑或是呻吟，是冒险或者是平安，我们拧成一股绳，大家一道去逃命。"

他已经向他们的仆人交代，一处捣毁的神殿是他们的汇聚地点。埃涅阿斯朝着这里走去。走拢时，看见许多人在等待他们，数了数，确定无人掉队。可他回头一看，他的爱妻克瑞乌萨已经不见。他心急如焚，急急忙忙沿来路回去，希望见到她还活着。但是，在他们家的门槛边上，他见到了她那脱离肉体的灵魂，她吩咐他去台伯河畔，在那里有一位年轻的新娘，将会抚慰他，抚平她的死为他留下的伤痕。说毕，克瑞乌萨的幽灵也不见了。埃涅阿斯悲伤地望着破损的神殿。在这里，有许多逃难者，他到哪里，他们就跟他到哪里，他们态度坚决，一切听他指挥。他们张开了风帆，摇动船桨，很快就看不到特洛伊的海岸了。

离开港湾，离开海岸，离开特洛伊平原，无家可归的人，浩浩荡荡出发了，这支庞大的队伍，包括埃涅阿斯的儿子、朋友、还有家神。

虽然他们逃出了燃烧着的特洛伊城，躲开了希腊人的刀箭，但对他们的考验仅仅才是开始。船行数日后，他们在特瑞斯登陆。他们考察了当地环境后，决定安顿下来，并开始测量建造新城的基础，城名叫作埃涅阿得伊，以纪念他们的领袖。

下一步的事，是向天神供奉牺牲。按照礼仪程序，埃涅阿斯砍断了一棵幼树。这时，他被惊呆了，只见断裂的树干流着血。与此同时，一个神秘的声音叫他不要大惊小怪。神秘的声音告诉他，他的朋友波吕多洛斯，被派往特瑞斯隐藏珠宝，被贪心的国王谋杀，就埋葬在这里。坟墓上的树枝，就是插入波吕多洛斯胸膛的长矛长出来的。

举行完传统的丧葬礼仪，安抚了不幸朋友的亡魂之后，埃涅阿斯没费多大气力就说服了他的伙伴离开这个不友好的港湾，寻找另外的栖息之地。他们与带咸味的海水较量一番后，来到了德洛斯岛，在这里停留下来，乞求神谕。埃涅阿斯向阿波罗神祈祷："神啊，给予我们一个安身立足之地吧！何处是让我们繁衍后代的归宿？"大地和山麓神在震动，一个声音告诉他们，去找他们种族的发祥地，找到后便定居下来。神说："坚忍顽强的特洛伊人，在世上有一块领地，那是你们的祖先的诞生地。这地方的人会接待你们。快回去，寻找你们老祖母的足迹，在那里，建立埃涅阿斯永恒的家，世界将服从你们的统治。"

这个并不十分清楚的告诫给他们留下了一团迷雾：那块领地在哪里？怎么去找？只有老安喀塞斯记起了一件事，他们的一位祖先透克洛斯，曾经统治过克里特岛。他们朝着克里特岛前进，希望在那里定居。然而，一场瘟疫缠上了他们，使他们本已稀少的人又减少了十分之一。

一天晚上，埃涅阿斯做了一场梦。在梦中，家神指示他去意大利，或者去找被称为"西方"的海岸。在路途上，他将这神谕告诉了安喀塞斯。这就提醒了安喀塞斯，还有一个几乎被他忘记了的预言。那是卡珊德拉说的，意思是说，他们有过两个祖先，意大利是祖先达尔达洛斯的领地，这是个古老的地方，希腊人称它为"西方"。它的土地肥沃，年轻人自由自在，打起仗来，勇往直前。欧诺忒人是它最早的居民，把这个地方叫作意大利，是用了我们祖先意阿修斯的名字。我们的国王，达尔达洛斯也出生在这里，这里才是我们真正的家园。

不两天，埃涅阿斯和他的伙伴们再次漂浮在海上与风浪拼搏，这是朱诺给他们前进设置的障碍。途中，他们停留在斯特罗法得斯岛，意在饱餐一顿，充实体力。想不到，食品刚上桌，烦人的鸟身妖女哈耳普就将食品要么吃了，要么搞得污秽不可食。这些妖女中的凯莱诺，发出可怕的预言："你们想进入意大利？当然可以，不过，不是在现在，而是在将来。那是饥饿把你们惩罚得快死了，逼迫你们将桌子当饭吃的时候。"

埃涅阿斯的伙伴们，又急急忙忙上了船，一路划去，到了埃匹鲁司，登陆上岸。在这个国家，他们见到了赫克托耳的遗孀，忧伤的安德洛玛克。她现在是国王赫勒奴斯的奴隶。国王赫勒奴斯用高规格的礼遇接待他们，又送他们登程上路。并好心地告诉他们，小心独眼巨人，避开卡律布狄斯和斯库拉的有效方法就是绕开西西里岛航行。多走一点路，但是平安保险。

埃涅阿斯完全按照赫勒奴斯的劝告行事，绕过三角岛航行。在一个岛屿上，他们救下了尤利西斯的一个伙伴阿凯墨尼得斯。他是被同伴们忘记了，遗留在独眼巨人洞穴中的。一个偶然的机遇，他逃跑了出来。他对特洛伊人哀求道："我是希腊船员中的一员。我曾经参加攻打特洛伊，如果你们认为我罪不容赦，那就杀死我，抛进大海。我宁肯死在人的手里，而不愿被怪物吃掉。"独眼巨人在后面追了上来，其高大的身躯，好似参天大树，直奔船队而来。吓破了胆的特洛伊人慌慌张张地扬帆而去，不辨方向，随风飘荡。过了不久，埃涅阿斯的船队停靠西卡尼亚和德列帕努姆海港。在这次航行中，最大的损失是埃涅阿斯失去了他的父亲安喀塞斯。英雄埃涅阿斯痛苦万分，他哭泣道："我在海上经历过这么多的风暴，却在这里失去了我的父亲。他是我在忧患和灾难中唯一的安慰啊！父亲啊，我白白将你从刀箭和火海中救了出来。"

这时的朱诺，也并不是闲着无事干，她正幸灾乐祸地看着特洛伊人承受着危险。在特洛伊人外逃的长达七年的时间里，这样的灾难就一个接一个，像摆不脱的幽灵接踵而至。她迫害他们，乐此不疲，她一见他们在海上航行，便赶快找到埃俄罗斯，叫他放出野性的孩子，用狂风暴雨，将船打得尸骨四散。

朱诺对风神说："噢，埃俄罗斯，众神之父、万民之王给了你倒海翻江的本事，让飓风也听你使唤。一只部族正在海上乘风破浪，带着他们的家神从特洛伊迁徙到意大利。我憎恨他们，让飓风陡起，让汹涌波涛颠覆他们的船只。"

她的要求得到了满足，这船队被风刮得东倒西歪，随着海浪，抛上落下，漂流四方，互不相见。一些搁浅，一些沉没。暴风雨在呼啸，那是不可缓解的怒气。死神的目光直盯着特洛伊人。大海的动荡，惊醒了涅普顿。他对埃涅阿斯有偏爱，毫不客气赶走了风神，对埃涅阿斯和他的同伴伸出了援助之手，搁浅的船舶又重新起航。

涅普顿对着小风神说："回去见你的主人，告诉他，在海上挥舞威严的三叉戟的，应该是我而不该是他，这是老天的安排。"

特洛伊人十分感激他的及时援救，大海的平静增添了他们的信心，他们又朝着最近的岛屿划去。他们在那里抛下锚，庞大的舰队而今只剩下了七只船。

埃涅阿斯和他的忠心朋友阿卡特斯，立即出发去观察岛上的地形。不一会儿，他们看见一个女猎人，她是维纳斯装扮的，她告诉他们，脚下的这块地叫利比亚。是女王狄多的王国。

女猎人对他们说，狄多本是泰尔城的人，亡命天涯逃到了利比亚。她的丈夫西凯俄斯，是泰尔城的大富翁，拥有数不清的财富。她的哥哥匹格马利翁统治着泰尔城。匹格马利翁是一个不仁不义之徒，贪图妹弟西凯俄斯的财产，阴谋杀死了他。这一切罪恶，狄多完全不知道，直到有一天晚上，西凯俄斯向她托梦，道出了事实真相，叫她带着财富逃跑，将财产隐藏在一个只有她知道的地方。

狄多遵照梦中所言行动，有一班忠诚的臣民跟随她踏上了利比亚海港。在这里，她劝说当地居民，卖给她一张牛皮大的土地。生意马上成交。紧接着，利比亚人后悔了，街头巷尾怨声载道。因为他们看见，她将牛皮切成条，用来圈出了很大一片土地，在这块土地上，狄多建造了美丽的迦太基城。民间谚语："一张牛皮的钱，买了一个迦太基。"

维纳斯指点自己的儿子叩见女王，请求女王的保护。埃涅阿斯和阿卡特斯听从指点，在维纳斯的浓雾的笼罩下，神不知鬼不觉地进了城。出现在眼前的盛大宴会的壮观场景吸引住了他们的眼睛。人们聚会在大厅，还有美丽的女王出席。女王正在倾听几个从海上逃出死亡的特洛伊人讲述他们的悲惨遭遇。

这些人，向女王提到了他们的首领埃涅阿斯。其实，他的大名对她来说早已如雷贯耳。于是，她表态要派出一支大军，沿着海岸上下追寻他的下落。

她说："特洛伊人，解除你们的担心，撇开你们的忧虑。埃涅阿斯，特洛伊城，特洛伊英雄，谁不知道？你们愿意留下来和我共同管理这个国家吗？对特洛伊人和利比亚人，我们一视同仁。请放心，我一定派遣可靠的人去到海上搜寻，上上下下搜个遍，看他是不是被海浪抛上了岸，或许躺在树林里休息，或者在城市的哪条街上游荡。"被这些慷慨仁义的话打动了的埃涅阿斯现出了原形。

狄多盛情邀请她的客人埃涅阿斯和阿卡特斯入席。席间，他们向女王讲述在陆地和海上的遇险经历，他们一边品味美酒佳肴。当人们觥筹交错之时，维纳斯鼓动她的儿子丘比特，装扮成埃涅阿斯的小儿子伊乌鲁斯，靠近女王的胸脯，悄悄地把他的金箭刺入了女王的心里，让她对埃涅阿斯产生如痴如醉的爱情。

日继一日，欢宴不已。埃涅阿斯待在狄多身边，一晃就是一年。埃涅阿斯沉醉在温柔之乡，忘记了他肩负的重建国家的使命。天神对这样的延误不能忍耐，最后派了墨丘利去提醒他，别有了妻室就忘了事业。

　　为了不让狄多伤心流泪，埃涅阿斯完全秘密地进行自己离去的准备工作。在她沉睡的时候，扬帆而去。

　　女王将悲伤和愤怒掩盖起来，只是吩咐仆人们堆上一堆丧葬的木柴，佯称焚烧埃涅阿斯逗留期间在宫廷用过的物品。她悲伤地哭诉着："可爱的遗物啊，如今对我还有什么意义！地狱之门打开，接纳我的灵魂吧，解脱我的痛苦吧。是啊，我愿意这样走入地府，让那个背信弃义的特洛伊人，在海上目睹这火光，让我死亡的恐怖永远萦绕着他，像幽灵一样驱之不散。"

　　然后，她再把虚情假意的爱人埃涅阿斯的像放在顶端。当烈火熊熊燃烧时，她纵身入火，自杀徇情。船上的埃涅阿斯看见了滚滚浓烟直冲云霄，他的内心沉沉的。但是，使命在身，不得耽误，他为美丽女王的死而无限悲痛。这是人类解决的第一桩使命与情感的冲突，这样的处理方式也成了人类处理类似问题的最高模式。尔后，在艺术作品中，表现情与法的冲突及其解决方式就沿着这条路子走到了今天。

　　特洛伊人继续前进，因为阴云密布，可能会有暴风骤雨，他们为避风浪到了西西里岛。在这里，他们举行各种运动会，以纪念阿卡特斯逝世一周年。人们参加各种竞技活动，例如，海上的、陆上的、马上的速度竞赛，拳击、摔跤、箭术的竞技比赛，等等。妇女们集聚在一起，在朱诺的刺激下，抱怨海上的死亡威胁。她们的不满情绪达到如此程度，以致放火烧船。埃涅阿斯听到这一新的不幸，他冲到海岸，撕破他的造价昂贵的衣服，并把手伸向苍天，直截了当地请求天神帮助：

"令人生畏的天神，如果你还怜悯我们孤独无援的特洛伊人，如果你还像从前那样关照我们，请你用眼看看一筹莫展的世上凡人。啊！保护我们的船逃离火焰，啊！从死亡中夺回特洛伊的遐迩闻名的威名。"

骤然而至的暴风雨，熄灭了张开血口的火焰。这样的奇迹还接着出现，安喀塞斯出现在埃涅阿斯面前，他叫埃涅阿斯把妇女、儿童和老人留在西西里，然后集聚勇士们前去库迈，求助于阿波罗的女祭司西比尔，去地府见父亲。安喀塞斯对他说："先去地府，再穿过阿维尔努斯深谷，去见你的父亲。"

埃涅阿斯牢记在心。当维纳斯再次见到他在海上漂流时，急忙去找涅普顿，请他对自己不幸的儿子多加关照。涅普顿聆听了她的要求，向她承诺，除了一人，他统统都会照看好的。这一个人，就是埃涅阿斯的舵手帕里努司，因为睡神的作祟而瞌睡太死，一翻身，越过船舷，掉进大海淹死了。

船队平安抵达库迈港湾。埃涅阿斯走进西比尔的山洞，向西比尔表明想去地府的愿望，请她在可怕的路途中做他的向导。她欣然同意，但是，同时告诉他，他必须先找到一枝金枝，这金枝生长在密林深处，它是冥后普洛塞耳皮那的圣物。她说："没有这枝金枝作为通行证，没有人能进入阴曹地府。如果命运宠爱你，这金枝一摘必断，要不然，你就是刀砍火烧，也征服不了它。"

几乎绝望的埃涅阿斯，向天神呼吁援助。要知道，没有天神的帮助，有谁能找到生长在密林深处的金枝呢？一心想着儿子的维纳斯，派遣两只雪白的鸽子带路，落脚在金枝上。埃涅阿斯不费吹灰之力，就找到了金枝。以这枝条做开门的钥匙，他和西比尔大胆地走进阴间地界，只听见鬼魂和幽灵悲伤叹息的声音。死后脱体的灵魂沿路站着，到处都见得到。凭着金枝，喀戎将二人渡过阿克冗河。河岸上，他们看见了帕里努汝司游荡的亡魂，因为他没有过船费。还有狄多，胸脯留下一条开裂的伤口。埃涅阿斯怀着无比的懊悔和她谈话，但她一言不发地走开了。

他们一刻也不逗留，终于来到冥王的乐土。这是一片绿色的福地，亡灵的安乐之乡。这是阴曹的另一个天地，有自己的太阳，有自己的星辰，有富饶的田野和茂密的森林。

埃涅阿斯看见了父亲安喀塞斯正在仔细地审视一些灵魂。这些灵魂游弋在绿色的深谷里，他在挑选，有朝一日，被挑中的灵魂将去到人间，从事显赫的事业。

父亲看着儿子来了无比高兴，说："你来了。你的智慧、你的勇敢、你的虔诚，使你克服千难万险来到这里。我想的和你做的一个样，我的想法、我的希望、都实现了。"他指着灵魂，介绍他们未来的使命和个人伟业，他们将是罗马诸王和共和国的英雄豪杰。诸如洛摩罗斯、布鲁图斯、卡弥留斯、恺撒等。

父亲安喀塞斯对着儿子埃涅阿斯说道："罗马将因有他们的掌权而闻名于世，天地与他们结伴。子孙昌盛，万国称臣。罗马人啊！用你的权威统治万国，对不服从的或反叛的，就用战争征服他们。"

与父亲一席长谈后，埃涅阿斯回到同伴身边，来到台伯河口，台伯河一直流到拉丁姆，他们的行程也在这里终止。国王拉丁努斯热情地接待了他们，并同意将女儿拉薇尼亚嫁给埃涅阿斯。

拉薇尼亚非常漂亮，有许许多多的求婚者，其中的邻国王子图耳鲁司言辞傲慢，一副胜券在握的样子。王后阿玛塔却特别满意这位年轻人，如果不是因为有了两次天神的告诫，国王也许会接受他为自己的女婿。天神告诉他，把拉薇尼亚嫁给一名外国王子，而且王子已经出现了。

尽管事过多年，朱诺还是念念不忘因为帕里斯对她的美貌和贿赂的藐视而产生的对特洛伊人的仇视。她担心她的敌人的行程太顺利，于是派出愤怒女神阿勒克托前往下界，煽动战争，逼疯阿玛塔。愤怒女神制造混乱，阿玛塔带着女儿拉薇尼亚逃到森林，将女儿安全地隐藏其间。她宁肯将女儿交给图耳鲁司，也不愿给埃涅阿斯。

伊乌鲁斯和他的伙伴们很不幸，误伤了牧人女儿西尔韦亚心爱的牝鹿。由阿勒克托挑拨离间引发了争吵，并很快发展成了流血战争。敌意就这样产生了，图耳鲁司，还有不少拉丁将领，恳求国王拉丁努斯打开雅努斯殿的两扇大门，并表示她应战的决心。国王拒绝了，但是朱诺害怕她的计谋泡汤，她从奥林匹斯山下来，亲手将门打开。这一意想不到的景象，点燃了大众的热情。招募的新兵，甚至沃尔斯克族的女将卡密娜也来助阵图耳鲁司。她率领一队战马，青铜色的盔甲缤纷夺目，好一个英姿飒爽的勇猛女将。

卡密娜还是襁褓之中的孩子时，就被她的父亲带走，逃避沃尔斯克人的追捕，来到了阿玛塞努斯河，追兵就在后面，父亲把女儿拴在长矛上，向着对岸掷去。感谢戴安娜的帮助，她落在地上安然无恙。父亲也随即跳入河中，冲浪泅水，去同女儿会聚。为了感谢戴安娜使女儿平安无事，他将女儿献给戴安娜。女儿被戴安娜训练出了男子似的骁勇，她喜欢打仗，不怕吃苦。

拉丁努斯对客人的敌意，使埃涅阿斯好奇怪。不过，他为战争做准备，前往台伯河的上游处，乞求图司堪国王伊万德尔的帮助。伊万德尔是拉丁族人的世袭仇敌。这个独裁者已是年老体衰不能带兵打仗了，不过，他欣然应允了，并派他的心爱的儿子帕拉司替他指挥部队。

同时，不肯罢手的朱诺，派出伊里斯去告诉图耳鲁司埃涅阿斯不在军营的消息，怂恿他放火烧船。此举令图耳鲁司喜出望外。特洛伊人在埃涅阿斯的儿子、年轻的伊乌鲁带领下，以超常的力量保卫自己。眼看敌人的势力将压倒他们，便暗遣两个人，涅索斯、欧律阿罗斯，去向埃涅阿斯告急家里面临的危险，请他速来增援。这两个不幸的青年，通过军营时未被发现，却落入了沃尔斯克骑兵之手，被残酷地处死了。然后，骑兵再会合了汝图勒司的人马增援图耳鲁司。接着，特洛伊人的船舶被敌人放火烧毁。但是，这些船并未化为灰烬，因为天神的干预，他们变成了水中仙女。逆台伯河而上，见到了埃涅阿斯，警告他火速返回，救他的儿子。

水中仙女说：“埃涅阿斯，神的后代，放松缆绳，扬起风帆，我们一起破浪前进。我们是圣山松木制成的船。女神动了恻隐之心，让我们变成了水中仙女。敌人在攻打我们，我们已难于抵御，你儿子的性命也危在旦夕。明天清晨，你一出现，敌人会望风披靡。”

埃涅阿斯说：“女神啊，我现在就要去战斗，全靠你的指引了。请站在特洛伊人一边，为我们祝福吧。”

与此同时，特洛伊人的朋友维纳斯找到了伏尔甘的住宅，说服他为埃涅阿斯锻造一副甲胄和盾牌。盾牌上的特洛伊战争故事，刻画得栩栩如生。甲胄制成，维纳斯送去给她的儿子。儿子穿在身上，抑制不住高兴的心情。母亲的话鼓舞了他，他准备与拉丁人对垒，夺回属于自己的东西。

对未来的战争有兴趣的天神不只是维纳斯和朱诺，因为所有的天神目睹了埃涅阿斯的坎坷经历，都非常关心他的命运。看见了这些，再袖手旁观，可能会给他们疼爱的英雄造成更多的危险。朱庇特在奥林匹斯山与群神会商，禁止众神插手未来的战斗，否则，将受到严厉责罚。

埃涅阿斯和他的盟军，从海上及时归来，在战场上精力耗损巨大的特洛伊人，正期待着帮助。战斗比以往打得更加激烈。双方的勇气和拼命实在令人难以想象。盟军将领、年轻的英雄帕拉司被敌人杀死。这位前景辉煌的青年的死，令埃涅阿斯的心中充满悲哀，他知道，当父亲见到儿子尸体安葬的时候，老年的伊万德尔的悲伤是无法想象的。他发誓，一定要杀死图耳鲁司为帕拉司报仇雪恨。

　　在这个时候，朱诺不怎么明白埃涅阿斯的目的是什么。当然，她害怕图耳鲁司与这位强有力的对抗者遭遇，便决定诱惑她的宠爱者离开战场。为达此目的，她假扮成埃涅阿斯，挑战图耳鲁司。当双方一交手，她反身便向河滨逃命，躲进一艘船上，图耳鲁司穷追不舍。她一见汝图勒司的首领安全上船，便放开船的缆绳，让船漂向下游，载着图耳鲁司远离战场。明白了神的意图的图耳鲁司愤慨之极，痛斥天神小看了自己。他心急如焚地想寻找一个机会登陆，并独自一人，步行回到战场。

　　在图耳鲁司不情愿的缺席期间，埃涅阿斯跑遍了战场的各个角落寻找他，一路上杀死了不少的勇士，其中包括图耳鲁司的两个盟友：劳苏斯和他的父亲梅壬提厄斯。他俩因骁勇善战而威名显赫。已死的和正在奄奄一息的人遍布战地。厌恶流血的拉丁努斯召开会议，力图缔造和平，但是仍以失败告终。战事比以前还猛烈，在一次遭遇战中，勇敢的沃尔斯克少女卡密娜倒下了。死前她恳请图耳鲁司快去拯救他的人民，如果他不愿意看见他们被斩尽杀绝的话。她知道，他们的城镇将落在特洛伊人的手里。

她要她的好友阿卡传话："你赶快逃跑吧，把我的最后忠告带给图耳鲁司，让他接着去战斗，把特洛伊人赶出我们的城镇。"

在她死后不久，正在激战的埃涅阿斯，突然感觉受到被神秘的手射出的箭的伤害。他急忙去找医师亚匹斯，虽经处理，箭的倒钩仍是取不出，伤口不能包扎。维纳斯带来一种具有魔效的草药，草药迅速治愈了英雄的伤痛，使英雄归队，以不可置疑的力与劲，再次参战。

形势急变，向有利于特洛伊人方面转换。拉丁王后阿玛塔因受挑拨，反对女儿和埃涅阿斯的婚事，后来从森林返回家，感到痛心疾首的忏悔，上吊自尽了。

埃涅阿斯再次出现在战场，终于和他长期寻找的冤家图耳鲁司对战了。图耳鲁司回来了，他坐在战车里，由他的姐姐茹图尔娜充当驾驭手，她是他的保卫者和监护人。两个相遇的英雄，展开了殊死的厮杀，尽管图耳鲁司勇敢亡命，最终也不得不跪在地上，伴着一声长叹，承认自己被打败了。

图耳鲁司面带羞愧地对埃涅阿斯说："你胜利了，拉丁人也看见，我这个被征服者向你伸出了投降的手，拉薇尼亚是你的新娘，让仇恨就这样结束吧。"

图耳鲁司死了，战争结束了，双方缔结了长久和平条约。英雄埃涅阿斯的悲哀已经过去，他与拉薇尼亚结了婚。同拉丁努斯和睦相处。由他统治的拉丁部族，创建了一个城邦，叫作拉薇尼亚，是以他新娘的姓氏命名。该城一度曾是拉丁姆的首府。

依照天神的安排，埃涅阿斯做了父亲，儿子的名字叫作埃涅阿斯·斯尔威亚。埃涅阿斯又建立了阿尔巴·隆加城。在这里，他的后裔统治城邦多年。在这里，他的一个族人——维斯塔处女伊丽雅，与马斯结婚后，生育了瑞摩斯和洛摩罗斯，他们是罗马王国的缔造者。